U0007558

GOBOOKS
& SITAK
GROUP

致青春 014

戀愛吧，江小姐

（下）

烏雲冉冉　著

高寶書版集團

目錄
CONTENTS

第六章　十面埋伏

會議時間定在五月的第二個星期三，所有合夥人和經理都從各地趕回來參加會議。公司裡由江美希對接負責的人只有Amy和葉栩，算一算她已經參加過五屆「小黑會」了，竟然沒有哪一次像這次一樣，對自己分管的兩個人的情況，她都很難表態。

這天江美希早早到了會議室，其他經理也陸陸續續趕到了。有人說起自己手下某位員工的表現，似乎很不滿意。聽到這話的另一位經理抬頭看到江美希在，於是半開玩笑地說：「這種時候，那位Selina估計會比較遺憾自己的對接負責人不是Maggie了。」

江美希只是笑笑，什麼也沒說。

幾乎所有人都覺得江美希是對待工作嚴謹認真，對待下屬也要求極高的人，但是只有少數人知道，她其實也是會護短的，平時再嚴苛，到了決定員工職場命運的關鍵時刻，還是會作為老闆給予支援和庇護。

比如Amy，就Amy的能力和態度，如果她的對接人不是江美希，或許前兩年就不能正常升級了，但是因為江美希的緣故，哪怕她能力平平，甚至態度也不夠端正，但每年的考核也能勉強拿到三分。

其實在今天之前，她都沒有好好想過這件事到底公平、不公平，或者想到了，但是也寧願睜一隻眼、閉一隻眼，千方百計地在心裡為下屬找藉口。但當她動了給葉栩打三分的念頭時，她才恍然發現，將這樣的兩個人擺在一起，這種能力和責任心的對比竟然這麼諷刺。

人陸陸續續到齊，會議很快便開始了。

各個員工的對接負責人先發言，其他合作過的經理進行補充，再由對接負責人給出建議分數，如果大家沒什麼異議就順利通過，如果遇到分歧很大的情況，最後還要投票決定。

這個流程眾人都熟悉，所以分數出得也很快，前面幾個經理講完，都沒有出現需要投票的情況。

在江美希之前發言的人是陸時禹，他是穆笛的對接負責人，最後給穆笛打的分數是三分，在江美希的意料之中。

很快輪到江美希。她先評價了 Amy 這一年的工作，給出了一個分數，眾人雖然意外，但都沒有異議。然後是葉栩，這一次有人意見不同，而且分歧比較大，最後只好投票表決。

或許是葉栩平日裡的表現真的無可挑剔，最後平均下來的分數四捨五入後依舊是五分。

這一個下午，公司經理級別以下的員工是否在下半年可以獲得升職加薪，甚至加薪多少，都已經確定了下來。

會議結束後，眾人離開，空蕩蕩的辦公室裡剩下最後發言的江美希在收拾東西，陸時禹臨走前笑著看她：「還不錯嘛！」

江美希沒搞懂他這句話的意思，但是她也懶得多想，拿起筆電起身往外走：「操心別人之前還是多看看自己吧。」

陸時禹樂呵呵地跟著他：「我自己怎麼了？」

「整天這麼閒，可想而知工作還有很多空檔。」

「天地良心啊！我忙得四十八個小時沒睡覺的時候，妳都當作沒有看見嗎？」

江美希笑著回頭看他一眼：「是嗎？如果不想讓人誤以為你很閒，別人的事你還是少操心吧。」

陸時禹知道她指的是她和季陽的事情。

「妳是『別人』嗎？」陸時禹厚著臉皮說，「妳是自己人啊，所以我再忙也得抽時間關心妳！哎、我正想問問妳，妳是怎麼想的？」

「沒想法。」江美希斬釘截鐵地說。

「別說氣話啊、美希，你們兩個的事別人不知道，我可是知道的，年輕不懂事的時候誰不是分分合合？年紀大了，看的人和事也多了，才知道誰是真的好、真的適合自己，也知道過去做的事有多麼荒誕離譜。妳看，這都已經過去這麼多年了，他對妳的感情還是沒變，妳要是對他沒感情，幹嘛一直維持單身？」

江美希腳步遲疑，她雖然不喜歡對別人剖析自己的內心，但還是覺得有些話要早點說清楚比較好，也省得再遇到那天那種尷尬的情形。

她深吸一口氣停下腳步，對陸時禹說：「他對我的感情怎麼樣我是不清楚，不過我猜想，好幾年都沒聯繫的人，就算是骨肉至親，感情可能也淡了吧。至於我自己，單不單身跟任何人無關，麻煩你下次不要總是一副很瞭解我的樣子，會讓人誤會的。」

江美希一開口，陸時禹就知道她沒好話，但他早就習慣了，依舊笑呵呵地說：「好好好，女人心、海底針，我哪敢瞭解妳啊。但是我剛才說的話，妳也好好想想吧。」

江美希笑：「你剛才有句話我還是很認同的——看的人和事多了，才知道過去做過的事情有多麼荒誕離譜。」

陸時禹滿意地點頭，正想再補充幾句，就聽江美希話鋒一轉說：「不過也不見得就能知道誰是真的好，誰真的適合自己，但可以確定誰是真的不適合自己。他和我，就不適合。」

「哎、不是，我說……」陸時禹還想再替季陽說幾句好話，但江美希已經快步走遠。

他看著她的背影唉聲嘆氣，看來他那位老同學的求和之路還很艱辛啊。

雖說「小黑會」上的情況應該對其他員工保密的，但是毫無例外，每年都會有一些消息流傳出來。

快下班時，江美希就發現 Amy 在座位上把東西放得劈啪響，對其他同事的態度也很不友好，看起來就是心情很不好的樣子。

江美希若有所思地看向窗外，突然間 Amy 注意到了她的視線，非但沒有收斂，那不滿的態度反而更加明顯了。

江美希嘆氣，以前 Linda 就斷言她這麼護著 Amy，Amy 也不會領她的情。如今想想，或許在 Amy 看來，她過去兩年能順利升級全憑她自己，與她這個老闆毫無關係，但是今天她給她兩分，就是對她不公，是在故意為難她。

其實這幾年來，江美希早就發現 Amy 的思想比較狹隘，眼界也不高。她哪次不是在一旁提點她，明示、暗示說了不知道多少，但她似乎都沒有聽進去。

而看 Amy 今天這一番作態，或許是還期望著她能給她一點解釋，但是她已經不打算再和她多說一句了，因為說什麼都毫無用處，畢竟她曾給她過太多次機會。

她看著心煩，正要起身去拉百葉窗，餘光卻感覺到另一道目光似乎正落在她身上。

她隨著那個感覺看過去，就見葉栩看著她，臉上雖然沒什麼表情，但是眼神中滿是嘲諷。

他這又是怎麼了？

江美希只覺得額角的青筋不斷地跳動著，她煩躁地揉了揉太陽穴，快速拉起了百葉窗。

因為下午開會耽誤了時間，江美希加了一會兒班才下班。旺季一過，公司裡加班的人也少了，所以她離開辦公室時，外面的大辦公區已經沒什麼人了。

她剛走出辦公室，包裡的手機就響了。她拿出來看了眼來電顯示，是個陌生號碼。

她猶豫了一下接起來，一個熟悉的聲音從聽筒裡傳了出來：「下班了嗎？」雖然已經時隔多年，但她還是一下子就辨認出了這聲音的主人。

她含糊地「嗯」了一聲，然後公事公辦地問：「有事嗎？」

季陽彷彿沒聽出來她言語中的距離感，笑著說：「我今天正好來你們公司辦點事，看到妳的車，知道妳還沒走，就打電話來碰碰運氣。」

她的車上次他遠遠看了一眼就記住了？

江美希腳下遲疑片刻，其實在那天見面之後，她就猜測季陽會再聯絡她，搞得之後那幾天她還有點忐忑，誰知他遲遲沒有動靜。眼下已經過去半個多月了，她都快忘了這件事，卻又接到了他的電話。

她還是那句話：「有事嗎？」

「一起吃個飯吧。」

此時江美希已經走到了電梯間，遠遠看到有個人也在等電梯。雖然那人背對著她，電梯間的光線也不太好，但她還是一眼認出了那個人是葉栩。

她不知不覺就壓低了聲音說：「不好意思，今晚我有事。」

季陽似乎不信：「真的？」

「嗯。」

葉栩聽到聲音轉過頭來，但也只看了一眼，就像看到不認識的人一般，很快又收回了視線。

江美希對著電話說：「我進電梯了，改天再約。」說完便掛斷電話，但心裡還是有點苦悶——萬一她下樓之後，季陽還沒走怎麼辦？

電梯還停留在十二樓，文風不動。

江美希瞥了眼身邊的男人，突然想到什麼，猶豫了一下問：「回家？」

葉栩只是淡淡掃她一眼，依舊什麼也沒說。

看來是之前的話說得太絕了……

如果是平時，她給他遞一次梯子，他不接，她絕不會再遞第二次，但是想到季陽還真的有可能在地下停車場等她，她只好硬著頭皮又說：「正好我也要回家了，讓你搭個順風車。」

見葉栩不說話，她頓了頓又補充道：「你入職也有半年多了，這段時間本來就應該找你聊聊的，但是太忙了，今天晚上……一起吃個飯吧。」

剛剛拒絕了他，此時卻還想著利用他一下，江美希都要鄙視自己了，但是不得不承認，比起季陽，她寧願見到葉栩。

男人終於有了反應，卻是嘲諷一笑。

見狀，江美希也有點不高興了，難道他告白前就沒想到她會拒絕？所以她拒絕了他就是她的錯？她不高興，索性直接問出來：「你笑什麼？」

「笑我自己。」

江美希不解。

葉栩又說：「雖然妳之前說了很多狠話，但我一直認為妳是在口是心非，只是說出來的話不好聽而已，但至少公私分明。不過現在想想也挺可笑的，當初因為怕被我影響到升職就想方設法不讓我進公司的人，怎麼會公私分明？」

難道他不是因為之前她拒絕他的事在和她生氣？

「你等等、你什麼意思，給我說清楚，我怎麼就公私不分了？」

葉栩幽幽看她一眼：「我聽說在『小黑會』上，有個沒良心的給了我三分。」

江美希已經被氣笑了：「誰說這人就是我了？」

她承認，在今天開會之前，她確實動過那種念頭，但是想到 Amy 過往的工作她都能給個三分，平心而論，葉栩比 Amy 年輕好幾歲，卻比她優秀太多了。

在芯薪的 IPO 專案中，他作為第一次參加專案的小朋友，在現場負責人離開的幾天裡，成了大家的主心骨，那種能力和表現出來的責任感，她是看在眼裡的。

讓她給這樣兩個能力和態度大相徑庭的兩個人打一樣的分數，對他們兩個來說都是不公平的，也正是葉栩的出現，讓她開始反思過去幾年對Amy的縱容和袒護有多麼愚蠢。肆意踐踏標準的管理者，如何讓跟著她的眾人信服呢？

所以她毅然決然給了Amy不合格的兩分，給了葉栩五分，而且向諸位合夥人建議，讓葉栩跳過SA2[1]，直接晉升Senior，以後就可以直接作為專案現場負責人開始工作了。

如果沒有意外的話，這個決定會在不久之後公布的員工升遷名單中提到，但是在會上有個和葉栩合作過一次的經理不知道怎麼回事，非要給他三分，這才是後來投票的原因。

不過這些她都不能告訴他，顯得太過刻意，好像她企圖用這種方式彌補他一樣。

而葉栩也是鐵了心地認為那個打三分的人非江美希莫屬：「妳不是揚言要用非常手段趕我走嗎？再說這也不是第一次了，有什麼不好承認的？」

江美希被氣得夠嗆：「是誰跟你說這些的？」

「妳真的以為會議上發生的事情能密不透風嗎？再說我實在想不出，還有誰能這麼沒有良心。」

江美希剛想為自己辯解幾句，但是想到過往，她確實前科累累。她這二十幾年來幾乎沒做過什麼虧心事，但所有的虧心事好像都是對他做的。

先是糊里糊塗地睡了他，又因為這件事不想讓他進公司，雖然結果還是讓他進來了，可是她又三天兩頭想方設法找他麻煩……想到這裡，江美希所幸也不想辯解了。

她說：「隨便你怎麼想吧，我做什麼不需要向你解釋。」

---

1 SA2：Staff Assistant 2，即專業助理。

此時電梯總算到了，江美希率先走了進去，葉栩跟在她身後。

或許是她的態度也讓他的懷疑開始鬆動，電梯門緩緩闔上，他看了她一眼：「真的不是妳？」

「……」這次換江美希不說話了。

葉栩問：「妳真的那麼希望我離開公司嗎？」

不知道為什麼，聽到這句話時，江美希的心像被什麼人狠狠揪了一下。

她強迫自己把視線落在電梯壁的某一處：「我沒有……」

這句是真心話，可是本來應該接著出現一些場面話的，她卻怎麼樣也說不出口。

他看著她沉默片刻，轉身在亮起的一樓按鈕上按了兩下取消樓層，電梯直接下到地下一樓。

江美希意外地看他一眼，他笑了笑說：「不是說要吃飯嗎？」

「嗯，地方你定。」話一出口，江美希才意識到自己是如釋重負的，不知道單純是因為葉栩的妥協，還是因為有他在，她不再擔心遇到季陽。總之，她發現自己心情好了不少。

說話間，電梯門「叮」的一聲打開，葉栩率先走了出去。

她的車位離電梯不算遠，她正低頭在包裡翻找車鑰匙，走在前面的葉栩突然停下腳步，她一時之間沒注意，差點撞了上去。

「怎麼……」她話沒說完，就看到一個西裝筆挺的英俊男人從一輛黑色捷豹上下來，而那輛捷豹旁邊就是她的車。

季陽見到他們兩個人一起出現，明顯也很意外，但那意外的神情也只是稍縱即逝。很快，他換上一副從容的笑容：「晚上有工作？」

那意思就是她既然帶著下屬出去，那就是公事了。

江美希不打算跟他解釋太多，還是問：「找我有事？」

季陽笑著走向她：「沒什麼特別的事，就想著既然來了，想看看妳再走。」

這話說得很曖昧，如果是以前還在一起或者是剛分手的時候，她聽了都會覺得開心吧。但是此時，當著葉栩的面，她覺得有些尷尬。

葉栩似乎也注意到了她不太自在，直接從她手裡抽走車鑰匙，一言不發地朝她的車走去，開鎖便坐進了駕駛座。

葉栩的離開的確給江美希和季陽留出了空間，但是這過於熟稔的態度是怎麼回事？當著其他人的面，他一點也沒有下屬的樣子，倒像是她的什麼人似的。

但那人好像渾然不覺有什麼不對，上了車、發動車子，然後搖下車窗點了根菸。

江美希從不遠處收回視線，發現季陽也正回過頭來，她突然有點不好意思，但所幸季陽沒說什麼。

「有空的話，一起吃個飯吧。」

江美希直截了當地說：「今天有約了。」

季陽微微挑眉，但面上依舊帶著笑：「本來臨時趕來也沒指望約到妳，還好來日方長。」

這話讓江美希不由得多看了他一眼，她正要說什麼，餘光瞥見不遠處自己的車子緩緩駛出了停車位，再看向面前的男人，江美希只是說：「如果沒別的事的話，我先走了。」

說著，也不等季陽再開口，便朝著停在通道上的車走去。

「美希！」是季陽在叫她。

她不明所以地回頭看，他還是那副從容自在的笑容：「這次回來見到妳，我是真的蠻開心的。」

江美希沒想到他會突然說這樣的話，想了想，還是把可能傷人的話咽了回去。但讓她像對待客戶或者是不太熟悉的人那樣，出於禮貌違心地說「我也是」，她也做不到。

於是她只是笑了笑，轉身走向自己的車。

其實在過去這幾年裡，江美希不止一次想過，如果她和季陽重逢會是什麼樣的情形。

如今看來，那時候會去設想這些事，應該還是挺期待重逢的，可是真到了這一天，她發現自己並不覺得開心，反而有點困擾。

其實，當初她和季陽分手，除了她自己不願意痛快放手以外，他們之間既沒有第三者也沒有欺騙和隱瞞，算是和平分手。如果不是她苦苦哀求搞得過程不那麼體面的話，他們現在或許已經可以坐在一起喝一杯了。

但是只要一想到自己當年的「不體面」，她就不願意見到這個唯一見過她不體面的人了，而且她也搞不懂他——當年他既然那麼冷酷果決，現在又何必回來假裝深情。

女人或許就是這樣，深陷一段感情之中時，對方的好，那一定是其他人都沒有的，哪怕對方有什麼地方不夠好，她也一定為他找到一個不得已的苦衷。可是江美希已經走出來了，回頭再看時，只覺得索然無味。

身邊傳來一聲若有似無的冷笑，緊接著她眼前突然一黑，身邊的人已經俯身過來。

江美希反應過來時心裡一驚，但已經來不及了，好在葉栩只是幫她扣好安全帶就又坐直了身子。

江美希被他這舉動一嚇，早就收回了思緒，沒好氣地瞪他：「跟我說一下不就好了？」

葉栩不為所動：「我說了，但妳沒聽見？」

「那就多說幾次，剛才那樣讓別人看到，別人會怎麼想？」

畢竟狗血電視劇都是這麼演的——男人幫女人繫個安全帶或者在車上找個什麼東西時剛好被車外的人看到，然後因為角度原因，被解讀為接吻等曖昧舉動。

她可不想公司很快又出現關於她和他傳聞的第十九個版本。

葉栩沒理會她，打著方向盤讓車子在前方的彎道掉頭，再一次駛過季陽面前時，他不自覺地勾了下嘴角。

「我說的話你聽見了沒有？」

「知道了。」葉栩不耐煩地應著，但看上去心情好像還不錯。

季陽製造的那個小插曲很快被江美希拋在了腦後，她瞥了眼身邊專心開車的男人，想著今天要處理的正事。

「等一下你想吃什麼？」

葉栩瞥她一眼沒有回答，沉默了許久後，他才問：「關於我們兩個以後的關係，妳想好了？」

江美希愣了愣，原來那件事他還沒徹底死心。他這麼冥頑不靈，她應該要生氣、應該要不耐煩的，但是此刻的她卻有些於心不忍。

她看向窗外，幾不可聞地「嗯」了一聲：「所以以後不要再提了。」

他似乎笑了，回答得也很痛快：「好。」

讓她沒有想到的是，她的心竟然被這個「好」給刺痛了。

她不知道自己是怎麼了，但她很不喜歡這樣的自己。

從公司一路暢通地出來，江美希看向窗外，腦中搜索著家附近可以吃飯的地方，卻發現車子開始減速，緩緩朝路邊靠去。

這地方離他們住的那個社區不遠，走路幾十幾分鐘就到了，可是江美希沒來過這裡，也不記得這附近有什麼地方可以吃飯。她朝車外看去，路邊只有一家孤零零的餐廳，看起來規模不小，但是從敞亮的玻璃窗看進去，寬敞的大廳裡幾乎擺滿了桌子，而且人來人往、座無虛席。

車子已經停好，她抬頭看了眼碩大的霓虹招牌，「特色燒烤」四個字登時映入眼簾。

難怪她沒有印象，這種地方就算她路過幾百次也不會走進去的。

她微微皺眉：「在這裡吃？」

「妳不喜歡？」葉栩回頭看她。

江美希猶豫了一下：「也不是，就是……」

其實對吃什麼她一向不挑，但是她對吃飯環境的要求還是挺高的。在安靜乾淨的地方，哪怕吃碗泡麵她都沒意見，但如果是在這種人聲嘈雜、對面的人說句話都很難聽清楚的地方，吃什麼她都提不起興趣。

「那就好。」還沒等她把話說完，葉栩已經推開車門下了車。

她見狀只好也下了車，跟著他走進店內。

所幸不用再花時間候位，在服務生的帶領下，他們來到角落裡的一個位置坐下。

葉栩把服務生遞上來的菜單遞給江美希，江美希直接擺手，示意他選就好，而他也不推託，輕車熟路地點起菜來，江美希則是趁他點菜的短暫時間裡環視四周。

其實走進來才發現，這裡跟一般的燒烤店不太一樣，這家店還算乾淨，而且從別人桌上的菜色也能看得出來，雖然是串烤，但又不是傳統串烤，應該是被改良過的，不失精緻講究，難怪說是特色燒烤。可惜就是人太多了，給她一種亂糟糟的感覺，幸好他們坐的這個地方比較安靜偏僻，不至於彼此聽不見彼此的說話聲。

再回過頭時，服務生已經離開，葉栩正低著頭替她倒茶。

江美希想著該說正事了，思考著開場的措辭，有點不太自在地說：「其實，我早就想為之前的事情向你道歉了。」

葉栩握著茶壺的手突然頓了頓，他垂著眼問：「妳是指哪次？」

江美希尷尬地輕咳一聲，確實太多次了。

她想了想，謹慎地圍繞著工作的事情說：「一開始不想讓你進公司，後來對你也比較嚴苛。」

葉栩放下茶壺，無所謂地問：「是嗎？妳對我比對其他人嚴苛嗎？」

這話倒是讓江美希有點意外，在全公司都傳言她要搞死他的時候，他怎麼可能無知無覺？

她不由得回頭想了想，發現自己還真的沒有因為工作的事情為難過他。但並非因為她不願意，相反的，她的確出於私心對他的要求比對別人高，而且一直等著挑他的錯，只是他的能力比公司裡的大多數人都要強很多，也就沒給她挑錯的機會。

想到這些，江美希在心裡嘆氣，但面上依舊平靜地說：「比對 Amy 稍微嚴苛一點。」

葉栩懶懶地靠在椅背上笑著看她：「那這件事妳就不用感到抱歉了，妳不是對我嚴苛，而是對她縱容。」

好吧，這麼說好像也沒錯。

過一會兒，服務生端來了兩個標有「1L」字樣的鋁罐，並且在葉栩示意下打開了其中一罐。

江美希看著服務生俐落的開瓶動作，轉頭詢問葉栩：「這是什麼？」

葉栩像看白癡一樣看她一眼：「啤酒。」

「我知道是啤酒，可是誰說要喝酒了？」

他詫異地挑眉看她：「哪有吃燒烤不喝酒的？」

說著，他已經拿過她面前的玻璃杯替她斟滿。

江美希正想說她不能喝酒，對面的葉栩已經端起他自己那杯朝她舉了舉：「我記得有人說要向我道歉的，既然要道歉，總該有個道歉的樣子吧？」

江美希看著杯子中的酒盤算著，喝一杯她還受得了，但如果這一杯就能讓對面那小狼崽子一笑泯恩仇，那還是值得的。於是，她無所謂地笑了笑，端起自己面前的酒杯，和他的酒杯碰了碰。

天氣已經轉熱，尤其此時餐廳裡人聲鼎沸，溫度比戶外還要高不少。江美希從剛才坐下後就覺得有點熱，此時冰涼的啤酒順著喉間流下的感覺竟然是意想不到的舒服。

她腦子裡甚至不合時宜地冒出一個念頭——難怪那麼多人愛喝酒。但即使如此，她也只喝了兩口，一抬頭便看到葉栩正笑盈盈地把乾乾淨淨的杯底亮給她看。

這是什麼意思？不喝完還不行？

算了，她還是儘量滿足他吧。於是她又端起酒杯，把剩下的半杯喝了個乾淨。

她的這個舉動似乎讓葉栩情緒好了些，正好他們點的菜被陸續端上來，葉栩挑了兩串火候剛好的羊肉放到她的面前：「吃吧。」

見他這態度，好像已經接受了她的道歉，這麼想著，她的心情也好了起來，再吃起羊肉，也覺得味道不錯。

江美希連吃了兩串，才發現對面的男人一直看著她吃，自己並不動筷子。

她有點不解：「你怎麼不吃？」

葉栩卻是又拿起酒瓶，替她倒了一杯酒：「除了面試那件事，妳還有別的事情要向我道歉嗎？」

江美希愣了愣，原來還沒完……

「別的？」

「好好想想。」

不知道為什麼，這句「好好想想」立刻讓江美希想起了在南京出差時，她把他從樓梯上摔下去的那一次……

葉栩端起自己的酒杯：「看來是想起來了。」

江美希心裡暗叫不妙，這要是一件、一件清算下去，她把桌上這兩升全喝光也不夠啊。可是南京那次，她對他的確有那麼點小愧疚跟無奈，於是也沒推辭，再一次舉起酒杯：「那次我確實有錯，還好後來你傷得不嚴重。」

「嗯，多虧妳手下留情，我保住了一條命。」

……那次她又不是故意的！而且造成那次「事故」的人又不只是她一個！

想到這些，江美希試圖替自己辯解兩句，可話還沒出口，就見葉栩又替她倒上了第三杯。

前兩杯過後，她的腦子已經有點昏沉，但是她覺得，該說的話她還是得說清楚，省得有人總拿著那件事說個沒完。

「那次害你受傷，我是有錯，但都是我的錯嗎？你喝成那樣想過後果嗎？你這麼大一個人，八十幾公斤，讓我怎麼把你抬回去？」

話說到這裡，葉栩剛剛還算柔和的表情又冷了下去：「妳的意思是我自己想喝那麼多的？」

江美希怔了怔，她立刻想起第二天她在王明辦公室外聽到的那些話：「我知道你不是，但是……」

「那就好，妳既然知道我不是為了自己，那就應該已經知道了，我是為了誰。」

說話時，他目光灼灼地看著她，這讓她有點不敢與他對視。

她聽葉栩繼續說：「我為了妳和他們喝成那樣，妳卻趁著我喝醉的時候害我差點摔成重傷，然後又試圖幫我換上長袖衣服掩蓋罪行，最可惡的是……」說到這裡他冷冷一笑說，「妳還趁著幫我換衣服的時候對我上下其手。」

他話說到一半時，江美希就聽不下去了，一邊抬手試圖制止他繼續說下去，一邊也不用他再勸，端起面前的酒杯毫不含糊地把杯中酒一飲而盡。

「可以了嗎？」她擦了擦嘴看著他，「滿意了嗎？如果滿意了，以後就不要再提這件事了。」

唉，她一時腦子發熱摸了他一下，還被他看到，這幾乎可以列為她此生十大窘事之一了。

已經是第三杯酒了，她面前的影像開始扭曲起來。她煩躁地閉了閉眼，知道是酒精開始發揮作用了，也知道自己又喝多了。

她單手支撐著額頭，斜著眼睛看他，等著他回答她。

她是無力抬頭，眼神渙散，可是在其他人看來，這微微遲緩的動作語氣，這斜視著人的神情，都是一種魅惑，一種致命的勾引。

葉栩嘴角彎了彎：「其他事都好說，但是那次我確實摔得不輕，誰知道有沒有什麼後遺症。」

這是要讓她負責任了？

江美希有點不高興，口齒不清地說：「能有什麼後遺症？帶你去做全身健康檢查總行了吧？」

「全身健康檢查？」

見葉栩似乎對這個提議比較感興趣，江美希繼續說：「對、你看什麼時候有空，檢查一下也就放心了吧，這件事就過去了。」

「好啊。」他笑了笑，「愈快愈好。」

江美希沒想到他答應得這麼痛快，雖然總覺得哪裡似乎不對勁，但是此時的她也想不了太多，只想趁著自己醉倒前，把能說的話都說清楚。

「一般情況下，是不方便告訴你『小黑會』上的事情的，但是你也聽到一些消息，我就直接了當的說了，不是你想的那樣。」

這一次讓江美希意外的是，葉栩聽到這話，既沒有驚喜也沒有懷疑，只是淡淡回了句「我知道」。

江美希有點不解地望著面前的男人，剛才在電梯間裡，他明明還不相信她的，葉栩像是看穿了她的想法，笑著說：「在這種事情上，如果真是妳做的，妳不會不承認。」

江美希大大鬆了口氣，口齒不清地說：「不光是在這種事情上，所有的事情都是這樣，如果是我做的，我不會不承認。」

葉栩卻不置可否地笑了笑：「是嗎？」

江美希已經有點意識不清：「當然，你還有什麼想要確認的都可以問我。」

葉栩端起茶杯喝了口茶：「他今天為什麼找妳？」

「誰？」

他放下茶杯，看著她不說話。

江美希皺眉想了好半天才恍然：「你說季陽？」

見葉栩似乎是默認了，她坦然說：「我也不知道。」

「他還喜歡妳？」

江美希又想了想，最後只是搖了搖頭。

應該是不喜歡了吧。畢竟當年他那麼果斷地要分手，而且又這麼多年沒聯絡了，怎麼看也不像是還對她有感情，可是陸時禹說他還記著她。

「搖頭是什麼意思？」

江美希完全沒注意到葉栩的聲音已經變冷，回答說：「就是我不知道。」

「不知道？還是妳覺得他對妳還有感情，所以妳動搖了？」

江美希皺眉：「我什麼時候動搖了？」

「妳沒動搖怎麼會讓他在公司樓下等妳，他還知道妳的車停在哪。」

其實江美希也不明白季陽現在究竟是怎麼想的，但是她對自己的想法很清楚，所以聽到葉栩這自以為是的話，她也很不高興。

她撐著桌子站起身來：「我喝得有點多了，早點回去吧。」

葉栩坐著沒動，只是抬頭看她：「妳生氣了？」

是的，她生氣了！

江美希用眼神回答他。

原本兩人還一站一坐，有點僵持不下的樣子，葉栩突然拿起茶壺替她倒茶：「先坐下來喝點茶醒醒酒，我們再回去。」

江美希見他態度轉變，也只好重新坐下。

葉栩說：「其實我就是想站在朋友的角度幫妳分析，免得妳當局者迷。」

「朋友」這個詞明顯讓江美希有點欣慰，看來那幾杯酒沒白喝。

她心情好轉，也覺得口乾舌燥，有氣無力地伸手去摸桌上的茶杯，險些被燙到，最後還是葉栩把他自己那杯放涼了的茶放到她手裡。

此時的她完全沒意識到有什麼不對，接過茶杯喝了兩口，頓時覺得舒服不少。

就聽對面的男人又問：「他當時有什麼迫不得已要離開妳的原因嗎？」

江美希放下茶杯，不由得想到當年。

跟小說裡寫的一點都不一樣，他沒愛上別人，也沒得治不好的絕症，更沒什麼父母恩怨之類的狗血橋段。他說他突然迷失了，找不到生活的方向了，然後在江美希甚至沒搞清楚這句話的意思時，就提出分手，而且態度很堅決。

想到這些，江美希笑了笑，什麼也沒說。

葉栩沉默了片刻問：「妳當時痛苦吧？」

江美希依舊沒說話，但葉栩早就知道了答案。

「那他呢，也覺得痛苦嗎？」

江美希皺眉想了想，他痛苦嗎？或許是吧。他說「妳別這樣」時，好像也是痛苦的。可是有多痛呢？如果真的那麼痛苦，又不是不能繼續在一起，為什麼不願意和好？那大約就是不那麼痛吧。但是她不願意就這麼承認。

她煩躁地抹了抹額頭：「能不能說點別的？」

葉栩彷彿沒聽見，繼續說道：「所以說，當初你們分手只有妳痛苦？」

江美希已經不想再聽下去了，她晃晃悠悠地起身：「服務生呢？買單！」

四周有人看向他們這一桌，但似乎也沒人覺得有什麼不妥，人間百態，有時候糊塗也是一種不錯的狀態。

葉栩並不關心周遭的陌生人怎麼想，他看著她，一字一句地說：「但是江美希，一個男人哪怕對妳還有一點感情，都不會讓妳一個人承受痛苦。」

服務生見到有「醉漢」鬧事，飛快地打了單子小跑過來。

江美希彷彿沒有聽到葉栩的那番話，煩躁地翻出錢包，隨便抽了幾張百元鈔票塞給服務生，二話不說拎起包包往外走。

她醉得不輕，而這餐廳有些擁擠，到處都是人和桌椅，她幾乎是走兩步就會撞到什麼。

在她第二次撞痛自己時，手臂突然一緊——葉栩不知道什麼時候出現在她身旁，拉著她往店外走。

剛走出燒烤店，江美希還沒反應過來，就又被人塞進了車裡。

如果之前坐在裡面腦子還算清醒的話，此時被這麼一搞，她就已經徹底暈了。後來車子是什麼時候發動的，他們又是什麼時候回了家，她完全不記得。

迷迷糊糊間，臉上傳來溫熱濡濕的感覺，她仔細感受了一下，原來是有人在替她擦臉。溫熱的濕毛巾仔仔細細地在她臉上擦了好一會兒才被拿開，整個過程中，她始終沒有睜開眼，安安靜靜地任人擺布。

雖然潛意識知道自己醉了，但是不知道為什麼，她沒有像以前那樣覺得心慌，反而無比安心。

臉上的殘妝被擦掉，她心滿意足地翻了個身，滾到床的內側，舒舒服服繼續睡起來。

身後傳來一陣低笑聲，然後是漸漸遠去的腳步聲，接著是隱約的流水聲。

江美希並沒有睡得很熟，半夢半醒間，眼前還是睡前的景象——全世界都在扭曲晃動著，時而真切、時而模糊，這讓她一度分不清楚，自己究竟是在夢中，還是醒著的。

江美希再次睜開眼時，那水聲已經停了，伴隨著一陣濕氣，有人走進了房間。

她努力睜開眼看了看，映入眼簾的竟然是一個渾身赤裸的男人。他背對著她，一手拿著毛巾在頭髮上隨意擦拭著，另一隻手漫不經心地翻著手機。

他旁若無人地站在那裡，暖黃燈光下的他，寬厚的肩、窄實的腰以及一雙修長有力的腿，幾乎一覽無餘。隨著他擦拭頭髮的動作，時不時有幾滴水順著他勻稱緊實的肌肉緩緩滑下。

江美希突然覺得自己有點渴了，可一張嘴，卻發現聲音竟然無比嘶啞，勉強哼哼唧唧弄出點動靜，那人終於聽到了。

他轉過身來。而當他身上原本若隱若現的某一處就要和她打上招呼時，也不知道怎麼了，她本能地翻了個身，讓自己背對著他。

身後的他似乎笑了一聲，但並沒有朝她走來，而是走出了房間。

江美希閉著眼，回想著剛才看到的那一幕，懷疑自己還在夢中。因為自從半年前那一天起，她時不時會夢到他，每次的畫面都無比曖昧，但是沒有哪一次像現在這樣，這麼赤裸直白。

又不知道過了多久，在江美希昏昏沉沉即將失去意識的時候，那腳步聲也再度響起。是他回到了房間，這次他乾脆地關了燈，直接爬上了床。

房間再度陷入黑暗，江美希很快便睡著了。

直到半夜，她被渴醒了，想動一動，卻發現腰上搭著一條手臂，一轉身卻又一頭撞進一個堅實的胸膛中。

被撞的人不滿地悶哼一聲。

江美希頭還痛著，又是半夜醒來，意識很不清醒，就含糊地說了句：「我渴了。」

身邊的人「嗯」了一聲，片刻靜默後，江美希突然感覺到唇上一濕，竟然是那人不顧先後地吻了上來。

江美希的酒已經醒了一半，只覺得這樣不對勁，軟綿綿地試圖推開葉栩，但是那人似乎也是意識不清的狀態，完全不理會她的意思，在她身上四處點火。

江美希早已意亂情迷，但無論是在夢裡還是在現實中，她都覺得不該再這麼放任自己和他，於是在他吻到她的鎖骨時，她還不忘氣若遊絲地表明自己的態度：「我不要。」

那人聽到了，終於停下了動作。

他雙手撐在她身側，低頭看著她，一雙黑漆漆的眼在夜色中分外明亮。

他看了她片刻，似乎在猶豫，可是就在江美希以為他想放棄的時候，他卻突然在她下面摸了一下……黑暗中，她好像看到他笑了。

她還來不及羞愧，就又是一個足以讓她窒息的吻。

酒精的作用，加上尚未散退的睡意，最終擠走了她腦中最後一點清明，讓她不由自主地隨著心底最原始的欲望而去……

第二天醒來時，已經快到中午了。

當江美希看到熟悉的房間、熟悉的居家擺設時，她已經不像前兩次那麼不慌張了。

但是一想到自己這段時間做的所有努力應該是白費了，她就又忍不住悔不當初。

信誓旦旦地拒絕了對方，結果又滾在一起，她都開始鄙視自己了！

聽到聲響，身邊的人也醒了，瞇著眼看向她，態度如常地問了句：「醒了？」

昨晚和之前兩次喝多後的情況不同，她昨晚並不是完全醉了，所以對有些事情她還是有印象的，尤其是後半夜那次……所以，她完全可以想像得到薄被下的他是什麼樣子。

江美希「嗯」了一聲，背對著他坐起身。

葉栩似乎也不在意：「怎麼不多睡一會？」

這句話怎麼可以說得這麼自然？難道他們不應該為昨晚發生的事情反省一下嗎？

江美希還沒想好怎麼跟他說，乾脆把他支開：「我渴了。」

身後人沒有說話，片刻後是一陣窸窸窣窣起床穿衣服的聲音，然後她聽到他走出了房門。

房間裡只剩下她一人，她飛快地從床下找到自己的衣服換上。

剛穿戴整齊時，葉栩已經回來了。

他看到她明顯愣了一下，但也只是笑了笑：「動作有夠快的。」

說著把手上那杯水遞到她手裡，然後趁她還沒反應過來，他伸手抬起她的下巴強迫她仰起頭，便吻了下來。

這個吻來得又急又猛，帶著一種理所應當的霸道。

在江美希快要窒息前，他終於鬆開她，往外走：「去梳洗吧，然後吃早餐。」

「葉栩，」她氣息紊亂地叫住他，「我們談談吧。」

葉栩回頭看著她，神色不明，但最終還是說了聲「好」。

其實江美希也不知道從何談起，她對此時此刻的自己也很失望，一邊做著心理建設要離他遠點，實際行動卻一直與她的目標背道而馳。

她看著面前的男人，突然覺得很無力。

「之前你問我對你有沒有感覺，我承認，有感覺，非常有感覺。」

這話一出，她明顯感覺對面男人看著她的目光都分外柔和。

「我知道。」他說。

所以他故意讓她半醉半醒，拋開所有的束縛，明明白白看清自己內心的渴望嗎？

「可是也就只是這樣而已。」她說。

他看著她，神情從剛才的柔和漸漸變得疏離冷淡，片刻後，他用沒什麼溫度的口吻問她：「什麼叫『就只是這樣』？」

江美希低頭看著手中的水杯：「你也知道，如果我們在一起要面對什麼。」

葉栩剛要說話，江美希卻抬起眼來，用目光制止住他。

她繼續說：「先不說公司同事，我的家人、你的家人，就連我自己，我也承受不了那種壓力。」

「我不會讓妳承受太多。」葉栩的嗓音有點乾啞。

江美希笑了：「是嗎？這是你說了算的嗎？」

見她這樣，他似乎有點著急，不由得上前一步：「江美希……」

她依舊只是笑著看他：「如果真的割捨不掉，如果你願意，就這樣也好，但是除此之外，我什麼都給不了你。」

短短的一瞬間，葉栩的表情從錯愕變成不可置信，最後只剩下一抹自嘲的笑：「妳的意思是，我們可以繼續上床，但是我們其實什麼都不算？」

江美希覺得自己有夠渣，不管她過去表現得多麼排斥他，但是不得不承認，她享受跟他在一起的感覺，工作、生活，甚至是床上。可是她也清楚，她和他之間的鴻溝不止一條，她沒有勇氣去面對更多的狂風驟雨，也沒有勇氣再一次讓自己傷得體無完膚。而且她對感情，尤其是婚姻，已經不抱有什麼希望了，她能做的就是管好自己的心，不要付出太多真心。

「你要這麼說也可以。」她說，「如果不願意，我們就是普通的上司、下屬。」

說到最後一句話時，江美希轉過身去，假裝做出一副整理衣服的樣子，實際上是沒勇氣看著他說出最後一句。

身後久久沒有回應，就當江美希要回頭時，他終於有了反應，卻是朝房間外走去。

她默默地嘆了口氣。這樣也好，這樣他就真的死心了吧？這正是她最初所期待的，可是說不上為什麼，她心裡覺得很悶。

她從床上翻出自己的手機，包不在臥室，應該在外面。她正想著等一下出去該怎麼告別，就看見他端著兩份早餐出來，路過臥室時看到她還站著，他面無表情地說了句：「去梳洗，出來吃飯。」

江美希怔了怔，有點摸不清葉栩此時的態度，但她還是依言走到洗手間。

洗手台上放著漱口杯和牙刷，漱口杯是白色的，整個洗手間只有一個，應該是他自己用的，牙刷是她上次用過的粉紅色那支，原來他一直留著。

此時漱口杯裡已經裝滿了溫水，而牙刷上也擠好了牙膏。

有那麼一瞬間，對什麼事情都不露聲色的江美希突然覺得眼睛發酸。

她盯著那個牙刷看了許久，直到那種酸澀的感覺過去之後，她才拿起牙刷開始刷牙。

從洗手間裡出來時，葉栩已經吃完了，回頭看到她說：「怎麼這麼慢？」

她從桌上抽了張衛生紙，把剛才洗完臉沒有完全擦乾淨的水珠又擦了擦，也沒回答什麼，開始低頭吃飯。

他看她一眼說：「今天去買點東西。」

江美希不明所以地抬頭看他：「買什麼？」

他已經移開視線：「妳偶爾會住在這裡，沒有妳的東西。」

江美希已經不知道該怎麼形容自己現在的心情了。

意外嗎？是有一點。期待嗎？顯然也有。但更多的是酸澀……

她說：「好。」

正在這時，她放在桌上的手機突然響了，她抽了張衛生紙擦了擦嘴，拿過手機一看，螢幕上顯示著的是個陌生號碼。

職業使然，江美希對數字很敏感，雖然這個號碼只看過一次，但她還是第一時間就想到了誰。

她猶豫了一下接通電話，電話那邊傳來一個熟悉的聲音：「是我。」

季陽的聲音在安靜的房間中尤為清晰，江美希瞥了眼身邊的葉栩，他卻彷彿什麼都沒聽到，把桌上的碗筷收去廚房。

江美希暗自鬆了口氣：「有事嗎？」

「今天有安排事情嗎？」

江美希瞥了廚房方向一眼，含糊不清地「嗯」了一聲。

電話那邊傳來一聲長嘆，季陽說：「我之前都在忙，正好這段時間還有空，就想趁著這個週末找個熟人帶我逛逛北京，畢竟好多年沒回來了。但在這裡，我熟悉的就只有妳和時禹，他又去陪女朋友了。」

陸時禹有女朋友了？這件事讓江美希有點意外，但是她也沒有多想，畢竟正常人不會讓自己一直處於單身狀態。

不過季陽的話也讓她有點猶豫，因為她還記得，季陽曾經說過他如何如何的不喜歡北京，如果留下來，那只能是為了她。但是今非昔比，她猶豫也只是在猶豫要想個什麼委婉的理由再次拒絕他，讓他不那麼尷尬難堪。

正在這時，葉栩已經從廚房走了出來，狀似無意地問了一句：「要洗澡嗎？」

他說話時正好走到她的身後，那句話的聲音也不小，她相信，電話那邊的季陽只要聽力沒問題，就一定聽見了。

一段漫長而尷尬的沉默後，季陽說：「那妳先忙吧，改日再約。」

江美希說了聲「好」，掛上了電話。

回頭看到葉栩又端著個盤子往廚房走，她說：「你故意的。」

他聞言回頭挑眉看她：「是啊，看樣子妳還挺遺憾的。」

江美希走上前，拿過他手裡的盤子：「沒有，幹得好。」

上一次在他家裡吃早飯，因為她落荒而逃，他不但得做飯，還得洗碗。這一次既然他沒有讓她走，那本著分工合作的態度，她也應該洗碗。

而她在廚房裡洗碗的時候，他就端著手臂倚在門口看著她。

她一邊洗碗一邊思考著兩個人的關係，覺得還是有些話需要提前說清楚。

知道他還沒有走，她頭也不回地說：「我希望我們的關係可以對外保密。」

片刻後，他笑：「當然，又不是什麼光彩的事。」

江美希把最後一個碗洗好，放回碗架，回頭看著他說：「謝謝。」

他臉上還掛著若有似無的笑意：「不客氣，不過我說的對外保密，不包括某些賊心不死的人。」

江美希怔了怔，就聽葉栩又說：「有些事情我可以忍，但有些事情……」

「我明白。」她沒有等他把話說完，已經明白了他的意思。

不管是出於喜歡她、愛她，還是只是需要她這樣的原因，他可以接受和她保持著一段不問前程、見不得光的關係，但不是彼此開放的床伴關係。

江美希說完，從他面前經過走向浴室：「我去洗澡了。」

可進了浴室後發現，他也跟過來了，於是問了句：「你幹什麼？」

「洗澡。」

「你剛才不是叫我先洗嗎？」

葉栩已經脫掉上衣，面不改色地糾正她：「是我正要洗澡，問妳要不要一起。」

難得這個週末沒什麼事，江美希和葉栩賴在家裡卿卿我我了整整兩天。

週一一早，兩個人一起去公司，到公司附近的一個路口前，葉栩說：「停在這裡吧。」

兩人心照不宣，江美希也沒說什麼，依言靠邊停車。

車子停好，葉栩卻不急著下車，江美希看著眼前人來人往的清晨車道，他趁著她還沒反應過來前手臂一伸，攬過她吻了上去。

鬍後水的味道混合著牙膏殘留的淡淡薄荷味迎面而來，這個吻讓江美希忍不住沉醉。但他沒有持續太久，在身後鳴笛聲再度響起時，他鬆開她，眼神渙散地看著她，滿意地笑了笑：「等等見。」

那眼神溫柔繾綣，漂亮漆黑的眼眸中都是她那小巧的臉。

江美希的心跳有些紊亂，但臉上儘量保持著風輕雲淡。她別開目光，佯裝看著窗外過路的車輛，催促他說：「快走吧，免得等一下被路過的熟人看到。」

「好。」

看著他的背影漸漸消失在街道旁，江美希這才鬆了口氣，與此同時，不自覺地彎了彎嘴角。

下一個路口就到U記了，江美希停好車子正準備下車，又想起剛才被某人蹂躪的唇，也不知道自己現在是什麼樣子，於是她連忙翻出鏡子照了照，這一看，無比慶幸自己夠謹慎——此時鏡子裡的她頭髮有些凌亂，早上出門前還精緻的妝容也有些斑駁，尤其是嘴唇。

她從包裡拿出粉餅和口紅迅速補了個妝，這才滿意地下了車。

但很快，她又想起什麼，連忙拿出手機發簡訊給某個罪魁禍首：「記得擦嘴。」

消息剛送出，她就聽到身邊傳來一個熟悉的聲音：「給誰發簡訊發得這麼認真？」

江美希倏地回頭，Linda 不知道什麼時候已經走到她身邊，正斜眼瞄著她的手機螢幕。

她不動聲色地收起手機，無所謂地笑了笑：「組裡的小朋友。」

「妳啊，有時候管得太過了。有些事情就讓他們自己去想辦法，我們當初不也是這樣過來的嗎？誰會這樣手把手的教？」

江美希不置可否，Linda 也就沒再說什麼。

兩人一起走進電梯間，Linda 說起正事來：「投阿奇法的事情，北右那邊差不多定案了，上週五下班時通知我們近期準備好盡調報告，我看時間還蠻充裕的，週末就沒打擾妳。」

江美希有點高興：「這是好事。」

Linda 笑：「等一下妳跟我來辦公室，我們商量一下後續事宜。」

「好的。」

電梯門打開，兩人一前一後走進去，過了一會兒再次停在了一樓。此時正是上班的尖峰時刻，電梯門剛打開，就有五、六個人魚貫而入，葉栩就是這些人之中最後一個進來的。

他個子很高，一眼看到電梯裡的江美希，兩人目光僅僅接觸一瞬，他面不改色地移開視線，待看到她身邊的 Linda 時，才恭敬地點了下頭，算是跟上司打招呼。

江美希在看到葉栩進來的一剎那就有些緊張，她特地留意了一下他的唇，是比平常紅潤了一點，但是更顯得唇紅齒白，看起來眉清目秀，但好在看不出唇膏的痕跡。

她稍稍鬆了口氣，看來他是看到她傳給他的簡訊了。

或許是因為有老闆在的緣故，電梯裡靜悄悄的，甚至有些讓人喘不過氣來的感覺。直到大部分的人陸續走出電梯，空間稍微寬敞了點，江美希才覺得比較舒服。

然而剛才人多時，她沒注意，這下子人少了，一抬眼就對上光可鑒人的電梯門上照映著的某人視線。他依舊是那副沉靜無波的表情，但是江美希卻彷彿看到了那雙黑漆漆的眼眸中暗濤洶湧。

她連忙錯開目光，卻又不經意間掃到 Linda 的表情，她勾著嘴角，像是在笑。

終於，電梯停靠在九樓，葉栩和身後兩人打了個招呼，出了電梯。

電梯裡就剩下江美希和 Linda，Linda 也不再掩飾，大大方方笑了起來。

江美希有點緊張：「怎麼了？」

「妳剛才沒看到嗎？那小朋友看妳的眼神像是能吃人。」

「有嗎？我沒注意。」

兩人一前一後踏出電梯，Linda 忍著笑問她：「我聽說『小黑會』開完後，他聽到一點風聲，還跑去質問妳，以為打他三分的那個人就是妳？」

原來 Linda 說的是這事，江美希不由得鬆了口氣。

「隨便他怎麼想吧。」她沒什麼情緒地說。

Linda 同情地拍了拍她的肩膀：「那小朋友從一開始就對妳敵意不小，你們兩個劍拔弩張了大半年，我是他的話也會懷疑是妳給我穿小鞋。不過、由此可知，他不太瞭解妳。」

江美希無所謂：「我就當作妳是在誇獎我很公正了。」

Linda 卻不置可否：「妳啊，『嶢嶢易缺[2]』這詞妳聽過嗎？」

江美希一怔，不懂 Linda 為什麼會這麼說，但是再看向 Linda 時，她卻已經換了話題。

「這次的盡調我本來還是想讓 Amy 跑一趟的，但是 Amy 最近狀態不好，我擔心和客戶那邊有什麼摩擦，其他人我也不放心，還是妳去一趟吧。可能還會遇到北右派的其他人去，正好藉機多接觸一下。」

阿奇法如今已是江美希的客戶，但北右還是由 Linda 對接，所以這件事 Linda 這麼上心也很正常。

江美希問：「北右那邊會去什麼人？」

「可能是投資部的杜總吧。」

「我以為只會派個副總或者主管去的，如果是杜總的話，妳去會不會更適合？」

Linda 卻笑了：「妳去、我去有什麼差別？對方來的人層級很高，這更是個好機會，妳好好準備。」

江美希聞言也沒再推託：「好吧，有希望什麼時間過去嗎？」

「週三之前就過去吧。」

「好的。」

「哦、對了，妳和北右那邊之前有接觸嗎？」

2 嶢嶢易缺：比喻個性剛正不阿的人容易招來橫禍。

江美希不知道Linda怎麼會突然這麼問，但還是認真想了一下：「沒有，這次是我們和他們第一次合作。」

Linda若有所思地點點頭。

後來兩人又簡單商量了後續安排，江美希才離開。

Linda望著她離開的背影，不禁皺了皺眉。

這次讓江美希去，其實並不是因為Amy狀態不好，也不是她不願意去，而是北右那邊的專案負責人點名要求江美希週三之前過去。

如果江美希和北右沒有關係，那對方為什麼特地要她去呢？

回到辦公室，江美希立刻讓林佳幫她訂了第二天到上海的機票。這一走又是兩、三天，公司裡還有不少事情要處理，除此之外，還要翻閱之前的年審底稿和財報，盡可能地去瞭解阿奇法的情況，以免到了那裡浪費時間。

之前阿奇法的年審是Amy帶著葉栩等人做的，江美希打算先把幾人的底稿看完，有問題再當面問他們。

她從早忙到晚，等稍微放鬆下來的時候才注意到已經下班了。

她抬頭看了眼窗外，葉栩還沒走。她差點忘了跟他說她明天出差的事，剛拿起手機，她又想了想，還是決定當面說一聲，正好拿起放在桌邊的文件走向門外。

她原本想先去找葉栩，才剛走出辦公室，就看見石婷婷扭扭捏捏地走到葉栩面前，不知道在跟他說些什麼。

說話時，女孩的臉頰緋紅，看著葉栩的目光也是躲躲閃閃的，相比之下葉栩倒是和平常沒什麼兩樣，對女孩這些一覽無遺的情緒視若無睹。

江美希毫不在意，轉身便朝著 Amy 走去。

Amy 正準備下班，見江美希來問阿奇法的事情，重新打開電腦，翻出當時的底稿。

江美希有點意外，看來過了個假日，Amy 已經冷靜下來了。但也不知道她之後有什麼打算，不過江美希猜測她多半會選擇離開U記。

江美希想瞭解的情況 Amy 也不全然清楚，有些工作是葉栩做的，這還得問問葉栩。

這時候石婷婷總算是離開了，江美希正朝著葉栩走過去，此時手機卻突然響了，是 Linda。

她接起電話，Linda 已經離開公司，但還有些明天的事情要囑咐江美希。

江美希一邊聽電話，一邊找了沒人的空位坐下，隨手拿起桌上的紙筆把 Linda 的囑咐一一記下。

還在辦公室裡的陸時禹看到石婷婷一離開，就湊到了葉栩身邊，看著石婷婷離開的背影，還頗為遺憾地拍了拍葉栩的肩膀：「你看這女孩多好，工作認真、性格溫柔，長得也不錯啊，對你還一往情深，你就真的對她沒意思？」

旺季一過，下班時間過後的辦公室裡基本上也沒什麼人了。陸時禹半倚半坐在葉栩面前的辦公桌上，自以為聲音壓得很低，卻壓根沒注意到他斜後方隔板後面還有一個人。

葉栩緩緩靠在椅背上看著陸時禹，明知故問：「要有什麼意思？」

陸時禹笑：「我記得年會那次，你們兩個不是處得還不錯嗎？」

這一次，葉栩破天荒地有點不自在：「你看錯了。」

「怎麼會呢？我看你們兩個聊得挺開心的啊！」

「嗯，所以都講清楚了。」

陸時禹愣了愣：「什麼意思？這麼好的一個女孩子，你拒絕人家了？」

葉栩不置可否。

陸時禹一臉惋惜，但轉瞬又笑起來：「我看她剛才那樣應該是還沒死心，不然你再好好考慮一下？真的比那個誰好多了！」

葉栩一臉真誠地問：「哪個誰？」

「就那個……」陸時禹不耐煩地回答，卻突然止住。他斟酌著措辭，似乎也知道不好指名道姓直接說江美希的壞話，於是想了想才說，「黑無常！」

葉栩若有所思地「哦」了一聲，依舊態度不明。

陸時禹見他這次沒有一口回絕，以為他對石婷婷的確有不同尋常的感覺，於是以一副過來人的姿態再接再厲地遊說道：「你就是見的女孩子太少了才會這麼瞎，以我的經驗呢，女人年紀愈大愈難相處，你也看到了，她那個脾氣簡直就是……嘖嘖、哪怕她長得美如天仙，配上那個閻王爺的脾氣、黑無常的打扮，誰看了心情會好啊！反觀婷婷……」

「好的，我都記下來了，放心。」

一個熟悉的聲音突然從身後傳來，打斷了陸時禹的話，而且聽音量，說話的人還離自己很近。

陸時禹猛然回頭，就看到他斜後方的桌前江美希正一邊看著他一邊講電話。

她掛上電話，笑盈盈地站起身來。

憑他對她的瞭解，他當然知道這個笑容意味著什麼！

「妳什麼時候過來的？」他問。

「你來之前。」她答。

那豈不是他說的那些話她都聽到了？雖然他說的那些都是心裡話，但他的目的是想討好她啊！這下好了，見女朋友家長的道路愈來愈難走了！

「不是、那個……美希妳聽我說！」陸時禹急中生智想著怎麼解釋，支支吾吾了片刻突然福至心靈，「我說的那個黑無常是 Daniel 之前暗戀的女生，跟妳一點關係都沒有，不信妳問他！」

說著他回頭朝葉栩擠眉弄眼，但葉栩卻低下了頭佯裝沒看見，這就算了，但他那一臉要笑不笑的欠揍表情是怎麼回事？

陸時禹這時已經不指望葉栩了，轉頭還想再跟江美希解釋幾句，可是江美希卻比他先開口：「聽說你有女朋友了？」

陸時禹心裡一驚，但不知道江美希知道多少，也就不好多說什麼。

江美希繼續說：「真不知道是哪個女孩這麼想不開，我要是認識那個人，一定要好好勸勸她。」

陸時禹心裡暗叫不好，但還是維持平靜地問：「勸她什麼？」

「看男人啊。不能只看外表，還要多方觀察，太八卦的不行、太龜毛的不行、當然太吝嗇的也不行，最重要的是，人品太差、滿嘴瞎話的肯定也不行。」話一說完，江美希便轉身，朝著自己辦公室的方向走去。

陸時禹正要追上去，一眼就看到不知什麼時候從外面進來的穆笛，那張小巧可愛的臉寫滿了絕望，他看著都懊惱、心疼。

陸時禹想著再怎麼樣也不能給未來的小阿姨留下這樣的印象，他上前追了幾步替自己辯解：「我發現妳對我的誤解很大啊！美希、妳這樣太傷我這個老同學的心了，我覺得我們有必要多接觸一下，讓妳更加瞭解我！」

江美希聞言回過頭，陸時禹不由得停下腳步。

江美希上下審視了他一眼，目光最後落在他的腳尖處：「後退。」

陸時禹不明所以，但還是依言後退一步。

江美希繼續：「再後退。」

他又退一步。

江美希就這樣看著陸時禹聽她的口令乖乖退出幾公尺遠，之後才把視線重新移回到他的臉上：「麻煩你下次和我保持至少三公尺以上的距離，免得讓其他人以為你跟我之間還有同事以外的其他關係。」

陸時禹瞥了眼角落裡的穆笛又看向江美希，再開口時不由得帶上了求饒的語氣：「不用這樣吧？Maggie。」

江美希不為所動：「其實你還是有優點的。」

陸時禹驚喜道：「我就說嘛！」

江美希微笑：「你可以離我遠一點。」

「噗哧……」身後傳來年輕男人的低笑聲，此時的陸時禹才意識到辦公室裡雖然人少，但也不是一個人都沒有，瞬間覺得顏面蕩然無存，忍不住在心裡把江美希罵了幾遍，但一看到不遠處的穆笛，他又心軟了。

唉，捨不得孩子、套不到狼[3]，放不下面子、娶不到老婆啊！

江美希已經走遠，陸時禹洩氣地正要朝穆笛走去，肩膀突然被人拍了拍，他回頭一看——是葉栩。

兩人身高差不多，葉栩比他更瘦、更高一些，他從他身邊走過，微微歪頭，頗為誠懇地說：「以後真的不用再替我操心了，忘了跟你說，我就喜歡她那一型的。」說著也沒再看陸時禹，當著他的面走進江美希的辦公室。

江美希看見是他，臉上沒什麼表情：「誰讓你進來的？」

葉栩笑得很無辜：「我可什麼都沒說。」

江美希收回視線，沒有理他。

葉栩走近：「妳剛才有事找我？」

江美希這才想起正事，把之前幾份底稿遞給他，葉栩看了一下，把知道的情況一一跟她說明。

說完正事，江美希也消了氣，對葉栩說：「以後離他遠一點。」

不用特地說，葉栩也知道她指的是陸時禹。

他說：「組裡就這幾個老闆，我不跟著他，就只能跟著妳了。」

3 捨不得孩子、套不到狼：原句為「捨不得鞋子、套不住狼」，其中鞋子的「鞋」音因為以訛傳訛，所以成了「孩」子，意思近似於不經一番寒徹骨，焉得梅花撲鼻香。

說話時他故意壓低聲音，抬眼看她，江美希不敢與他對視：「我說工作之餘。」

「哦、那大概很難。」

陸時禹如果真的和穆笛在一起的話，以後就算是江美希不想跟他往來都很難。

江美希問：「為什麼？」

葉栩卻不打算多說了，而是問她：「聽說妳明天一早的飛機飛上海？」

「嗯、我估計要忙到蠻晚的，明天又是一大早的飛機，你忙完就早點回去吧。」

「嗯、那妳明天幾點的飛機？」

「八點十五，怎麼了？」

「我送妳去。」

從她住的地方過去機場至少要一個小時，要提前一小時到，所以最晚也要六點十五出發。

江美希想說不用了，但葉栩已經轉身出了門。

江美希回到家時已經很晚了，她洗完澡一沾到床，抵擋不住睡意便深沉睡去。

當鬧鐘響起時，江美希撩起窗簾看了眼窗外，此刻的她只感覺時間一瞬即逝。

窗外黑漆漆的，像是深夜，看不到天要亮的痕跡，不過好在因為常年奔波各地，她也已經習慣了這種半夜起床出門的日子。她很快清醒，然後用最快的速度梳洗完畢、穿戴整齊。

出門時天光已經微亮，她看了眼對面樓上那扇黑漆漆的窗——其實沒有真的指望他爬起來去送她，所以她也不打算特地打電話去叫醒他。

她拎著行李箱出門，雖然已經要入夏了，但是清晨時分的氣溫還是有點冷。

整個社區裡靜悄悄的，似乎還處在沉睡的狀態中，唯有她的行李箱滾輪聲在偌大的社區中庭徘徊，顯得有點突兀。

想到等一下不知道要等多久才能叫到計程車，江美希不由得加快腳步，可是才剛走到社區大門前，她便停了下來。

年輕男人此時正倚在一輛黑色荒原路華攬勝[4]前低頭抽菸，抬頭看到她便將菸蒂踩滅，走到她身前二話不說就拿起她的行李箱放在車後。

葉栩回頭看她還站在原地，又朝車上揚了揚下巴，示意她上車：「站在那邊發呆幹嘛？」

江美希這才回過神來，繞到副駕駛座上車。

車子發動，她看了眼車內布置問：「誰的車？」

「昨天晚上借的。」

「就為了今天早來送我？」

「不然呢？」他瞥了她一眼。

「其實我可以叫車。」

4 荒原路華攬勝：Land Rover Range Rover，英國品牌汽車，有越野車中的勞斯萊斯美譽。

「這麼早又這麼冷，不知道要等多久才能叫到計程車。」

江美希突然想到去芯薪那次，那天也很早，甚至還下雨，可是他完全沒有想到她，還自己搭車去了機場。

想到那次，她還是有點生氣：「怎麼之前就沒這麼有心？」

葉栩不置可否：「一直都很有心，但要看我想不想。」說著，他瞥她一眼，「無所謂的人冷不冷、急不急跟我有什麼關係？」

江美希冷笑：「所以我這個無所謂的人，連車都不跟我一起搭？」

說這句話時，其實江美希早就忘了，自己曾經也是那個拒人於千里之外的人。

葉栩勾起嘴角：「那也不是，妳也說了順路，無所謂的人搭便車確實無所謂，但妳不一樣。」

江美希等著下文。

就見他笑著看向她：「那時候就喜歡看妳生氣的樣子。」

江美希先是愣了愣，但想起之前的事情，也不由得笑了。

「現在呢？」

「都愛看。」

原本她是隨口一問，沒想到得到的是這個答案。她知道那不是隨口一說，但想到兩人現在的關係，她的心情卻變得有些沉重的。

快到機場時稍微有點塞車，但好歹是在預計時間內趕到了。葉栩一路把江美希送到安檢口，分別時也只是在她後腦勺上輕輕拍了一下，示意她趕快進去。

江美希對他這沒大沒小的舉動很不滿意，但看到他下巴上的鬍渣和略帶惺忪的雙眼，也只是瞪了他一眼：「你快回去吧，等一下上班別遲到了。」

他說：「好。」

她拎著行李走到等安檢的隊伍末端，準備好相關證件。再抬頭時卻發現他還沒走，只是站在不遠處靜靜地望著她。

其實以他們兩個這兩天親暱的程度來看，他又是那種我行我素習慣的人，他送她出差，她已經做好了準備，他可能會當眾做讓她難為情的舉動。但是她發現，只要在外面，尤其是有其他人在的時候，他就表現得很克制冷漠。

如果真的那麼無所謂，又何必一大早跟到這裡來呢？

終於輪到江美希過安檢，她把登機證跟證件遞給工作人員，過程中不由得回頭又看了一眼葉栩的方向，就看到他朝著她揮揮手，在她的注視下轉身離開。

有那麼一瞬間，江美希發現，雖然只是離開幾天，但自己好像也挺捨不得的。

幾小時後，飛機降落在虹橋機場，從出站口出來，她輕輕鬆鬆找到了來接機的人。或許是知道來的人是她，對方也派了一個女孩子。

女孩叫王萌，一路上和江美希聊著這次專案審計的事，她從王萌口中得知，阿奇法很重視這次的盡調，所以特地指派王萌和另外一個女孩全程陪同江美希，配合她這次的工作。

因為有兩個人專門配合，所以江美希的工作進展起來也很順利。這樣一來，晚上再加個班，她就可以早點回北京了。

就在她快下班的時候，她又被告知北右那邊的人也到了，阿奇法的老總余淮要請大家吃個飯。

阿奇法這間公司不算小，聽說余淮也是整天忙得不落地的人，以前江美希和余淮打過幾次交道，但從來沒有見過他本人。

這一次應該是沾了北右的光，吃飯是次要，還是要和北右這邊建立起更深入的聯繫，這才是她這一趟的目的。所以在趕赴晚上的飯局前，江美希特地回飯店準備了一下，這才謹慎地出了門。

晚上吃飯的地方是一家江邊俱樂部，上海這個時候已經有了夏天的模樣，即使是夜晚，也是暖風陣陣。

江美希今天穿了一件無袖連身裙，雖然是無袖的，但是裙子夠長，在這樣的溫度下正好不冷也不熱，而且顏色素淨，適合今天這種商務應酬。

阿奇法公司的車帶著江美希輕車熟路地趕到俱樂部所在地。

和大部分的俱樂部一樣，這裡封閉靜謐，除了服務人員之外，鮮少有外人出入。江美希到的時候正值晚上用餐時間，但大廳裡也沒有其他人，鋼琴聲娓娓傳來，服務生都輕聲細語地說話，生怕打擾到什麼人。

江美希在服務生的帶領下走到三樓走廊的盡頭，包廂門半掩著，隱約聽得到裡面交談的聲音。

看來她到得並不算早。

她推門入內，就看到幾個衣著筆挺的商務菁英或站或坐地正在聊天，看樣子也是剛到不久。

背對著門的男人回過頭，見到她立刻露出笑容，這是她之前就打過照面的阿奇法財務總監劉洋。

「Maggie、妳總算來了，來來、認識一下，這是我們余總！」

坐在一側單人沙發上的中年男人聞言起身，客氣地和江美希握手：「初次見面，請多關照。」

江美希笑著應答，劉洋又看向另外一邊的兩人：「這是北右投資部的杜總，你們之前見過嗎？」

江美希笑：「久仰大名，也是初次見面。」

面對她，杜總倒是一點疏離感都沒有：「之前一直聽 Linda 說起她的得力助手，雖然也是第一次見到江小姐，但感覺已經認識很久了，所以我一直都覺得這不是我們第一次合作了。」

江美希順著他的話說：「這次是不是第一次沒關係，反正下次肯定不是了。」

她這麼一說，眾人哄堂大笑。

杜總又說：「說起這次我們能合作，還得多謝一個人。」

江美希從剛才起就看到杜總和劉洋身後的沙發上還坐著一個人，只是從她的角度只能看到那人穿著西裝褲的長腿。剛才她和他們寒暄時，那個人就靜靜地坐在那裡，不起身也不發一語，她一直猜測對方的身分，是北右的人，還是阿奇法的人？

直到杜總和劉洋讓開位置，那個人緩緩站起身來，彬彬有禮地朝她伸出手：「又見面了，美希。」

他這句「又見面了」還有那聲「美希」，引來周遭幾個男人揶揄的笑聲。

江美希怔了怔，但很快鎮定下來，也朝他伸出手輕輕一握：「這麼巧，季總。」

他叫她「美希」，語氣聽起來溫柔熟稔，讓人不由得猜測他們之間的關係，但她只稱呼他為「季總」，再配上她職業幹練的笑容與舉止，眾人腦中剛冒出的那點曖昧想法又瞬間熄滅了。

或許是因為發現江美希和季陽認識，落座時眾人特地留出季陽旁邊的位置給江美希。她也沒矯情，但還是不明白為什麼季陽會出現在這裡，而且他是坐在主座上的。

直到席間聽眾人聊天，她才大概瞭解了這三家之間的關係。

原來季陽和北右以及阿奇法都有合作過，這次阿奇法想籌錢，北右想投資一家主要經營微電子產品的公司，這就透過季陽一拍即合。

不難看出，無論是北右還是阿奇法對他都很感激，可是即使如此，這裡余淮還在、杜總還在，再怎麼感激，季陽也只是一個諮商公司的老闆，怎麼能讓這些人這樣禮待呢？

這件事江美希想不透，但是有一點她隱約明白了。

像今天這樣的局，如果真的是 Amy 來，明顯是不適合的，但 Linda 本人來會比江美希這個小小總監來更能顯現出誠意，可是 Linda 偏偏讓她來，這和季陽有沒有關係呢？

想到這裡，她看向身邊的男人，發現他也正看著她。

見到她回頭，他笑盈盈地壓低聲音問：「吃飽了嗎？」

江美希淡淡「嗯」了一聲。

季陽朝著身後半開著的推拉門揚了揚下巴：「陪我去透透氣。」

江美希掃了眼已經有點醉意但仍舊在互相勸酒的其他人，接著她又看向了季陽，他剛才也被勸著喝了兩杯，此時臉色酡紅，似乎是真的不怎麼舒服，於是點點頭答應了。

江美希以為包廂推拉門外就是一個普通的陽臺，走出去時卻發現是一個很寬敞的方正露臺。

季陽此時只穿著一件白色襯衫，剛才屋裡悶熱，又喝了點酒，襯衫領口微微敞著，被風這麼一吹，有點凌亂。

他信步走到露臺邊緣，憑欄遠眺，久久不動，江美希看了一會兒，也走到他身邊。

江美希這麼一看才發現，從這個位置望去，外灘夜景幾乎是一覽無餘。

「妳記不記得我剛來上海工作的那年，我們也曾經在這裡看過風景。」說著，他朝著樓下某個地方指了指，「就在那邊。」

那次她是趁著週末來看他的，機票花了她半個月的薪水，兩個人見面的時間還沒有她在路上的時間長，那時候的她卻覺得很值得。

江美希漠然收回視線：「好像有點印象。」

「好像？」季陽嘴角噙笑，回頭打量她。

她穿著一件無袖連身裙，上身剪裁得體，襯得她身段婀娜有致，下身裙擺長及腳踝，不失端莊優雅，但好在質料輕柔，很適合江邊的夜風，隨著她的走動也頗有些風姿搖曳的感覺。

只不過衣服又是黑色的。他見她的這兩次，她都是一身黑，雖然也襯得她皮膚瑩白如玉，但是他明明記得江美希以前更喜歡鮮豔亮麗的顏色。

「美希啊、妳知道嗎，這幾年妳變了很多。」

江美希不為所動：「成長也是變化的一種。」

季陽似乎沒想到她會這麼說，愣了一瞬便笑了：「嗯、也變得伶牙俐齒了。」

江美希不想跟他在這裡回憶過往，她想到剛才自己的猜測，於是說：「這次的 Due Diligence[5] 本來是不用我來的……」

她正斟酌著要怎麼說出來而又不顯得自作多情，季陽卻很快給了她答案：「是我授意北右那邊指定要妳來的。」

江美希不解：「為什麼？」

季陽笑著看她：「想見妳一面不容易啊，在北京見不到，只能到上海見了。」

江美希漠然收回視線，看向遠處的點點星光。

「現在你見到了，然後呢？」

「妳明知故問。」他笑了笑，「不過沒關係，我願意回答妳——我們分手後的這三年，無論是在上海還是後來在紐約，我都沒有忘記妳。」

「所以呢？」江美希問。

「回到我身邊吧，美希。」

她笑了笑：「那當初為什麼要分開？」

季陽沉默了，片刻後才說：「人總是會犯錯的，但是如果能用這個錯來讓我們認清彼此的內心，我不後悔。」

江美希依舊是笑著的：「還是算了吧。」

5 Due Diligence：盡職調查。

對於她的拒絕，季陽似乎並不意外：「美希、我知道妳怨我，妳可以對我發脾氣或者冷落我，但是我們還是會重新在一起的。」

這句話讓江美希由衷地感到意外：「為什麼？」

「我聽時禹說，這幾年妳也一直單身，而且，我瞭解妳……」

他後面的話沒有說下去，江美希卻已經明瞭。

她笑著搖頭：「這不是因為你。」

江美希看他明顯不相信但又不願跟她爭辯的模樣，即使她對他談不上恨，但此刻的她依舊感到一些快意恩仇的暢快。

對於過往他表達得很清楚了，他當初提出分手，可能是厭了、倦了，也自信離得開她。可是多年過後，彎彎繞繞，竟然發現身邊再遇到的人都不如她，當然也有可能他是真的無法忘了她。所以他回頭了，看到她還單身，誤以為她還在原地等待。他剛才說認清了彼此的內心，而不只是他的，可是只有她清楚，他們早已回不去了。

她抬頭再看季陽，他臉上早就沒有多餘的情緒，取而代之的又是那副氣定神閒的笑容：「那是因為誰？」

他說這話時聲音微啞，上身稍稍前傾靠近她，突然之間氣氛變得有些曖昧。

江美希不動聲色地退後一步：「你還不懂嗎？我們之間的問題不是以前怎樣，而是現在怎麼樣。如果現在我們還彼此喜歡，我不會拒絕你的靠近，可是我已經對你沒感覺了。」

聽見這句話時，江美希明顯看到季陽的身子僵了僵。

片刻後，他自嘲地笑了笑：「所以妳是對其他人有感覺了嗎？我曾經的那個位置，現在有別人了嗎？」

江美希沒說話，但這比多說些什麼更讓人絕望。

季陽轉過身，雙手撐在欄杆上，臉上掛著笑，笑意卻未達眼底。

「是他嗎？」

他沒有明確說「他」是誰，但她知道，他已經猜出來了。

季陽又說：「我聽說他是小笛的同學。」他不可置信地看著江美希，「小笛的同學啊，小妳七歲！」

一直沒有說話的江美希抬頭迎上他的視線：「那又怎樣？」季陽正想在再說些什麼，江美希又說，「跟你有什麼關係？」

這句話讓季陽把要說的話又咽了回去。他重新看向遠處，面上雖然毫無波瀾，可是握著欄杆的手卻鬆開、握緊，握緊再鬆開。

江美希看了眼包廂，此時那群人正一邊抽著菸一邊聊天，完全不關心露臺上發生了什麼事，好像早有預料，或者早已習以為常。而且杜總看到她看過來時，還朝她無所謂地笑了笑。

這種感覺讓江美希很討厭。

她正想和季陽說差不多該回去了，季陽突然說：「妳不甘心輕輕鬆鬆地答應我回到我身邊，那想玩就玩吧。但是也要有個限度，差不多的時候，該收心就得收心。」

江美希聽到他說的這一番話徹底傻住了，她不知道季陽是以什麼立場說出的這種話的，更不知道他是以什麼心態說出的這些話。

以前就聽人說過，在有些男人潛意識裡認為前女友還是他們的女人，當時江美希覺得這個說法匪夷所思，現在聽到季陽這麼說卻只覺得諷刺。

江美希轉身就走，剛走兩步又被身後人叫住，她停下腳步，他卻似乎有點猶豫。

過了片刻他說：「這件事妳不要再管了。」

江美希愣了愣，回頭看他：「什麼事？」

「無論是北右還是阿奇法的事，妳都不要再管了。」

就是因為她不想陪他憑弔過往，重新開始，就撼動他作為男人的尊嚴了？所以他就想在工作給她打擊，讓她對他低頭嗎？

「……」江美希什麼也沒說，轉身離開。

回到包廂，她和眾人說明自己還有工作，也沒再和季陽道別便先行離開。

她直接回到飯店，房間裡只開著一盞溫煦黃光的檯燈。

江美希關上門拿出手機，沒有電話、沒有簡訊。

身上還留有那些人留下的菸味，她有點煩躁地脫掉衣服，走進浴室。

第二天，江美希跟著幾方又開了大半天的會，她在上海的工作就算完成了。

會議結束的時間已經比較晚了，阿奇法的人留她一起吃晚餐，但江美希拒絕了，找了個藉口說明天一早還有事，無論如何今天晚上得趕回北京。

眾人見她已經訂好了機票就知道不好再挽留，紛紛看向季陽等他發話。

季陽只是說：「我送妳去機場。」

江美希剛想拒絕，杜總他們就連忙幫腔說：「對對、季總送一下我們也放心，只是晚餐你們兩個只能到機場解決了。」

江美希看了季陽一眼，也不想當眾掃他面子，於是點點頭答應了。

江美希住的飯店就在阿奇法附近，她先回飯店退房拿行李，而季陽去開余淮的車。等他到飯店門口的時候，江美希正好出來。

此時正遇上下班尖峰時段，去虹橋機場的路也有點塞車，一個多小時的車程顯得尤其漫長，可是車裡的兩人卻沒有交流。

江美希又拿出手機看了一眼，除了兩則跟工作相關的簡訊，沒有其他。

季陽瞥了她一眼問：「很著急？」

江美希收起手機，不明所以：「什麼？」

「妳的飛機幾點？」

江美希這才明白，他以為她剛才在看時間。

她說：「沒事，時間來得及。」

季陽又看她一眼：「有什麼急事非得要今天趕回去嗎？到北京也已經很晚了。」

江美希沒有回答他。

沉默了片刻，他又問：「到那邊有人接妳嗎？」

「叫車很方便。」

「他不去？」

他沒有明說這個「他」是誰，但是兩人都清楚，他說的是葉栩。

江美希卻沒有正面回答他：「其實今天我叫車去機場也蠻方便的。」

季陽笑了笑，沒再說什麼。

這個笑容卻讓江美希有點惱火，其實她也不知道自己為什麼這麼急著離開上海，她就是覺得有點不安心，不知道是因為季陽突然出現在上海，還是因為其他原因。但是江美希可以想像得到，在季陽看來，她急著回去不過就是為了早點見到葉栩，反觀葉栩，應該沒那麼想見她。

江美希看了眼窗外，回頭對季陽說：「也不知道前面還得塞多久，聽廣播可以嗎？」

季陽沉默片刻才淡淡「嗯」了一聲，但也沒有動作。

江美希乾脆自己動手打開廣播，調到正在播報路況的頻道。她把聲音稍微調大了一點，主持人輕鬆的聲音從音響中傳出來，車內的氣氛頓時也跟著輕鬆起來。

季陽突然笑了笑。

江美希不解：「你笑什麼？」

「妳就那麼不想跟我說話？」

「什麼？」江美希又把聲音調小了點，轉頭問他。

季陽看她一眼：「沒什麼。」

見他不再說話，她才暗自鬆了口氣。

大約一小時後，江美希總算趕到了機場，匆匆和季陽道了謝就進了安檢。

其實距離航班登機還有一段時間，哪怕是再多一刻，她都不想再和季陽在同一個空間裡相處。

坐在候機室裡，她百無聊賴地拿出手機，一邊盤算著飛機落地的時間，一邊從通訊錄裡找出葉栩的號碼，可是想了想，最終還是沒有撥出去。

目送著江美希離開，季陽撥了個電話給余淮。電話一接通，余淮的笑聲就傳了出來：「季總這麼快就回來了？」

季陽笑著說：「還得麻煩余總一件事，找人過來把您的車開回去，順便幫我把行李帶過來。」

「喲、看來是首戰告捷啊！但有必要這麼急著回北京嗎？再多留一晚不是更好？機場附近還是回市區？我再好好幫你安排。」說到後面，余淮曖昧地笑了起來。

季陽依舊笑著：「感謝余總的好意，不過這次是用不上了。我訂了一個半小時後回北京的航班，還得麻煩余總的人動作快點。」

「唉、你啊，重色輕友！」

江美希回到家時已是深夜，手機裡依舊沒有新的簡訊，對面樓上也早就沒了光亮。不過奔波一天確實累了，她迅速收拾好自己爬上床，腦子裡飛快閃過第二天要做的工作，沒多久就睡著了。

第二天一早，江美希先去見了客戶，回到公司時已經將近中午。

辦公室裡的眾人三三兩兩地聚在一起討論著什麼，她也沒在意，一路走向自己辦公室。

眾人還沒注意到她，有人在抱怨：「希望別排在週末，太累了！」

也有人說：「唱歌吃飯都太無聊了，我只想回家睡覺。」

江美希覺得沒什麼，但路過葉栩的座位時卻發現沒有人，不由得皺起眉。

正在這時，她和迎面走來的人撞了個滿懷，對面的人抬頭看見是江美希，立刻高興地打了聲招呼：「Maggie！」

周遭頓時安靜了下來。

穆笛問：「妳出差回來了？太好了，正好趕上我們投票截止前的最後一天。」

「什麼投票？」江美希皺眉。

穆笛說：「下個月初組裡要團康，大家正在確認時間，還有團康的選項，林佳有群發信件給大家了。」

「哦、這件事啊。」她對這些活動一般不感興趣，但是礙於自己也是半個老闆，不得不積極回應，其實比起什麼團康，她寧願留在公司裡加班。

「這兩天太忙，我回去看看。」她說。

「好的。」

江美希也沒再說什麼，笑著拍了拍穆笛的肩膀，往自己的辦公室走去。

回到辦公室，她打開信箱，果然看到兩天前林佳發了關於團康的郵件。她隨便選了個時間和內容回覆，便開始寫這次的出差總結和會議紀要，寫好後發給 Linda，然後出了門。

她和葉栩是在樓梯間遇到的，她正要上樓去找 Linda，而他應該是剛抽完菸從小陽臺出來。

葉栩見到她明顯也有點意外：「什麼時候回來的？」

「昨天晚上。」

「怎麼沒跟我說一聲？」他頓了頓說，「我可以去接妳。」

從前兩天就開始莫名煩躁的心緒在這一刻終於平靜了一些。

「哦、昨天太晚了，叫車回來比較方便。」

葉栩看了她片刻，點點頭：「今天能早點下班嗎？」

江美希想了一下說：「應該可以。」

「那下班前再聯絡。」

江美希答應後便往樓上走去，兩人擦肩而過，葉栩突然又停下腳步回頭叫住她：「這次去上海，遇到什麼事了嗎？」

江美希皺眉想了一下，覺得季陽的出現也算不上什麼不順利的事，於是說：「沒有，都還蠻順利的。」

「我聽 Amy 說我和她可能這兩天就會趕過去完成後續的盡調工作。」

江美希微微挑眉：「後續還有什麼工作？」

「妳不知道？」葉栩想了一下，「可能北右那邊有新的要求吧。」

「什麼時候的事？」

「上午剛收到的消息。」

江美希終於知道葉栩為什麼會認為她這次出差不順利了——她剛剛回來，公司就又派其他人去處理本來應該是由她來處理的事情，如果真的是客戶有新要求，按照道理來說也應該是她去接手處理，現在這樣換人去，倒像是說她之前做得不好似的。

不知道為什麼，她又想到季陽在露臺上對她說的那些話，難道真的是他和北右那邊說了什麼？

江美希若有所思地點了點頭：「我知道了。」

葉栩也沒再說什麼，留下一句「有事打電話」，轉頭出了樓梯間。

Linda 見來她辦公室的是江美希，連忙招呼她坐。

江美希說：「這次的出差總結和昨天的會議紀要我已經整理好 mail 到妳的信箱了。」

「嗯、我正在看，早上我接到北右那邊的電話，他們提了一些新的要求，還有一些內容需要補充一下。」說到這裡，Linda 頓了一下說，「沒想到妳已經回來了。」

江美希佯裝著剛聽到這件事，意外之餘皺著眉說：「那我得看一下時間再確定什麼時候過去。」

Linda 擺手：「這次不用妳去了，我已經安排了 Amy 和葉栩這兩天過去一趟。」說完她看向一臉不解的江美希，似乎有些猶豫，過了半晌嘆了口氣說，「算了、我就直接說了吧，對方要求我們換人過去，這兩天在上海有什麼不順利的嗎？」

果然是他！

江美希有點生氣，沒想到季陽這麼公私不分。但當著 Linda 的面，她也只能儘量簡要地說：「其實也沒什麼不順利的，就是……我之前那個男朋友回來了。」

她不知道她這麼說，Linda 是不是能夠理解，好在 Linda 很快便明白了她的意思：「妳是說這次去的幾方人馬裡有他？」

江美希點頭。

Linda 問：「我記得妳說他是做投行的，這次也是？」

江美希搖頭：「他現在在摯戎。」

「這次摯戎不是老闆親自去的嗎？而且我聽說他出門一向都是單獨行動。」

「嗯……」

「啊、原來真的是他……」Linda 對這個消息明顯很意外，消化了半晌之後才說，「所以這次在上海，你們鬧得不太愉快，他才授意北右那邊來和我說專案換人的嗎？」

江美希有點不爽：「沒有不愉快，無非就是工作，但這應該是他的意思。」

Linda 怔了片刻後笑了，走到她身邊拍了拍她的肩膀說：「妳來之前我還擔心出了什麼大事，現在看來也沒什麼。唉、這些男人啊真的不知道在想些什麼，說到專業態度，有時候還不如我們女人。」

江美希無奈：「所以就算他們不說，這個專案後續我也不方便參與了。」

Linda 笑了笑：「沒事，也不是什麼大專案。不過說起這個摯戎的老闆季陽，我早就聽說過他了。他之前在上海那邊的投行工作，後來去華爾街待了一段時間，回北京成立了摯戎，也只是半年多的時間就做得風生水起，手上的資源不容小覷。我雖然沒見過，但聽和他合作過的其他女合夥人提起過，這個人也算是年輕有為、一表人才，喜歡他那個類型的小女孩可不少。」

江美希不知道 Linda 為什麼突然說起這些：「沒怎麼關注，不太清楚。」

Linda 說：「以前不關注無所謂，以後妳可得多多注意了。」

「為什麼？」

Linda 笑：「男人要是不在乎誰就真的不在乎，對方想什麼、做什麼跟他們一點關係也沒有。他能有今天的成績肯定不是個小家子氣的人，但唯獨對妳這麼斤斤計較，我看是對妳還念念不忘呢！反正妳現在也還單身，要不要再回頭考慮他一下？」

江美希低頭看了眼手腕上的時間：「妳也說了，他現在身價不菲，那麼多年輕漂亮的小女孩喜歡他他都不喜歡，卻掛念著我這個舊人，怎麼可能？這點我還是有自知之明的。」

這一次，Linda 沒有再勸她，而是有點惆悵地說：「唉、所以女人能力再強，事業發展得再好，在男人眼裡也不比不上年輕貌美的小女孩對他們百依百順和盲目崇拜。作為過來人，我還是勸妳，工作做不了一輩子，也是時候替自己的未來好好考慮了。」

別人這麼說，江美希或許還能理解，但 Linda 這種一貫強勢的人說出這種話著實讓她有點意外。

她坦言：「妳今天說的這些話可真不像妳。」

Linda 笑：「是嗎？可能真的年紀大了，想法也在變。」

江美希想到對待感情一向有點保守的自己，竟然也接受了和葉栩的關係，或許 Linda 也是如此，有什麼人讓她改變了。

她笑了笑說：「看樣子妳家那位最近的努力很有成效，總算是精誠所至、金石為開了。不過……我的情況妳也知道，我對婚姻沒那麼堅持，有沒有都 OK 的。」

Linda不置可否：「算了、不說這些了，下個月團康，妳把手上工作的行程安排好，務必參加，就當作給自己放個假。」

江美希起身：「好的。」

快下班的時候，葉栩收到了Linda發來的信件，除了通知他們去上海的時間之外，還附有江美希之前寫的會議紀要。

他只掃了一眼，就注意到季陽也參與了這次的專案，而且江美希在上海的那幾天，他也在。

他迅速看完那份會議紀要，記好出差的時間，關掉了郵件，起身往辦公室外走。

坐在他後排的同事看到他隨口問了句：「團康你選哪一個啊？」

他卻像沒聽見一樣，逕自從那人面前經過。

其實也不是他故意不理人，跟他熟的人都知道，有時候他會陷在自己的思緒裡，也就注意不到別人的存在。只不過，自從進了U記後，他這種情況出現得比較頻繁。

他一離開，周遭的幾個同事面面相覷，剛才問他話的男同事委屈地看向其他人：「我應該沒得罪他吧？」

有人提醒他：「應該不是你，我看他心情不好好幾天了。」

男同事問：「為什麼？」

提醒他的人看了眼四周，壓低聲音說：「我聽說Maggie在『小黑會』上給他打了個三分，他還因此找Maggie理論來著。」

男同事感嘆：「嘖嘖、這就是職場，任他再有能力、再優秀，面對老闆的一雙小鞋，也只有乖乖伸腳的份。」

「但我覺得 Daniel 不是這種逆來順受的人，看著吧。這兩人啊、肯定沒完沒了！」

從洗手間裡出來，葉栩一邊洗手，一邊想著上午在樓梯間裡和江美希說話的情形，想到她當時不那麼坦蕩的神情，他心裡無由來地感到煩躁。

此時褲子口袋裡的手機突然響了起來，他抽了兩張衛生紙擦乾手，拿出手機看了一眼，來電顯示是陸時禹，葉栩猶豫了一下，最後還是接通電話。

電話那端的聲音有點吵，陸時禹問：「晚上能來趟酒仙橋這邊嗎？」

葉栩問：「幹什麼？」

「就是銳豐那個專案，我們關注了這麼久，最近聽說終於要招標了。我好不容易約到對方的人晚上吃個飯，你也過來吧？」

在公司裡，偶爾有老闆帶著專案上的人一起參加飯局的情況，但事實上只有老闆們才會有業績壓力，那些會跟著老闆參加飯局的小朋友多數是因為擔心自己的專案數不夠會影響考核成績，所以像葉栩這種能力比較好的，完全可以以專案太多做不過來為理由拒絕陸時禹的。

葉栩正要開口，就聽陸時禹又說：「我沒想到對方一下來了四、五個人！我們組裡都是女孩子，就你酒量還不錯，江湖救急啊！」

他抬頭看了眼江美希的辦公室，門開著、燈也亮著，但是人不在。他猶豫片刻，想著銳豐那邊去得最多的就是投資管理部的人，也就同意了。

「好吧，把地址傳給我。」

上了計程車，葉栩發了個簡訊給江美希：『突然有點事，不用等我了。』

等了一會兒沒有回信，他便收起手機。

葉栩趕到的時候，眾人只是坐在包廂的沙發上聊天，還沒有入席，看來他到得還不算太晚。

陸時禹見到他來，鬆了口氣，連忙把他引薦給包廂裡的其他人。

葉栩匆匆掃了一眼，正慶幸著大多數人都是生面孔時，就看到坐在裡面單人沙發上的銳豐副總金利華。

他完全沒想到他會出現在這裡，而對方見到他明顯也很意外，但意外之餘還有著懷疑和不確定。

「這位是銳豐副總、金總。」陸時禹說，「金總，這位是我們專案組的Daniel，雖然剛進公司不久，但是能力很出眾。」

金總愣了愣：「Daniel，中文名字是什麼？」

葉栩禮貌地掏出名片，雙手遞到金總面前，不卑不亢地笑著說：「初次見面，您多關照。」

金總神色莫名地接過名片看了一眼，下一秒幾乎是從沙發上彈起來的。但很快，他似乎是注意到了自己這個反應有點不妥，尷尬地笑了笑，然後頗為和藹地朝葉栩伸出手：「葉栩是吧？一看就是年輕有為啊，U記果然人才濟濟！」說著又看向陸時禹，「以後我們公司上市的事要多麻煩你們啊！」

雖然在此之前，陸時禹做過銳豐的許多案子，但是以他的能耐卻還沒足夠到金總這個層級的。今天金總能出面也完全是看在季陽的面子上，但是此時聽他這麼說，怎麼有點還沒招標就屬意U記的意思？可是在那之前，聽銳豐投資管理部的人說起這次的專案時，對方的態度明顯還在搖擺不定啊。

陸時禹一邊笑著應「是」，一邊思考著金總的態度。但是過了半晌卻想不出個所以然來，就趁著眾人入席的時候，小聲問旁邊的葉栩：「你認識金總？」

「算不上認識，之前也沒交流過。」

葉栩說的是實話，如果他沒記錯的話，他在這之前只見過這位金總兩次，一次是在他媽媽的辦公室裡，還有一次是在一個無聊的飯局上。但這兩次兩個人都沒什麼交流，或者更準確地說，是那位金總沒有機會和他說任何一句話。

陸時禹蹙眉想了下，還是覺得剛才金總的反應有點奇怪，但此時此刻他也沒時間多想，只是鼓勵葉栩說：「不管怎麼樣，看樣子他老人家對你印象很不錯，這樣正好，說什麼也要把這個案子拿下來，搞定了銳豐，就相當於敲開了廣化的一扇門。」

廣化集團創於二十世紀八〇年代，如今已經是國內最老字號的家電品牌。近十年來廣化更是兼併不少家電企業，擁有數十家子公司，已然成了家電行業內的企業龍頭。

在此之前，廣化所有的年審業務、IPO業務幾乎都給了U記的競爭對手，但是這一次廣化銳豐要籌備上市，IPO業務要招標。這就意味著，以前廣化集團內延用一家會計師事務所的慣例要被打破了，不少會計師事務所看准了這個機會，想要和廣化有所合作，U記自然是其中之一。

葉栩不置可否地笑了笑，抬頭才發現金總身旁還有個位置是空著的。他正想問問陸時禹還有什麼人沒到，就聽到包廂門被推開的聲音。

眾人循聲看過去，季陽在所有人的注視下，緩緩地走了進來。

金總見到他，立刻熟稔地起身相迎：「你讓我六點到，你自己卻遲到，有點過分啊！」

季陽笑著走過去：「沒想到路上這麼塞，我的錯！」

說完，季陽又和在座其他人打了個招呼，目光掃到葉栩時明顯有些意外，而葉栩早在他進門後就收斂好了情緒，此時完全看不出喜怒，只是冷冷地瞥了眼他身邊的陸時禹。

陸時禹找葉栩來，純屬是臨時起意找他來救場的，也是看到季陽之後才想起來這兩個人的關係有點微妙。尤其是他這個人前科累累，不免要被人懷疑他這次是不是又是故意的。

看剛才葉栩輕飄飄掃過來的那一眼，他其實也想假裝看不懂的，但是一想到自己和穆笛的事還指望這傢伙不要添亂，於是只好壓著聲音替自己辯解了一句：「這次真的是意外。」

「哦。」葉栩點了點頭，「不過有件事我挺好奇的。」

「什麼？」陸時禹傻傻地問。

「這位季總如果不來，你是不是就沒業績可做了？」

這話不由得讓陸時禹有點火大，但他一直奉行的職場原則都是如此——大多數人走的路只適用於大多數人，有捷徑可走的少數人，只要不傻都會選擇走捷徑。

「你懂什麼！」

酒過三巡，金總和季陽聊起近況：「聽說你之前去了趟上海，什麼時候回來的？」

「昨天半夜剛回北京。」

聽到這句話，正在調侃陸時禹的葉栩不由得抬起頭來看向對面的季陽，而與此同時，季陽的目光也正掃向他，但也只是短短停留了那麼一瞬。

「公司有急事嗎？」金總隨口問道。

季陽說：「沒什麼急事，不過是我一個朋友急著回北京，我就順路跟她一起回來了。」

金總聞言挑眉看他：「能讓你從上海護送回北京的，我猜肯定是位美女。」

季陽不置可否，而就是這曖昧的態度，讓在座和他比較熟的幾個人更加肆無忌憚地打趣起來。

金總說：「喲、這是有什麼了吧？」

「能有什麼？」

金總似乎更好奇了：「說說唄，對方什麼來頭，能讓我們季總另眼相看？」

季陽端起面前的茶杯抿了一口茶：「沒什麼來頭，就是讀書時的女朋友。」

這話隱含的資訊量太大了！

其實金總問的時候也沒有要他真的回答，畢竟商場裡摸爬打滾久了的人都知道，這種場合不太適合談論這麼私人的話題，但季陽還是說了。

雖然他是在回答金總的問題，但目光卻又一次地停在了葉栩的身上。

葉栩也不回避，就這樣跟他對視著。

漸漸地，飯桌上的其他人也注意到了兩人之間的氣氛有些不對勁。

尤其是陸時禹，他從剛才季陽進門起就開始後悔了——早知道會是這樣的情況，他寧願今天被灌得不省人事也不會找葉栩來救場的！

金總自然也注意到了葉栩的反應，但他和其他人想的都不一樣。他開始反省，是不是自己和諮詢公司走得太近，他不滿意了？

可是此時他又不想得罪季陽，如果突然對他和他介紹的公司表現得太過冷淡也說不過去。雖然不知道葉栩到底是怎麼想的，但是他自己現在也在U記，季陽明顯又和U記關係不錯，所以他究竟是什麼立場、什麼態度，就算他在商場上打滾多年，也有些摸不著頭緒了。

想到這裡，他決定扮演「和藹可親的長者」這個角色，笑著對在座其他幾個年輕人說：「看到了沒有？季總這就是下手太晚的例子，要不然也不會把女朋友變成前女友了，你們要是遇到喜歡的女孩子可千萬別輕易放手，不然就算是像我們季總這麼優秀的人，想把人家追回來也得花不少力氣。」

因為他和季陽說話一向是這個調調，所以這一番調侃的話說出來，其他人也不覺得有什麼不對。但是這話說完，他卻看向葉栩，而且語氣很是關切：「小葉有女朋友了嗎？」

「咳咳……」

陸時禹正裝模作樣地喝著茶掩飾著自己的尷尬，沒想到金總這樣一問，直擊紅心！

陸時禹一邊咳嗽一邊暗罵這人真是哪壺不開提哪壺，卻聽到葉栩說：「有了。」

「有了？」陸時禹詫異地看向葉栩，「是誰？什麼時候的事？」

葉栩看他了一眼，沒有立刻回答，而是看向桌對面的季陽，緩緩露出個笑容說：「有點巧，季總也認識。」

季陽回視著他，面上始終維持著他慣有的微笑，但熟悉的人都知道，此時的他已經不太高興了。

可惜金總今晚喝得有點多，感覺沒有平時敏銳，甚至是完全忽略了旁邊的季陽，哈哈笑著感慨道：「這女孩眼光不錯啊，運氣也不錯！」

乍一聽似乎是在誇人家女孩子，可是誰都知道，這弦外之音是在說葉栩。

葉栩笑了笑，視線依舊沒有離開過季陽：「也不是誰天生就會看人的，當然更不可能一直運氣這麼好。」

金總笑著應是：「所以啊，這有良緣，必定就有孽緣。」

陸時禹已經聽不下去了，想說這位老大哥可真敢說。

而就在這時，葉栩放在桌子上的手機突然震動了兩下，陸時禹迅速掃了一眼，是江美希的簡訊，不知道為什麼，他竟然莫名其妙地鬆了口氣。

葉栩拿起來看了一眼，是江美希問他要幾點回來。

葉栩匆匆打了幾個字發送過去，然後端起酒杯起身，抱歉地對金總說：「不好意思、金總，家裡有點事。」

他刻意說是「家裡」，金總怎麼會聽不懂？

金總連忙說：「我們這裡等一下就要散了，你忙你的吧！」

葉栩笑著說聲好，把酒杯裡的酒喝掉，這才和陸時禹他們道別。而在這個過程中，他完全無視季陽那張神色愈來愈冷的臉。

出了飯店坐上計程車，他又拿出手機看，在她問他「幾點回來」，他回了「半小時」後，她又回覆了：『我在你家樓下。』

看到這條，他對司機說：「麻煩您開快點。」

葉栩離開後，掛在季陽臉上的最後一點笑容也消失了，他轉過頭問身邊的金總：「你們認識？」

他太瞭解這個金總了，一般公司底層的人他看都不會多看一眼，更不會對一個剛見面合作的公司小朋友這麼關心。

金總想到剛才葉栩故意裝出不認識他的樣子，想了想把要說的話又咽了回去：「我看好U記。」

這就是說他也感謝季陽這次的牽線了。

季陽見狀就知道，金總不願意說，自己再問也沒用。而此時，金總卻對今天晚上幾乎一句話都沒說的陸時禹說：「陸總啊，我看葉栩這小夥子很不錯嘛，以後必定前途無量。」

剛進社區沒多久，葉栩就看到停在自家大樓門前江美希的車，車尾燈還亮著，顯然沒有熄火。

他直接繞到副駕駛座旁敲了敲玻璃，等裡面的人開鎖，拉開車門上了車。

「怎麼在這裡等？」

江美希看了眼時間：「你不是說半小時嗎？正好我也剛到沒多久。」

「先把車停好。」他說。

她「嗯」了一聲，重新發動車子，江美希把車子停到自己車位的短暫時間裡，兩人誰也沒說話。

熄火下了車，一陣夜風吹過，吹得頭頂的枝椏沙沙作響。

夏天是真的來了。

葉栩問：「妳家還是我家？」

以前他從來沒給她商量的機會，都是直接帶到他家去，所以這還是第一次被葉栩這樣問，江美希不由得有些尷尬。

她佯裝淡定地輕咳了一聲：「你家吧。」

他家有她平常用的東西，但她家什麼都沒有。

兩人一前一後走著，直到進了電梯，江美希還在猶豫要不要提醒一下葉栩，摯戌的人可能還在上海，他很有可能遇到季陽。可是提醒他的目的是什麼呢？會不會適得其反讓他心裡更不舒服？

正猶豫著，突然「叮咚」兩聲，兩人的手機先後響起。

江美希拿出來一看，是林佳群發的消息——團康的行程時間已經定了，是下一個週末，活動是真人 CS。

她記得當時的選項有好幾個，KTV 她嫌吵、打牌她沒興趣，戶外烤肉倒是蠻好的，只要別再玩遊戲就行，至於這個真人 CS，她一想到打打殺殺的就覺得一個頭、兩個大……

葉栩像是看穿了她的想法：「其實這個活動最適合妳。」

「為什麼？」

「簡單啊。」

「你確定？」

「嗯，到時候妳進去以後找個偏僻的角落躲起來，不管發生什麼事情妳都別出來，最後等遊戲結束再出來，妳在哪邊，那一方就算獲勝了；或者一開始妳就跳出來讓對手擊斃，然後躺著等遊戲結束，這兩種情況妳都不用特別做什麼，還不簡單？」

聽起來還真有這麼一回事，江美希正獨自思考著，一抬頭又對上了葉栩的目光。

此時電梯間裡的光線晦暗不明，橘色的燈光從兩人頭頂傾瀉而下，在葉栩的臉上留下斑駁的暖色光影。雖然看不出來他此時的表情，不過從那雙黑漆漆的雙眼中，她似乎看到他在笑。

江美希這時才意識到這個人是故意在調侃她吧，但是經過他這麼一調侃，兩人之間有些緊繃的氣氛也終於緩和了。

「叮」的一聲，電梯門打開，葉栩看了她一眼走出去：「其實還有第三種。」

說完，趁著江美希凝眉思索的空檔，他打開了房門。

「是什麼？」她還是沒想出來。

「再好好想想。」

「啪嗒」一聲，厚重的防盜門重新落了鎖，然而還沒等江美希去開燈，她整個人就被壓到了牆上。

他低下頭湊近她，啞著聲音說：「還有一種，就是等我去救妳。」

而下一秒，她的唇就被另一雙溫軟的唇重重地堵上了。

與以往的每一次都不同，這一次除了這個吻，幾乎沒有任何前戲，他就霸道地挺身而入了。

到了這一刻，江美希才總算明白，剛才在電梯裡那種以為他們之間關係轉緩的想法，很顯然是她一個人的錯覺……

第二天一早，江美希醒來時身邊已經沒了人影，葉栩不知去向。

江美希覺得全身上下酸痛不已，她動了動脖子，迷迷糊糊地下了床。去洗手間時她路過餐廳，這才注意到餐桌上不知什麼時候已經擺好了早餐，旁邊還放著一張便條紙。

她猶豫了一下，轉身走向餐桌，拿起那張便條紙。

映入眼簾的是蒼勁有力的一行字：

『我去機場了，如果早餐涼了妳再熱一下。

PS. 我家密碼是 520820。』

江美希拿著這張便條紙思考片刻，六位數的密碼，但很明顯不是生日。520 的意思挺好猜的，可是是她猜測的那個意思嗎？怎麼看葉栩都不像是會設這種密碼的人，那這 820 又是什麼？

想了半天也沒有頭緒，她索性放下便條，伸手摸了下盛著豆漿的碗，還是熱的，再打開一旁小鍋子的鍋蓋，金黃璀璨的蛋餅色澤誘人，讓人看了很有胃口。

其實這麼多年來，江美希的早餐都是簡單吃，像這樣吃到早上現做的飯也只有兩次，還都是在葉栩這裡吃的。腰有點疼，她緩緩拉開椅子坐下，望著桌上的早餐，有那麼一刻，她突然有點恍惚，總覺得如果這樣一直下去也挺不錯的。

葉栩去上海的這幾天，兩個人偶爾會稍微聯絡一下。一開始江美希還擔心他遇到季陽會發生什麼不愉快的事，但是後來也沒聽他提起過，也就漸漸放心了。

聽葉栩說，後續工作進展得很順利，所以他和 Amy 能趕在週末前回北京，正好 Linda 也提了要求——這次團康，組裡的所有人都要參加。

至於那個真人 CS，小朋友們自然是躍躍欲試，只有江美希倍感壓力。

活動是從週六下午開始的，剛好是一天當中最熱的時候。江美希換好迷彩服、穿好護具走出更衣室，被太陽這麼一曬，頓時覺得頭昏腦脹。

男生的動作都比女生快，早在她們出來前，他們就已經等在前面的樹蔭下隨意聊天了。

江美希遠遠看過去，大家都是穿一樣的迷彩服、一樣的護具，理論上來說，單從背影看應該是很難看出誰是誰的，但是她一眼就看到了人群中最挺拔修長的那個身影。

「哇、他好帥！」身邊傳來女孩子激動的聲音。

江美希循聲看過去，是組裡兩個小朋友，其中一個正是石婷婷。兩個人看到她回頭才認出她來，立刻尷尬笑了笑，噤了聲。

江美希也不在意，繼續活動著脖子。

自從那天從葉栩家裡出來後，她就發現她的頸椎痠痛症狀又發作了，這幾天一直沒好，現在戴著帽子更覺得肩頸的壓力不小。

當她慢慢走到眾人末尾站好時，教官也正好走到眾人前面，開始了入場前的講解。教官先是介紹了裝備槍和背心上的感應器，然後介紹了場地內的地形。

江美希低著頭有些心不在焉，而就在這時，她突然發現原本還在竊竊私語的眾人都安靜了下來。

她不明所以抬起頭來，這才注意到眾人都在看她，而眾人之所以看她的原因是因為教官也在看她。年輕男人穿著迷彩服，雖然看起來黝黑勁瘦，但也是精壯幹練的類型。此時的他正噙著笑看她，待對上她不解的目光後，他扶了扶他自己頭上的帽子，江美希這才後知後覺她頭上的帽子都快順著一邊掉下去了，於是連忙扶正，那教官見狀才又開始講解起遊戲規則。

遊戲規則直接關乎著江美希等一下怎麼死、什麼時候死，所以聽到這裡她也開始認真聽了起來。

參考今天到場的人數，大家最後選了「VIP 護送」的玩法，教官將所有人分成兩組，一組是營救方，另一組則是搜索方。

江美希和葉栩等人被分在了營救方，隊長是葉栩；陸時禹帶著 Linda 和穆笛被分到了搜索方，隊長是陸時禹。

根據規則，營救方需要派出三名隊員，事先躲在叢林裡，就是這次要被營救的人。而這三名隊員中必須還有一個 VIP，VIP 活著回到起點才算營救方勝，反之則是搜救方獲勝。

找個地方躲起來，這不就是江美希夢寐以求的嗎？於是她第一個自告奮勇要去叢林裡躲著，接著石婷婷和劉剛也紛紛舉手，表示願意作為被營救的那一方，三個人就這樣組成了小隊，VIP 理所當然的也是江美希。

角色分工確定好後，兩隊隊長便開始排兵布陣，商量好誰負責突破，誰負責掩護後。

江美希他們即將被帶入叢林，而就在他們離開前，突然有人說了聲「等一下」。

江美希循聲看過去，是剛才那個教官，然而還沒有等教官再開口，葉栩已經率先走到了她的面前。

他離她很近，近到他一低頭就能吻上她的髮旋，而他好像沒察覺到有任何不妥，還悄悄扣著她的手腕不讓她後退，看她的眼神也是既曖昧又危險。

江美希被他擋住了視線，看不到組裡的其他人，但也可以想像得到，此時肯定有不少人正盯著他們看。

她不知道他想幹什麼，不解之餘更是不安，於是她抬眼冷冷看著他，企圖用眼神告訴他，這麼多人看著呢，你最好適可而止。

可是她忘了，這小狼崽子從來就沒有看人臉色行事的時候。

就在這時，葉栩突然扣著她的手腕，但還沒等她躲開，他就又抓住了她的帽子繫帶。

他緩緩將她的帽子扶正，然後也不知道是在說給誰聽，總之聲音要比平時提高了不少：「妳的帽子沒有戴好，不能一直讓它掉，萬一等一下掉在路上了，很容易被敵人發現。」說著他的手已經移到她的下巴上，重新幫她調整了帶子長度並扣好。

整個過程中，他離她很近，以至於他呼出的氣息她都能清楚地感覺到，而與這種灼熱感截然相反的是，他幫她戴帽子的手指有些冰涼，時不時地擦過她頸間的皮膚，引得她一陣顫慄。

「我說的話還記得嗎？」他用只有他們兩人才能聽到的聲音問。

江美希不明所以：「什麼？」

他停下動作，低頭看了她一眼，然後似笑非笑地說：「躲好了就等我去救妳。」

眼前的畫面好像又回到了幾天前的那一晚，江美希想到那天兩人說完話之後所做的事，無法控制地紅了臉。等她回過神來的時候，葉栩已經走遠了。

擋住她視線的人一離開，她第一眼看到的就是那位年輕教官。可是與之前的幾次不同，這一次對上她視線的一剎那，他立刻像是被燙到了一般避開了她的目光。

就算江美希再怎麼遲鈍，她也知道——剛才葉栩那一番奇怪的舉動分明就是做給那個教官看的！

想到這裡，她冷笑一聲。

這算什麼？畜生護食嗎？

不遠處圍觀了這一切的U記眾人到了這時候才算是鬆了口氣。

一個女孩拍著胸口說：「嚇我一跳，剛才從我這角度看，還以為 Daniel 在吻 Maggie 呢！」

劉剛打趣地說：「怎麼可能，借他十個膽都不可能！」

不知道是誰小聲嘀咕了一句：「他又不是沒做過……」

眾人似乎都想到了什麼，不約而同地沉默了。

片刻後石婷婷說：「應該是角度問題，而且剛才 Maggie 的表情大家也都看到了……」

在此起彼伏的吁氣聲中，劉剛如釋重負地說：「有些事情想想都覺得可怕，還好只是我們想想，剛才那個情況，我懷疑那兩個人大概又槓上了！」

石婷婷回頭看他：「你平時跟他關係不是蠻好的嗎？你勸勸他吧，一直這樣得罪老闆有什麼好處呢？幸好是遇到 Maggie 這種好老闆，人家才不介意。」

另一個男同事聞言不可思議地看向石婷婷：「妳沒事吧？Maggie 會不介意？她要是真的不介意就不會在『小黑會』上給葉栩打低分了……」

石婷婷和劉剛對視一眼，這件事他們也聽說過，所以沒什麼好反駁的。

而幾步之遙的其他幾個人明顯也看到了剛才那一幕，這幾個小朋友說的話也傳入了搜索方耳中。

Linda 無所謂地笑了笑：「Maggie 也真是的，能跟一個比她小七、八歲的小朋友針鋒相對到這種地步，以後工作要怎麼辦啊。」說著，她朝著不遠處的出發點走了過去。

陸時禹看了眼身後的穆笛，腦子裡迅速盤算著——葉栩那天晚上說的話是真是假他還無從考證，但是不管怎樣，他不能幫這兩個人煽風點火，因為在他看來，江美希和季陽才是一對，而且也只有季陽是站在他這一邊的。

想到這裡，他連忙附和道：「Maggie 那人妳又不是不知道，人是不錯，就是脾氣比較大，這幾年我都習慣了。」可是他沒注意到，剛剛從江美希身上收回目光的穆笛，神情有些古怪。

穆笛想起那天早上在江美希家看到的那套衣服，總算想起來那身衣服為什麼這麼眼熟了。大四那年的畢業典禮上，葉栩曾作為優秀畢業生代表上臺演講，當時他就是穿著那身衣服站在大禮堂的講臺上的。

她之所以印象深刻，是因為在那種場合下，他的穿著實在是太過於隨意了。但是不得不說，那個平時看起來有點散漫冷漠的人，在以輕鬆幽默的口吻侃侃而談他大學四年的收穫時，那種由內而外的隨性讓他顯得格外耀眼，也是從那一刻起，穆笛稍微能夠理解她周圍那些對他犯花痴的姊妹了。

但是她無論如何也想不到，那樣的人，她一度懷疑可能是不喜歡女人的男人，竟然和她親愛的小阿姨有了不可告人的關係！難道是因為她小阿姨的氣場像男人嗎？

無論如何，發現這個驚天祕密的穆笛激動不已，之所以這麼激動，除了意外，更多的是為她小阿姨感到高興。

其實在這之前，她一直覺得江美希還是很在乎季陽的，而事實上江美希除了一直處在單身狀態以外，並沒有表現出絲毫對過去的執著，但是她分手的那段時間，穆笛是知道的——從不可置信、無法接受，到不舍，再到絕望。

那樣一個雖然有點倔強但也算靦腆溫婉的人，硬生生把自己變成了現在這副刀槍不入的樣子。

穆笛不相信這跟季陽一點關係也沒有，所以當她在她家裡看到男人衣服時，雖然很激動，但是那時的激動和現在完全不一樣。在潛意識裡，她總覺得江美希這段還沒見光的感情應該不長久，因為人總會拿過去和現在作比較，可是比季陽優秀的人太少了。

但是現在不一樣了，對方既然有可能是葉栩，那麼論外表、論能力，甚至是論家境，都不會比季陽差，甚至比季陽還要好。要說唯一的缺點，大概就是他比江美希小七歲了。

想到這點，還有江美希那古板的傳統觀念，穆笛突然有點同情自己這位向來要風得風、要雨得雨的同學了。

「遊戲馬上開始了，還愣在那裡幹什麼？」說話的是不遠處的陸時禹。

穆笛立刻收回思緒，猶豫了一下，故意慢吞吞地走過去。對上陸時禹的目光時，她朝他討好地笑了笑：「那個……隊長，我想臨時換個組可以嗎？」

Linda 聞言看過來：「怎麼了？」

穆笛皺著小臉：「我有點肚子痛，等一下可能不方便跑來跑去的，我能跟劉剛換一下嗎？」

陸時禹立刻關切地問：「怎麼突然不舒服？」

穆笛連忙擺手：「就是有點脹氣，但我還蠻想玩的，應該休息一下就會好了。」

「這樣啊……」

陸時禹還在猶豫，他可是想跟小女朋友同一組的，但 Linda 已經發話了：「那有什麼問題，那就趕快換吧！」

穆笛立刻眉開眼笑：「好！」

得知穆笛要換隊，石婷婷倒是很高興，親親熱熱地挽起她的胳膊商量著等一下要怎麼互相掩護，而此時的穆笛這才想起來，她這位小姐妹還有求於她呢！再想到過去這段時間裡，她為了幫石婷婷所做的那些事，如今看來都是在往她小阿姨的心上插刀啊！想到這些，她看向江美希的目光都滿是歉意。

江美希冷冷看向她：「妳那是什麼表情？」說完又頓了頓，語氣緩和了一點，「真的那麼不舒服？」

穆笛一臉討好的笑：「沒、已經好多了。」

江美希點頭：「如果等一下還是很不舒服就待在原地休息，不用勉強。」

「好的，我知道了。」

石婷婷說：「那我們趕快進叢林吧。」

很快，遊戲開始了。

三個人找了叢林深處的幾處掩體躲好，聽到遠處的槍聲，一開始還有點緊張，但還沒有人找到她們這邊來。

漸漸地，槍聲愈來愈少了，穆笛壓低聲音朝不遠處的兩人說：「估計『活著』的人沒幾個了。」

而就在這時，幾個人都聽到附近的樹林傳來了腳步聲。

三人立刻警惕起來，石婷婷第一個看到來人的身影，連忙舉槍，無奈對方出手太快，還沒等她瞄準，她就已經被「擊斃」了。

陸時禹的笑聲從樹林裡的某處傳來：「Maggie，我可看見妳了！」

剛才江美希冒頭的那一瞬間，陸時禹確實看到她了，但他沒看到穆笛。他猜想穆笛應該就在這附近，所以也不敢貿然暴露。

聽到陸時禹叫的聲音，江美希不安地挪動了一下位置。而就是她這個舉動，讓陸時禹以為找到了機會。求勝心切的他一時也就忘了還有個躲在暗處的穆笛，剛一起身，就聽到幾聲槍響。

他無奈又懊悔地看向某人，女孩正得意忘形地朝他齜牙咧嘴。

陸時禹頓時就笑了，無聲地朝她用口型說：「謀殺親夫」。

穆笛很快明白了他在說什麼，心裡早就甜出蜜了。可是沒等她得意太久，又是兩聲槍響，緊接著她感覺到背部的感測器震動了幾下，這意思就是她已經被「擊斃」了。

不用穆笛回頭看是誰，對面的陸時禹已經拍起馬屁：「老闆槍法不錯啊！」

看來他是早就看到Linda了，那麼在這之前朝她那番擠眉弄眼其實只是為了分散她的注意力？想到這裡，穆笛狠狠瞪著陸時禹，陸時禹則是無辜地聳了聳肩，那意思好像在說開槍的又不是他。

這邊兩人正在眉來眼去，樹林裡再度傳來一個男人的聲音。

「這是詐屍了還是怎樣？怎麼『死人』都站著？」

說話的是葉栩。

石婷婷看到葉栩從Linda身邊走過來一陣狂喜：「Daniel，你終於來了！」

陸時禹看向Linda，Linda一臉無可奈何：「我中埋伏了。」

穆笛看到葉栩毫無顧忌地走到他們藏身的掩體附近，擔心還有敵人埋伏在周圍，於是有點擔心地問：「其他人呢？」

葉栩說：「應該都『死』了。」

穆笛這才放心地朝江美希藏身的方向大叫：「Maggie、我們贏了！」

直到這一刻，江美希才敢站出來。

眾人這才發現，她已經躲到了圍牆的後面。原來剛才趁著其他幾人互相廝殺的時候，江美希擔心之前的藏身地點已經曝光，這才又悄無聲息地轉移到了圍牆後面。

陸時禹見狀輸得心服口服，拎起槍對著已經「死了」的幾人說：「走吧，到起點等集合吧。」

遊戲還剩下最後一個步驟，被營救的 VIP 要回到起點，這才算是營救方獲勝了。

石婷婷還站在原地不動，看著葉栩一步步走向江美希，而江美希此時正攀上圍牆試圖從上面跳下來，但似乎有點費功夫。

穆笛上來拉她：「走啦、走啦！」

石婷婷還不願意走：「等 Maggie 他們一起走吧。」

「他們等一下就跟上來了啦，快走吧！」穆笛說著，也不管石婷婷是否願意，連拖帶拽把人拉走。

江美希站在圍牆上看著下面，剛才上來時還不覺得這個牆又陡又高，爬下去肯定最安全，但是也太醜了。她正猶豫著要不要跳，葉栩在下面朝她伸出雙手：「跳吧，我接住妳。」

江美希看了眼還沒走遠的其他人，最後下定決心對他說：「你讓開一點，我自己跳下去。」

葉栩不理會：「快跳！」

江美希堅持：「你走開！」

說話時她看到前面的石婷婷頻頻回頭看向他們，又有點著急，連忙解釋說：「這只有一公尺多的高度，還蠻矮的，我又不是殘障，沒問題、放心吧。」

葉栩掃了眼牆高，猶豫了一下，似乎也覺得江美希說得沒錯，這才讓開了一步。

就在這時，江美希縱身躍下，緊接著發出「哎喲」的一聲痛呼。

葉栩立刻上前：「怎麼了？」

江美希勉強挪開自己的左腳，下面正好有一顆圓滾滾的石頭：「好像扭到了。」

「妳先坐下。」葉栩說著就抓起江美希的腳腕，挽起褲管查看傷勢。只是短短的時間，江美希的腳踝處開始紅腫了。

他沒好氣地抬眼看著她：「一公尺多的高度很矮？妳又不是殘障？」

江美希低著頭假裝在看自己的腳踝：「這不是有塊石頭沒看到嗎？」

葉栩無奈，轉過身背對著江美希蹲下：「上來。」

「幹什麼？」

「我背妳。」

「不行，那麼多人看著呢！」

「妳都受傷了，這裡就只有我們兩個，我背妳有什麼不妥的？」

「我說不行就是不行！」

這時候其他人已經回到了起點位置，外面日頭正熱，大家就躲在教官的辦公室裡吹冷氣，過了一會兒教官從外面回來，問眾人：「VIP 還沒回來？」

陸時禹看了眼時間說：「是有點奇怪，他們應該就跟在我們身後回來，我們都已經回來有十五分鐘了。」

教官聞言晃了晃桌上的滑鼠，頓時放在森林裡的監視錄影畫面便出現在了電腦螢幕上。

眾人好奇地圍過去看，終於在一個畫面裡看到兩人——江美希坐在地上，葉栩站在她面前，兩人臉色都不太好。

不知道圍觀人群中是誰小聲嘀咕了一句：「都離開公司了也能吵……」

他說話的聲音雖然很小，但此時辦公室裡靜悄悄的，明顯眾人都聽到了，但也沒人說什麼，就像是一種無聲的認同。

穆笛當然不會這樣認為，她皺眉觀察了片刻說：「Maggie 好像受傷了。」

Linda 聞言也走到監視器前認真看了看，只見江美希的一隻褲管被挽了起來，好像是扭到了腳。

而就在這時，所有人都看到，監視器裡的葉栩突然轉身朝遠處走去，而他身後的江美希正指著他說著什麼，似乎很不滿意。

有人驚呼：「哪有人這樣的？把 Maggie 扔那裡？」

劉剛抹了把莫須有的汗：「這傢伙可真敢！」

又有人說：「我就說剛才進場的時候，這兩個人的感覺就不太對。」

Linda 回頭瞪了一眼話多的眾人，回頭在看陸時禹，發現他也正皺著眉看著監視器，無奈地說：「找兩個男孩子趕快進去，把 Maggie 背出來！」

另一邊，圍牆下，江美希指揮著葉栩：「左邊、左邊，好像有根比較粗的樹枝！」

葉栩撿起來看了下，這根是夠粗，只不過太短了，也不適合做拐杖。挑挑揀揀也沒什麼可以用的東西，他又回到江美希面前背對著她蹲下：「上來吧，等一下遇到他們解釋一下就好了。」

見江美希沒反應，他回頭看她，突然笑了笑：「不想讓我背妳啊？」

不等江美希回答，他突然轉過身來，伸手將她公主抱。

江美希突然失去平衡，條件反射地勾住他的脖子，待回過神來時，葉栩已經抱著她大步流星地朝出發點走去。

「喂、你放我下來！」江美希這次是真的生氣了。

葉栩掃了眼前面一個「廢棄廠房」的房頂：「現在放妳下來也已經來不及了。」

「為什麼？」

「這裡面有攝影機。」

像是為了證實他的話，此時劉剛和另外一個男同事已經跑向他們，見到這個情景也都是一愣。

還是劉剛先回過神來：「我們在外面的監視螢幕上看到 Maggie 好像受傷了，需要幫忙嗎？」

葉栩面不改色地說：「來得正好，她腳扭到了，我剛才在樹林裡擦傷了背，也背不了她……你們誰來幫個忙？」

劉剛鬆了一口氣，看來葉栩不想背江美希也是有隱情的，他連忙蹲到江美希面前：「上來吧。」

片刻後，江美希被三個男生護送到了出發地點，教官宣布營救方獲勝。

這個小插曲隨著團康活動的結束也就過去了，卻為江美希和葉栩關係不和的傳聞更添一筆鐵證。

江美希本來以為只是單純的左腳扭傷，可是擦了化瘀的藥水，等到第二天後依然沒有好轉，這才去醫院照了X光。就那麼一扭，竟然已經是輕微骨折了。

在醫生的埋怨聲中，她的左腳被打上石膏，日常活動和上班也不得不依靠輪椅和拐杖。

她拄拐杖上下班的第一天晚上就接到了穆笛的電話。

電話一接通，穆笛的聲音就劈裡啪啦地從話筒裡傳了出來：「沒想到妳傷得這麼嚴重，為什麼昨天去醫院也沒叫家裡的人陪妳一起去呀？妳這樣多不方便！要不然這樣，我犧牲一下，暫時在妳家住一段時間吧，也方便照顧妳，妳覺得怎麼樣？」

穆笛說這些時，江美希剛梳洗完畢，葉栩正扶著她坐在床上。

聽了穆笛的話，她有點猶豫，因為她沒有什麼理由可以拒絕，但穆笛一來，葉栩就不能出現了。

可就在她猶豫的空檔，手上突然一空，手機被站在床前的葉栩抽走了。

江美希反應過來後有點著急，不知道葉栩會做出什麼事，所以只想趕緊拿回手機，但好在葉栩只是捂著話筒看著她問：「知道該怎麼說吧？」

她怔了怔，明白過來後有點想笑，但還是板著臉說：「拿過來。」

看她這個反應，葉栩朝她勾了勾嘴角，把手機還給她。

江美希拿起手機，輕咳了一聲說：「不用了，我今天已經適應了，而且妳在我這裡，我不好睡。」

穆笛明顯很失望，但也沒再說什麼，又發了幾句牢騷就掛斷了電話。

穆笛的本意其實也就是想試探一下江美希，如果她同意她過去，可能她和葉栩的關係還沒好到同居的程度，但是如果就不讓她去，那就說明兩個人的關係真的很親密了。

想到前兩天在CS基地監視器裡看到的那些畫面，葉栩抱著她小阿姨，別人看不出其中暗流湧動，她多瞭解她小阿姨啊，雖然常年一張撲克臉擺在那裡，但是害羞時的撲克臉和平常時候的撲克臉還是有點差別的。

穆笛正賊賊地笑著，身後突然傳來一個聲音：「妳小阿姨受傷了？」

穆笛著實被嚇了一跳，緩緩回頭對上她奶奶一臉焦急的模樣。

「怎麼了、妳說話啊！」

穆笛支支吾吾。

老江女士乾脆起身往玄關處走：「算了、不問妳了，我自己過去看看她！」

穆笛這才意識到事情的嚴重性，連忙衝過去擋在門口：「您先別急呀！她是受了點傷，但是只是小傷。」

「什麼小傷還需要妳去她家住？」

穆笛急中生智：「其實我想去住不是因為她受傷了，她只是擦傷而已、是小傷，我只是覺得奶奶您和我媽太煩了！」

老江女士幾乎被氣笑了：「原來妳還在記這件事啊？」

因為穆笛最近和陸時禹談戀愛，在兩位江女士眼皮子底下，很多事情都不方便，之前也提過要自己搬出去住，結果引來了強力施壓，後來就不了了之。這次舊事重提，也算是合情合理，可惜就是她又要犧牲一下自己的耳朵了。

果然，老江女士寶刀未老、聲如洪鐘，開始了新一輪的數落：「你們這幾個孩子是什麼意思啊？都想著搬出這個家是吧？她是一年到晚見不到幾次，妳也想學她啊？白養你們死小孩！哎呀……我一個人把妳媽和妳小阿姨扶養長大有多辛苦，妳知道嗎？」

穆笛一臉的生無可戀：「又來了……」

江美希受傷後，非常堅持地又去了幾趟公司，把手上的工作告一個段落。現在正好是淡季，她索性請了特休，在家安心養傷。

幾天後，葉栩也請了特休回家照顧她。兩人都不用再去公司，整天宅在家裡看書、上網，日子倒是難得舒服自在。不過後來江美希突然意識到，她受傷這麼久了，照理說老江女士早就應該得知消息風風火火地跑過來看了，可是竟然一點動靜都沒有，而且就連穆笛也沒再出現過，她倒是樂得如此。

發現她看書心不在焉，葉栩從電腦螢幕後方抬起頭：「怎麼了？」

「沒什麼，就覺得這幾天沒人打擾好像挺不錯的，你在看什麼呢？」

葉栩把筆電遞給她，上面是一則網頁新聞：「北右最後以五．六億的資金拿下阿奇法百分之十二．六的股份。」

江美希接過來看了片刻：「還蠻划算的。」

「這半年來阿奇法的股票走勢一直不太好，停牌前三十天交易平均價的九成就是這麼多了。」

江美希點頭：「之前強勢拿下芯薪，我猜他們已經強弩之末，一下子拿出那麼多錢，其他產業肯定受到影響，這資金一斷可就危險了，幸好籌到了錢，可以解一下燃眉之急。」

葉栩想了想說：「就怕是杯水車薪。」

半個月後江美希拆掉石膏，雖然還是要拿拐杖，但基本上已經行動自如了。她銷假回到公司，得到的第一個消息竟然是Amy離職了。

公司裡人來人往的，這原本就很正常，尤其是Amy這種混得不好的，離開只是早晚的事。但讓江美希意外的是，她走得太突然、太悄聲無息了，竟然連封離職信都有沒發。按照道理講，她離職應該第一個跟她知會一聲，但是她幾乎是全公司上下最後才一個知道的人。

她叫來林佳：「Amy離職，誰幫她簽名的？」

林佳說：「本來人事說應該找妳的，但Linda說不要打擾妳休假，就讓她簽了。」

到了這一刻，江美希總算是瞭解了——Amy以前只是沒表現出來，但內心只怕是早就恨死她了，所以臨走前都懶得通知一下她這個昔日老闆。雖然職場上的人情冷暖江美希已經看得太多了，但這一次想到以前的六年，她還是免不了被傷到了。

江美希自嘲地笑了笑，或許就像葉栩說的，她真的不太會看人。

她自己出了會兒神，再抬頭發現林佳還在，於是問了句：「我剛才去Linda那裡發現她不在，她出差了？」

「哦、忘了說，她休假了。」

「有說什麼時候回來了嗎？」

「只說要休一個多月。」

「這麼久？」

這可不像是Linda的做事風格，過去這麼多年以來，特休她沒有一次休完過，她是典型的工作狂，在家裡多待幾天都覺得渾身不對勁，這次怎麼會要休這麼久？難道是家裡有什麼事？不過江美希很快就想到另外一個原因——女人談起戀愛，大概就是想多點時間陪在對方身邊吧。

想到這些，她也就理解了，等林佳出去後開始處理累積了大半個多月的工作量。

時間很快進入七月底，這是北京一年之中最熱的季節，傳說中的桑拿天。這個時候如果待在沒有冷氣的房間裡，哪怕只是乾坐著，身上很快就會汗。

而每年這個時候U記的氛圍也會像這個天氣一樣變得焦躁起來，每年的八月、九月公司總部都會正式宣布新一年的升遷人員名單，包括新晉合夥人的名單。

其實往年的這個時候，關於晉級的事情多少都會透漏一點風聲，但是今年異常地安靜。

江美希算著日子翹首期盼Linda銷假回來，畢竟她在的話，還能幫她打聽一下內幕，可是最近這段時間，江美希發現她總是聯絡不上她。

一開始還以為Linda人在國外不太方便，可是後來想想，就算是這樣，在看到她的電話或者簡訊後總該找個空檔回一下吧？

然而什麼都沒有，她打出去的電話、發出去的簡訊都像是石沉大海，杳無音信。

江美希的內心愈發不安了起來，直到八月的第一天，已經休假休滿一個月的Linda還是沒有回到公司銷假，然後就在那天上午，公司所有人都收到了一封 HR 發來的離職預告書。

只看了內容開頭，江美希那種不好的預感便湧上心頭，當她看到 Linda 的名字時，依舊有點不敢相信。

她離職了，怎麼會？

很快，她桌上的電話響了，江美希看著自己的電腦螢幕遲遲沒有反應，終於在電話鈴聲不知道響了多少次之後，她接通了。

「這件事妳之前知道嗎？」陸時禹問。

江美希反應了一下才說：「剛知道。」

「這我倒是沒想到。」陸時禹笑了下，「現在看來還真不好說是好事還是壞事。」

走了一個合夥人，自然就空出一個合夥人的位置，這對他們來說或許是件好事，但是 Linda 走得那麼突然，她手上的所有工作都沒有交接，她的去向也無人得知。

如果只是單純不繼續做這行了還好說，如果是跳槽去其他對手的公司或者另起爐灶，對U記來說可能是一筆不小的損失，江美希此時最關心的卻不是這些。

Amy 走了沒告知她一聲，她還能夠理解，可是 Linda 呢？她現在連她的電話都打不通了。

江美希將臉埋在雙手之中，前所未有地覺得恐慌和挫敗。

接下來的一段時間，江美希都過得渾渾噩噩的，直到有一天，穆笛特地打電話恭喜她，她才又打起點精神。

「恭喜什麼？」她問。

穆笛笑嘻嘻著說：「我今天剛聽到消息，說組裡新的合夥人確定之前，組裡的主持權都交給妳了，這不就是等於變相通知大家，妳會接 Linda 的班嗎？我們下面都傳遍了！」

雖然陸時禹和江美希是競爭關係，但是穆笛作為老江家的女兒，如果要支持一個人的話，肯定是支持老江家的人啊！所以在這件事情上，穆笛是無條件支持她小阿姨的！

江美希無語：「只是組裡一些要花錢的雜事需要我同意簽名而已，哪有那麼多變相通知？」

Linda 走後，公司立刻找了江美希和陸時禹，讓他們把 Linda 手上的客戶分一分，儘快和這些客戶取得聯繫，除此之外，組裡的其他事情，公司還沒有明確的指示。

就算真的有指示，也只是昨天有員工報銷的一些費用達到了需要合夥人簽名的額度，最後問過人資和財務部，確定可以讓江美希暫時代簽而已。怎麼才不到半天的時間就被傳成這樣了？

江美希一邊覺得困擾，一邊又忍不住期待是不是真的如大家所說。

第七章　裙下之臣

廣化銳豐籌備上市的事情很快定了下來，陸時禹帶著葉栩參與了前期專案的簡單會議。

在一份文件裡，葉栩注意到了一項資料對比，銳豐將自己和同行業的幾家公司的業績、管理模式、市場行銷模式甚至 IPO 情況都進行了很詳細的對比，而這個名單裡，除了阿奇法這種老牌公司，還有一些沒有上市但是業績不錯的企業，比如夏風科技。

會議到中午時才結束，在金總的再三挽留下，陸時禹和葉栩在銳豐吃過了午餐才回到公司。回去的路上是陸時禹開的車，車裡冷氣呼呼地吹著，但依然可以感受到空氣停止流動的那種窒息悶熱感。

車子停在紅綠燈前，陸時禹隨口問了句：「CPA 考試[6]報名了吧？」

「嗯、報了。」

「報了哪幾科？」

6 CPA 考試：即註冊會計師考試，可接受委託從事審計、會計相關行業的專業人士須透過各國相關機構或協會考試，並取得認證資格與註冊才得以從事相關工作。

葉栩不解：「什麼哪幾科？」

「會計、審計、稅法、經濟法……」陸時禹問葉栩，「你該不會都報名了吧？」

葉栩不置可否。

陸時禹哈哈大笑：「我看你這些錢大概是要浪費了，你知不知道 CPA 考試為什麼給大家五年的時間？」葉栩沒搭理他，他自問自答道，「因為一年考不過呀。即使是有五年的期限，你知道 CPA 的及格率有多少嗎？」

這一次，葉栩倒是有點興趣：「多少？」

「不超過百分之十五。」

在 U 記，考不過 CPA 是無法升任經理的，也就是說經理級以上的人都是通過 CPA 考試的人。

「你考了幾年？」葉栩問。

「三年，Maggie 考了四年，所以你第一年能過兩個就算很不錯了。」

說起江美希，陸時禹又想到 Linda 突然離職的事。江美希雖然表面上沒有表現出什麼，但就他對她的瞭解，這件事對她的影響肯定不小。

於是他問葉栩：「對了，Maggie 最近怎麼樣？」

「你問哪方面？」

這話分明意有所指，陸時禹回頭看了他一眼：「你們兩個真在一起了？」

葉栩回看他：「我說是的話，你是不是可以省點力氣不再拆臺了？」

陸時禹顯然沒想到葉栩會這麼回答他，不由得被噎了一下，但氣了一會兒，也無奈地笑了：「你真的以為我是見不得她好嗎？你是不知道她和季陽當年的事情……」

「我知道。」葉栩直接打斷他。

陸時禹頗為意外：「她連這個都跟你說？」見葉栩不再回答，倒像是默認了，陸時禹又說，「我還是有點不敢相信你們兩個真的在一起了。」

「為什麼？」

「先不說其他的，這女人再跋扈霸道，談了戀愛也會柔軟溫順，但你看看她……」

聽到陸時禹的話，葉栩像是想到了什麼，低頭笑了笑。

「好了、好了，你別笑了，我看了覺得很礙眼。」陸時禹不耐煩。

正好此時綠燈亮起，他重新啟動車子：「就是可憐了我那老同學的一片癡心。」

葉栩抬頭看向窗外，心不在焉地聽著，片刻後才說：「他不愛她。」

這句話說得太篤定了，陸時禹有點不高興：「聽了幾個故事就下這種結論顯得很幼稚，懂嗎？你不瞭解季陽，他那人……」說著，又是一聲長嘆。

葉栩回頭來看他，表情中難得地有點好奇：「看人不行這一點，是你們師傅的嗎？」

陸時禹先是一愣，隨即知道他是在嘲諷他和江美希一樣看人不準，也不由得生氣：「我吃的鹽比你吃的米還要多，你跟我比看人？你……」

葉栩面無表情地從口袋裡拿出耳機塞進耳中，陸時禹開著車沒有注意到，還在口若懸河、滔滔不絕，但是他後面究竟說了什麼，葉栩一個字也沒聽見。

這段時間公司裡不忙，江美希和葉栩都能準時下班，但為了掩人耳目，兩個人會約在離公司不遠的地方會合，在一起回家。

這天下班，江美希開著車到距離公司兩、三公里外的一條小路附近停著，葉栩早就已經在那裡等她，看到她的車來，二話不說便拉開門上了車。

車內放著令人感到聒噪的廣播，但兩人也因此都沒有說話。其實這段時間裡他們一向是如此，主要是江美希也不知道怎麼搞的，對什麼事情都提不起興趣，雖然公司裡盛傳她要接替 Linda 的位置，算是個好聽的傳聞，但最後的結果如何誰知道呢？而且就算這個傳聞最後會被證實，她設想了一下，意外地發現自己竟然沒有想像中那麼高興。

車子停進了車位裡，可是車上的兩人誰也沒有下車的意思。

江美希笑了笑：「其實我到現在都不明白到底是哪裡出了問題，還是她遇到了什麼事。」

這段時間，葉栩當然知道江美希在焦慮什麼，晉升的壓力加上所謂朋友的背叛，讓她整個人變得茫然了起來。有時候他也會去替她想，Linda 究竟是出於什麼原因選擇不告而別呢？不告而別也就罷了，一夜之間彷彿人間蒸發，這就非常罕見了。

他想了想問：「妳記不記得我們在 Linda 辦公室外看到她對 Amy 發火的那次？」

江美希不知道他為什麼突然提起那件事，想了想說：「你的意思是說其實 Linda 已經看到我了，所以就對我懷恨在心？」說完，她很快否定道，「不可能，不至於。」

葉栩說：「確實不至於，而且她應該沒看到妳。但我總感覺有些事情就是從那時候起開始有點不對勁的，Amy 當時明明惹了 Linda 生氣，但是那之後她非但沒有被刁難，反而還得到重用似的。」

經他這麼一說，江美希也想起來了，年會的時候連陸時禹都發現了這一點，還問她 Amy 是中樂透頭獎還是要嫁人了。

「你是說 Amy 的離職和 Linda 有關係？」

「是，但應該不單純只是因為她辦公室裡那件事。」

那或許只是個契機。

葉栩想了一下，如果兩人的離職真的有關連，那麼除了那件事以外只能算是業務方面的原因，而她們在工作上最大的交集是……阿奇法？

「Linda 和阿奇法的人關係很好嗎？」葉栩問。

江美希不知道他怎麼會突然起問這個，但還是回答說：「算不上多好，普通的客戶吧。因為從開始合作起，就是由我主要對接阿奇法，今年她又把阿奇法所有的客戶關係都轉到我這裡了。」

葉栩皺眉，一時間也有點亂。

兩人沉默了一會兒，葉栩轉移了話題：「從下週開始，我想請三週考試假。」

江美希這才想起來，快到九月了，CPA 考試要開始了。原本八月、九月就是最清閒的時候，小朋友們都在放假準備考試，老闆們也會特別關注這件事情，儘量不把專案安排在這兩個月，所以以往這時候江美希也是樂得清閒，但是今年明顯不行了。

U記對合夥人一年的業務總額要求是一千五百萬，向合夥人強烈挑戰的總監們，如果誰能達到這個額度，那麼就會順理成章地晉升為合夥人。但是這個要求對總監們來說的確門檻不低，所以大部分總監是達不到的，業務總額只做參考，還有平時的工作表現，最後能不能晉升還是要看其他合夥人們怎麼考量。

雖然現在都在傳她會接替 Linda 的工作，但也不知道為什麼，她心裡始終有點惴惴不安。所以她想，還是要趁著上面下決定之前，多拉點專案替自己加加分。

想到這些，她有點心不在焉地回了葉栩一句：「那你好好複習，有什麼不懂的可以問我。」

葉栩也不在意她態度敷衍，答了聲「好」然後說：「作為妳輔導我準備 CPA 的回報，我可以給妳一些特別的回禮。」

江美希總算被這句話喚回了思緒，抬頭看著車裡的年輕男人。他此時正目光灼灼地看著她，一雙濕漉漉的眼眸要笑不笑的，充滿了挑釁和曖昧。

不知道是不是她的錯覺，她總覺得他所謂的答謝可能有點少兒不宜，想到這些，她頓時覺得車內的空氣太黏膩了。

「想什麼呢？臉都紅了。」他笑。

她怔了一下，旋即就要去推車門，又被他一把拉住：「等我說完。」

「快說。」她沒好氣。

「妳的業績指標還差多少？」

江美希想了一下說：「兩百多萬吧。」

葉栩點頭：「還好不多。不過正常的公司年審應該是沒辦法湊滿，IPO 倒是可以。」

江美希這才明白他也在跟她想著一樣的事情。

聽他這麼說，她有點洩氣：「哪有那麼多 IPO 專案呢？」

一般公司要做上市的決策都需要很長的週期，什麼時候需要對接協力廠商，這只有公司內部才知道，所以這種專案一般都是公司自己找過來的，江美希想主動出擊，成功機率很低。

葉栩卻笑了：「如果那麼容易就搞定，那要我幹什麼？」

葉栩雖然說要幫她搞定一個大單，但是這種事情的結果太難掌控了，能力是一回事，運氣是另外一回事，更何況葉栩還要準備考試，江美希不想占用他太多時間。

所以那天之後，她開始主動聯絡那些以前聯繫不頻繁的潛在客戶，瞭解對方公司當前的審計需求以及和其他會計師事務所的合作情況。

遇到對方不願意聊的，她就禮貌客氣地說聲「打擾」，約下次吃飯；遇到對方願意多聊的，她會把這些資訊一一記下來，哪怕這次沒希望合作，或許還有下次。

而葉栩這邊範圍更小、目標更明確，他把之前被銳豐提到的幾家公司一一列出來，這些都是比較優良的企業，所以大部分都曾經是U記的目標客戶，只是因為一些原因最終沒有合作成功，但這些企業相關負責人的聯絡方式公司內部還是有的，葉栩圈出其中沒有上市的幾家公司，其中就有夏風。

與其他幾家公司分別聯繫過後，包括夏風在內有下文的沒有幾家，倒是另外一家正在籌備IPO的公司說可以給U記一個競標的機會，因此約好了面談的時間。

這幾天江美希又忙了起來，所以晚上回來得都比較晚，葉栩又看了一會兒書，起身往浴室走去。

葉栩簡單沖了個澡，再出來時，放在餐桌上的手機正好響了。

他以為是江美希，拿起來看了一眼，竟然是外省的市內電話號碼。

他立刻接通電話，夏風科技邢總祕書的聲音很快傳了過來：「是U記的葉栩嗎？」

「您好，是我。」

「你們方便來廈門一趟嗎？我們老闆在下週三之前應該都會在廈門。」

祕書小姐說得沒頭沒尾的，但是葉栩馬上反應過來，合作的事應該很有希望，於是說：「好的，我們確認一下行程，提前跟您約時間。」

掛斷電話，葉栩看了眼時間，已經九點多了，但江美希還沒回來。

他打了個電話過去，「嘟嘟」的聲音連續響好一會兒電話才被接通。

「什麼事？」伴隨著江美希略微慵懶沙啞的聲音，亂糟糟的喧囂聲也一股腦地通過無線電波湧入了葉栩的耳中。

他皺了皺眉：「妳在哪裡？」

她懶洋洋地答：「跟客戶吃飯。」

其實今天來的人也不全都是客戶，因為主賓是她的大學同學，以前偶有合作，但大多數時間裡，大家都是提供服務的乙方。

然而乙方與乙方之間也有所不同，以IPO專案來說，因為券商負責決定要為甲方引入什麼樣的策略投資者，各式各樣的投資者能給甲方不一樣的經營策略與打開不同格局，經驗豐富的券商對證監會的審核標準把握也需要更精準。

所以IPO的成敗除了看公司本身的資質之外，主要就是看券商是否夠力。基於券商的重要性，他們在專案中的地位似乎也是凌駕於會計師事務所和律師事務所之上，而且更值得甲方信任。

大部分公司對於選哪家會計師事務所這件事其實不會特別說明，但如果這個時候有一家本身資質就很不錯的會計師事務所被甲方信任的券商推薦的話，或者是乾脆承攬合作，那麼這家會計師事務所也就不用擔心業績問題了。

江美希今晚約的這位大學同學就是在一家很有名的證券公司工作，難得的是，她的這位老同學是少數和她關係不錯，卻和季陽關係一般的人。

江美希猜想可能是性格使然，她這位老同學上學時還不善交際，在學校裡的存在感也很低，理所當然地就不會和季陽、陸時禹這些風雲人物混在一起。剛好她也是這種人，如果她不是季陽的女朋友，那在美女如雲的財經大學裡，即使長得再好看，她這種人的存在感也很低。

不過他們兩個一起參加過社團，比起不熟的其他人，同班同學自然是親切很多，這也就是她和這位老同學關係不錯的原因。不過打從畢業之後，她幾乎是親眼見證一個老實人如何在這個資本市場摸爬打滾，漸漸蛻變成一個長袖善舞的人。

其實這位老同學也不只提過一次如果江美希在工作上有需要可以找他，但哪怕是自己的同學，江美希都不習慣求人，所以在今天之前她都沒想過這件事。

今天是剛好聽說他剛當上爸爸，打電話去恭喜對方時約了晚上一起吃飯，敘舊之餘才聊起上次提過的合作事宜。

晚上江美希帶了劉剛去赴約，老同學也帶了幾個人來，經過介紹，江美希才知道這幾個人也不全都是同學的同事，還有可能幫到她的人。

因為有老同學在，氣氛倒是很隨意，只可惜這種場合又免不了喝酒。就算是有劉剛替她擋酒，但別人敬的酒可以不喝，老同學敬的酒卻不能不喝。

這樣一來一往，她又有點醉了。

葉栩還是問：「妳在哪裡？我去接妳。」

「不用了。」即使是醉了，江美希也知道葉栩絕對不能在這個時候出現，但話一出口，她也發現自己的口氣似乎有些操之過急了，接著她解釋說，「我不是一個人來的，劉剛在，你放心吧。」

葉栩沒有回話，她耳邊靜悄悄的。江美希也不知道該說什麼，她知道那小狼崽子又在鬧彆扭了。

旁邊包廂的門突然被人拉開，隨之而來的還有老同學說話的聲音。她連忙對著話筒說了句「晚點再說」，就掛斷了電話。

老同學從包廂裡走出來，看到門外的江美希愣了一下，但很快綻開個笑容：「站在這裡幹嘛？」

江美希笑著朝他揚了揚手裡的手機，他點點頭表示理解，但很快又想到什麼似的問：「之前那個同學會妳怎麼沒去？」

江美希回憶了一下，那次好像是為了給季陽接風，班長陸時禹就順便把在北京的大學同學通通找來聚了一下。當時陸時禹也問過她，但她連個敷衍的理由都懶得想就直接推掉了。

「哦、那天有點事，所以就沒去了。」

但老同學明顯不信：「跟我說話就不需要用這種理由了。」

江美希尷尬地笑了笑。

老同學說：「話說出來可能有點馬後炮的嫌疑，但我當年就覺得你們兩個不可能走太遠。」這說法和其他同學可不一樣，江美希有點意外地問：「為什麼？」

老同學笑：「我一直覺得，我們和他們不是同一種人。」

江美希也笑了，或許真的是因為這樣吧。但她和季陽究竟是怎樣不同類的人，她也說不上來。她說：「今天真的很謝謝你。」

「妳就是太客氣了，王芸就從來不會跟我客氣，有事沒事就找我幫忙。」

江美希笑：「那你應付她就夠了，我還找你，那就太為難你了。」

老同學無所謂地擺手：「放心吧，你們兩個都是老同學，我肯定不會顧此失彼，不過哪一天妳要是跳槽去她那裡，我的確也很省事，一份人情賣兩個人。」

江美希一聽就知道王芸肯定很常跟這位老同學抱怨，她滿懷誠意地挖角她，但她就是不給面子。

江美希說：「她的話你聽聽就好了。」

老同學卻不以為然：「其實我覺得她那個提議也蠻好的，妳的能力如何我們很清楚，只是可惜再有能力也是給別人賣命，不如出來自己幹，幹得好不好都是自己的，更何況U記這樣的外資所，不可能一直霸占市場一角。」

其實是不是在替自己辦事倒是其次，她如果能在U記晉升合夥人，那接下來也相當於在替自己做事了。真的讓她有所動搖的，還是王芸那套壯大內資所的言論。

內資所的發展的確落後於U記這樣的外資所好多年，內資所也因為缺乏經驗、制度不夠完善而被外資所所詬病。

她人在U記，耳濡目染得多了，前幾年在提起內資所時也會跟著有些優越感，可是隨著在這行的時間愈來愈長，她也開始反思為什麼我們自己不行？真的是外來的和尚才好念經嗎？就算真的是這樣，我們取經也取了這麼多年，什麼時候才能打破這種外資所霸占市場的局面呢？

但是想歸想，她這個人一旦認定一件事就不會輕言放棄，就好比現在，就想著如何順利當上合夥人，至於以後怎麼樣她還沒想過。

兩人又聊了幾句，老同學去了洗手間，她則是回包廂。

她回去時，老同學帶來的那幾個人明顯都已經喝醉了，勾肩搭背地湊在一起抽菸聊天，就連她進門那幾人也沒有注意到。

江美希看了一眼離門口最近的劉剛，此時的他正低著頭看手機。

她走過去坐在他旁邊，隨口問道：「家裡在催你回去了？」

劉剛被她突然出現嚇了一跳，手機險些掉在地上。

「沒有，同事之前發的簡訊，現在才看到。」

「哦。」江美希也不在意，隔著嗆人的煙霧看向對面東倒西歪的幾個人，又看了眼身邊還算清醒的劉剛，發自內心地稱讚他，「酒量不錯。」

「還、還好！」劉剛趁著剛才江美希轉頭的時候又偷偷拿出手機回覆簡訊，被她這句話說得又嚇得一抖。

江美希看他有些過度的反應，不解地皺眉，「去結帳吧，應該快結束了。」

「好的。」

劉剛如獲大赦地跑出包廂，出來之後索性拿起電話打給了葉栩，沒好氣地道：「你到底要幹嘛啊？」

剛才江美希掛了葉栩電話之後，葉栩直接就發簡訊跟劉剛要地址，劉剛以為葉栩是要來找他，雖然不知道是什麼事，但他明顯沒有時間應付他，於是說自己在和客戶吃飯，江美希也在。

然而祭出了江美希的大名並沒有什麼用，他依舊不依不饒地問他在哪。

葉栩沒有回答，而是問：「你們什麼時候結束？」

劉剛完全沒有注意到他說的是「你們」而非「你」，正想說「關你什麼事」時卻突然想到了一件事——他最近約了石婷婷好幾次，難道跟這件事有關？

「那個、你聽我解釋……」

「兩分鐘之內，把地址傳給我。」

「唉……」劉剛愁眉苦臉地聽著話筒裡的忙音，他覺得葉栩明顯有些衝動，兩個人在這裡見面恐怕不妥，但是他也清楚地知道，就算今天放了葉栩鴿子，以後他在公司的日子大概不會太好過了。

他想了想，或許等葉栩趕來其他人都已經走了，等一下只要他在這裡等他來並把事情說清楚，應該就可以了。想到這裡，劉剛極不情願地把地址傳過去。

葉栩的車子剛駛出社區，手機「叮咚」一聲進來一條簡訊，他隨手拿起來看了一眼，是鴻運大廈。

路上，葉栩趁著等紅燈的時候發了簡訊給江美希：『在大廈西門等我。』

江美希收到簡訊時有點意外——大廈？鴻運大廈？他怎麼知道她在這裡？難道是她自己剛才在電

話裡說的？

腦袋因為酒精的緣故還有點混沌，江美希也就沒有多想。

老同學和其他幾個人已經走到一樓大廳，要踏出門口前在那裡回頭張望著，應該是在找她。

江美希連忙收起手機迎上：「你怎麼來的，有司機嗎？要不要幫你們叫車？」

老同學擺手：「不用了，有司機會過來，倒是妳呢？我順路送妳？」

江美希說：「你們先走，我剛才在樓上看見熟人，等一下要上去打個招呼。」

老同學點頭：「那我們先走了，如果有後續，隨時聯絡。」

江美希說：「好。」

送走了客人，她這才意識到身邊還有個劉剛。

劉剛看了眼時間，心裡有些忐忑，生怕等一下葉栩來了會跟江美希碰上。

「還不走？」她問劉剛。

「我有個朋友要來接我，要在這裡等他一下，您什麼時候走？」

江美希說：「不用管我，你先走吧。」

劉剛有點遲疑：「您一個人行嗎？」

江美希擺手：「沒喝多少，明天見。」說著她轉身往樓上走去。

剛回到二樓，江美希又接到葉栩的電話。

「出來吧。」他說。

江美希從二樓走廊直接繞到西側樓梯下了樓，一出門就見到那臺黑色攬勝停在門口，還沒熄火的引擎發出了「嗡嗡」聲響，在這個本就悶熱的夏日夜晚，加上製造著多餘熱浪的排氣，讓人覺得莫名煩躁。

怕他下車被熟人看見，她幾乎是一看到他的車就急急忙忙地上前拉開車門。但因為喝了點酒，手上沒什麼力氣，拉了兩次才順利地把車門拉開，上車時也因為酒精作祟的關係差點踩到裙子，還好有座椅擋著，讓她不至於太狼狽。

葉栩剛停好車就聽到車門被人拉拽的聲音，待看清門外的人時，他打開車鎖，面無表情地看著那個人爬上車。

每次都是這樣。

雖然早就知道她最多也就喝了兩、三杯，但他看她這個樣子還是忍不住生氣。

這個人不知道自己的酒量有多差嗎？就這點酒量還不願意叫他來接？怕什麼？怕被人看到嗎？

氣了江美希他又氣劉剛，那傢伙看起來也沒什麼用，幾杯酒都擋不住。

還好他來了。

看著她緩慢地坐好並端正了姿勢，甚至還一板一眼地繫好了安全帶，他收回視線，發動車子。

回去的路上兩人誰也沒有開口，直到葉栩的電話突然響了起來打破車內的靜默，他這才想起來劉剛可能還在等他。

「怎麼不接電話？」江美希問。

「開車不方便。」他任由手機在牛仔褲的口袋裡響著。

她突然解開安全帶傾身過來：「我幫你接。」

說著，她略帶涼意的手已經探到他牛仔褲外。

車內的燈突然亮了起來，江美希被這突如其來的燈光搞得莫名其妙。

她不解地看著葉栩：「你幹嘛？」

葉栩勾了勾嘴角：「方便妳幫我找，免得看不見亂摸。」

江美希怔了一下，悻悻收回手，而此時他的手機也已經安靜了下來。

葉栩笑了笑，伸手關燈。

片刻後，他說起正事：「安排一下行程，我們下週三之前要去趟廈門。」

江美希詫異看他：「為什麼？」

「約了夏風的副總。」

她像是想到了什麼，驚喜道：「那邊給回覆了？他們真的有 IPO 的意願？」

「既然叫我們去，那就應該是吧。」

江美希緩緩靠在椅背上，想到今晚和老同學的見面，還有葉栩帶來的這個消息，之前因為 Linda 突然離職和不確定是否晉升合夥人的種種原因，壓在心上的陰霾，一瞬間便一掃而空了。

無論如何，一切都在往好的方向發展。

她問葉栩：「我這幾天沒什麼事，那我們週幾去？」

「那就週五晚上吧，順便在廈門過個週末，就當作給妳放個假。」

她側過臉看著正專注開車的男人，不知道是不是因為酒精的關係，她變得不同於以往的脆弱，也異於平常地敏感。

車子已經進入社區，片刻後輕巧地停入車位。

她說：「謝謝……不管怎麼樣都應該跟你說一聲。」

她很少說「謝謝」、「對不起」這種被很多人掛在口頭上的客套話，她也似乎從來沒有對他說過，更何況還是這麼鄭重其事的語氣。

意外之後，他卻說：「原來妳就是這樣謝謝人家的。」

關掉引擎的車裡靜得出奇。

或許是因為喝了酒，或許是因為心情好，又或許只是因為她確實很想感謝他。

她無所謂地說：「說吧，要我怎麼答謝你？」

他把玩著手裡的車鑰匙一邊回過頭看她，漆黑夜色下，那雙眼睛分外明亮，而她也已經做好了他大概會說幾句曖昧話的準備了。

其實那種話他也已經說了好幾次了，只是她這個人一向一本正經，又是他老闆，年紀比他大太多，所以以往在這種時候她幾乎不會給他留面子，遇上他脾氣也不太好的時候，兩個人就會展開新一輪的較勁。

不過這次，她想著偶爾順著他似乎也無所謂。

可是此時此刻的葉栩臉上沒有絲毫的戲謔，那雙看著她的眼睛目光沉沉，像是在醞釀著什麼。

江美希被他這個眼神看得突然有點心慌。

她煩躁地用手搧風：「車裡熱死了，先上去吧。」

「等一下。」他拉住她，還是用那樣的眼神看著她。

江美希知道有些事情逃避也沒有用，於是試圖讓自己鎮定下來，沒多久就下定了決心——哪怕已經知道是個傷人傷己的決定，但她已經想好了，只要他提出公開關係或者要她給什麼承諾，即使冒著兩人分道揚鑣的風險，她也會拒絕。

想到這些時，她自己都吃了一驚。

她從來不知道自己可以薄情寡義、自私自利到這種程度，一邊貪戀他給她的刺激和陪伴，一邊又害怕將來分開時自己會受到傷害，所以才這樣小心翼翼地不讓自己付出太多感情。一旦他不滿於現狀，她就要毫不猶豫地來個快刀斬亂麻。

她突然開始厭惡這樣的自己，既然知道什麼都給不了他，那又何必貪戀他給她的好？或許早點結束對他來說也是及時止損。

想到這些，不等葉栩再說什麼，江美希率先開口叫了聲他的名字，可是後面的話都還沒有說出口，年輕男人卻突然鬆開了握著她的手。

他低頭摸出菸盒，抖出一根菸張嘴銜住，又摸出打火機將其點燃，一套動作行雲流水。

緩緩地深吸一口，他突然不懷好意地回頭看她，在她還沒回神前，將一團煙霧盡數噴在她的臉上。

他輕笑一聲：「想什麼呢？一臉深仇苦海的樣子。」

江美希被他這口煙嗆得狂咳起來，咳到眼淚都飆出來了。

她沒好氣地等著他，他卻無所謂地說：「妳以為我想要什麼？」

她還在咳嗽，他輕輕替她拍了拍背，然後順勢將她摟到身前，湊到她耳邊說了幾句。

她的臉立刻就紅了，惱羞成怒之餘又暗自鬆了口氣。果然他還是老樣子，是她自己想多了。

「怎麼樣？」他笑著問。

沉沉暮色中，她看著他修長手指間那抹忽明忽暗的猩紅，想到剛才這人的惡作劇，冷笑一聲，丟下一句「做夢吧你」便憤然下車。

她想快點走，奈何酒勁還沒退，使得她腳步虛浮。在她又一次差點扭到腳時，他也追了上來，沒跟她搭話也沒看她一眼，只是在走過她身側時一手握住她纖細的手腕，半拉半扶帶著她往樓裡走。

劉剛酒都已經醒了，這才收到葉栩的簡訊說他去不了了，鬆了一口氣的他同時又很生氣——這是在耍他嗎？

於是憋著一口氣打電話給葉栩。

等了很久，沒等到葉栩接電話，就在劉剛快要放棄的時候，電話突然接通了。

劉剛怒氣沖沖地對著電話質問：「你在耍我是不是？我等你等了一個小時，你又說你來不了了？」

「誰叫你等了？」葉栩的聲音斷斷續續的，而且略微嘶啞，像是在極力忍耐著什麼。

劉剛的火氣瞬間就滅了：「你怎麼了，生病了？」

葉栩坐在浴缸邊緣，低頭垂眼看著跪坐在自己腿間的某人說：「好像有一點，不知道是被誰傳染了。」

被切換成擴音模式的手機裡又傳來劉剛聒噪的聲音：「算了、算了，那你早點休息吧。」

葉栩應了一聲掛掉電話，再去看面前垂頭喪氣的某人：「幹嘛？」

江美希恨透了！

她雙手捂著臉想，作為老闆的尊嚴徹底沒了。

週五晚上，江美希和葉栩到廈門飯店時已經深夜。

葉栩倒是還好，但江美希開了一整天的會，又坐了三個多小時的飛機，早就已經累得不行了，幾乎是一到飯店沾床就睡。

其實她很少能在飯店裡睡得安心，但這一晚卻一夜無夢。

再醒來時窗外早已天光大亮，她看了眼旁邊的人，應該是早就醒了，正半倚著床頭用筆電上網。

見她醒來，他問她：「餓嗎？」

她啞聲答：「有點。」

他看了眼時間：「那我用客房服務叫午餐，晚點整理一下就出門。」說著就闔上筆電，掀開被子起身下床。

他赤裸著上身，下面穿了一條她在門口小超市隨便替他挑的棉質居家褲。褲子很寬鬆，鬆鬆垮垮地掛在他精瘦結實的腰腹上，當睡褲倒是挺合適的。但真的是隨便挑的便宜貨，最大尺寸穿在他身上卻也有些短，露出一段骨節分明的腳踝來，不過即使是這樣，穿在他身上依然不會顯得過於廉價。

江美希不由得感慨，這個人真的是天生的衣架子。

「我穿什麼？」看著他隨意從行李箱裡找了件白色T恤套上，她隨口問了一句。

因為她昨天比較晚回家，行李都是他替她收拾的，而且昨天晚上趕到飯店後，她依稀記得他把兩個人週一要穿的西裝套裝拿出來掛在飯店衣櫃裡了，但出門去玩也不可能穿那種衣服。

他聞言，順便拿了兩件衣服放在沙發上：「穿褲子吧，比較方便。」

她伸著脖子看了一眼，是牛仔褲和一件T恤，不知道是不是他故意的，也是一件白色T恤。

江美希起床洗漱，只是簡單塗了防曬並沒有化妝，不同於以往，看起來倒是多了幾分稚氣。

兩人隨便吃了點東西，很快就準備好出了門。搭電梯時，江美希看到反光的電梯門上映出兩人的身影，都是牛仔褲、白T恤，清新脫俗得就像是附近大學的小情侶。

電梯門再度打開時，他拉著她走出去，就在快走到飯店大門前時，他看了眼門外便突然停下腳步：「妳等我一下。」

江美希以為他是把什麼東西忘在房間裡也就沒有多問，坐在休息區的沙發上等他回來。

正在這時，她看到兩輛黑色賓士由遠駛近，最後停在了飯店門口。

車子一停穩，副駕駛座的門率先打開，一個穿著套裝的年輕女孩匆匆下車，轉身去替後排的人開車門，車門打開，一個女人慢條斯理地從車上下來。

她穿著今年度最新款式的香奈兒套裝，烏黑柔順的頭髮一絲不苟地梳在腦後，綁成了一條短辮，搭配她圓潤飽滿的額頭和姣好的五官，看起來幹練又時尚；不過她散發出來那種不怒自威的氣勢和沉穩老練的氣場，又讓人猜不準她的年紀。

江美希覺得這個人有點面熟，只是一時之間想不起來在哪裡見過。

那行人已經浩浩蕩蕩地走進了飯店，女人和剛才替她開車門的女孩走在最前面，直到他們漸漸走近，這時江美希總算想起了對方的身分。

三年前，她還是個 Senior 的時候，跟著 Linda 參加過一次廣化集團的專案競標。當時那個專案很大，廣化要找的是能夠服務全集團的會計師事務所，所以當時廣化的總經理秦麗梅親自為那次招標把關。

江美希還記得，U記和另一家外資事務所都是那次競標的熱門公司，但兩家事務所實力相當，口碑也相當，最後誰能勝出還真不好說。U記內部對那次的競標也相當重視，她和 Linda 曾經為了見秦總一面，在她的辦公室門外等了將近兩個小時。

雖然過程有點艱辛，但見面後她們和秦總聊得還算順利，當時她就對這位秦總印象非常深刻。

之所以印象深刻，是因為在她看來能做到那個位置的女性本來就不多，她也認為做到這個位置的人必定也會有那種上位者的不可一世。在等待的這兩個小時裡，她逕自想像了許多，也無比忐忑，但見到對方後，那種忐忑就漸漸消失了。

那位秦總雖然有著上位者的威嚴，只是她渾身散發出來那種天生好涵養的氣場和不可一世是截然不同的。三個職場女性坐在一起聊了許多，不過最後因為種種原因，還是另外一家事務所中標。

眼看著對方已經走近江美希身邊，她的五官也更加清晰，和她記憶中那個氣場全開的女總裁完全重合。

江美希立刻起身迎了過去，禮貌地笑看對方：「請問是秦總嗎？」

秦麗梅停下腳步疏離客氣地看著面前的人：「妳是……」

江美希習慣性地在身上摸了一下，這才想起今天的目的是出來玩的，也就沒有隨身攜帶名片。

好在秦總臉上的神情已經從剛才的困惑不解漸漸變成恍然大悟：「江小姐？」

江美希立刻伸出手：「沒想到您還記得我。」

秦總笑著回握：「看來我記性還不算差。」

說著，她上下掃了眼她的穿著打扮：「這是……來度假，還是工作？」

江美希略微想了下說：「都有吧。您呢，來工作嗎？」

秦麗梅點頭：「這邊的公司有點事情需要來處理一下……」

說到這裡，秦總突然停了下來，目光正看向她的身後。江美希不解地回頭一看，此時的葉栩正站在她身後不遠處看著她們，而他手上拿著一頂女用遮陽帽。

江美希這才想到還有葉栩在，突然有些緊張。

她很擔心葉栩會突然走過來，因為她不知道該如何對面前的秦總介紹他的身分。如果說是朋友，以後江美希想走秦總這條線建立和廣化集團的合作關係，葉栩是U記人的身分就會曝光，這種身分介紹就會給對方一種她不夠真誠的感覺。

如果說是同事或者下屬，她剛才又已經承認了自己是順便來度假的，而且他們兩個穿著的「情侶裝」，他手上也拿著她的帽子，都會讓人浮想聯翩。她不想給對方不夠專業、公私不分的印象，這還真的不好解釋葉栩的身分。

好在葉栩似乎沒有走過來的意思，而秦總也沒有要問的意思。

秦麗梅收回視線朝江美希笑了笑：「我這邊還有點事，我們改天聯絡。」

江美希連忙應好，然後目送秦總在一幫下屬的簇擁下走進飯店電梯。

送走了秦總，她回過頭，剛才葉栩站著的位置此時已經沒有人。她四下環顧，這才在玻璃窗外找到了他的身影。

她快步走出去，見他正百無聊賴地抽著菸，本來是挺瀟灑養眼的畫面，但因為他手上拿著那頂女用遮陽帽，顯得有點違和。

見她出來，他把剩下的半支菸按滅在身邊的垃圾筒裡，朝她揚了揚手上的帽子。

她看了看外面的明媚陽光，到了這個時候她才有時間去細想他剛才回去拿帽子的事，不得不感慨她一個女人竟然還不比他細心。

她走到他面前，正要伸手去拿帽子，但他卻動作更快，直接替她戴在了頭上，「走吧。」

兩個人叫車到了環海路附近，下車的地方就有出租腳踏車的店面。

葉栩問江美希：「要騎車嗎，還是走走？」

正好有三個年輕人也在租車，他們租了一臺三人同騎的協力腳踏車，正在艱難地上路。

江美希說：「騎車吧，騎那種。」

她說的和剛才那三人騎走的車子類型差不多，只不過是兩人騎的協力車。

「這種腳踏車騎起來比較沉，環海路有幾十公里，妳確定嗎？」

江美希聽他這麼一說又有點不確定了，但葉栩已經走了過去，「妳喜歡就試試看吧。」一邊說著一邊給老闆付了押金，轉身挑起車來。

找了一輛比較新的協力車，葉栩讓她在前面，他在她身後。

因為兩個人是一前一後，所以也不方便說話。可是就是這份默契的安靜，再配上那滿眼的好風光以及迎面拂過她臉龐的風，讓她覺得前所未有的愜意。

她已經不記得自己有多久沒有像今天這樣可以拋開工作，肆意地呼吸新鮮空氣了。

葉栩看著前面纖瘦的身影，感受著微風吹來時挾帶著她的香氣，以及那若有似無掃過他鼻尖的髮絲，不禁勾了勾嘴角。

身後傳來一陣笑鬧聲，接著有人騎著另一輛雙人協力車從他們身邊經過。

那兩人看起來應該是一對小情侶，女孩子雙腳踩在腳踏板上，不斷說著「快點、快點」，而她身後的男孩子雖然滿頭大汗地踩著踏板，卻笑容滿面。

小情侶的說笑聲漸漸遠去，葉栩問江美希：「累嗎？」

江美希說：「還好，不過這臺車確實蠻重的。」

葉栩說：「那就休息一下，我來踩吧。」

江美希本來想都沒想就要拒絕的，因為她不習慣被人當弱勢照顧著，但在話出口之前她卻猶豫了一下，最後也學著剛才那女孩的樣子把腳踩在腳踏板上，只讓身後的葉栩來騎。

車速沒有因為她沒出力而放慢，反而比剛才更快，耳邊有呼呼風聲掠過，她頓覺得涼快許多。

她看著前面蜿蜒伸展的臨海公路，在天的另一頭隱沒在天與海的交界處，宛如一條漂亮的緞帶將繁花綠樹的都市和浩瀚無垠的大海分割開來。

江美希不禁感到有些後悔，為什麼之前來的時候沒有好好感受一下這座城市的美，幸好這次有人帶她來了。

她側過頭問身後的人：「我們在前面休息一下吧？」

「好。」

前面有一處觀海臺，兩個人把車子停在路邊後，江美希便迫不及待地走到白色欄杆前眺望。這裡比剛才來的路上更加寬闊，迎面而來的風也更大，吹得她長髮上下翻動。

葉栩在那瞬間稍稍失神，直到江美希回頭看他，他才低頭拿出手機：「要幫妳拍照嗎？」

江美希說：「人就不用拍了，拍風景吧。」

葉栩心裡想說風景有什麼好拍的，但還是隨便拍了幾張。拍完之後他低頭翻看，比起眼前看到的，照片拍得其實不怎麼樣。但很快他似乎是想到了什麼，對江美希說：「這邊角度不好，我去那邊拍幾張，妳在這裡等我一下。」

江美希隨口應了句，繼續看向遠處。

葉栩找角度找了半天，最後終於把碧海藍天以及某人的側影裝在了鏡頭裡。

他走回她身邊，她則探頭過來：「我看看。」

葉栩卻收回手機，從旁邊的車籃裡拿出兩瓶礦泉水，擰開其中一瓶遞給她：「畫素不好，看起來普普通通。」

江美希微微一笑，好似在說這就是她不拿手機出來拍照的原因。不過剛才葉栩問她要不要拍照時，她腦子裡突然冒出個念頭——他們好像還沒有合過照，但這種念頭很快就被她打消了。

如果現在就已經看到了這段關係的最後結局，那麼留下太多的回憶不就是給日後的自己平添困擾嗎？

她喝了口水，回頭看著身邊的年輕男人。汗水微微浸濕了他的頭髮，順著鬢角滑向稜角分明的下顎，葉栩應該也是渴了，他隨手擰開手上的礦泉水仰頭狂灌幾口，隨著他喉結微微滾動，又有細小的汗珠順著他的脖頸滑入領口。

也不知道是看久了還是已經習慣了，又或者是有著什麼其他原因，她忽然發現不管從哪個角度看，他都比他們最初認識的時候更順眼了。

似乎是注意到了她的目光，他隨手拉起T恤衣領胡亂擦了一下下巴上的水和汗，這才回頭看她：「看什麼？」

她平靜地和他對視了片刻：「你在擔心週一的事？」

「為什麼這麼說？」

「感覺你一路上心不在焉的。」

他不置可否地笑了下。

江美希收回目光，雙手撐著欄杆看向波光粼粼的海面：「我之前的確是一心一意地只想著升職，雖然沒想過無法升職的我會變成什麼樣子，但是就覺得不能輸，不能輸給 Kevin 或者是其他任何一個人。可是隨著揭曉結果的日子愈來愈近，我突然發現能不能當合夥人好像也沒那麼重要，既然已經盡力了，就算是輸也只是輸了點運氣，所以就算是結果不好，好像也沒有比之前那麼難以接受了。」

說完她轉頭去看身邊的男人，發現他也正在看著她，神情中有毫不掩飾的意外。

她笑了笑說：「所以你也不用擔心。」

葉栩看了她片刻說：「妳高興就好。」

「嗯、週一見到夏風的副總好好聊一下建立關係，無論結果如何，我們都不算白跑一趟。」

他應了聲「好」，然後看向遠處：「還要繼續往前走嗎？還是要原路折返了？」

江美希說：「回去吧、有點累了。」

果然已經不年輕了，和十幾二十歲的年輕人已經沒法比了。

他們回程的路上天色漸漸陰沉了下來，等到歸還腳踏車之後，天已經開始下起了毛毛細雨。兩個人抓緊時間叫車回了飯店，才剛進房間，就看見窗外玻璃上已經滿是雨水。

江美希脫了鞋走到窗前，遠處的風景已經在雨幕中變得模糊。

不得不說這個時節的天還真像孩子的臉，一下子晴、一下子雨。

剛才叫車的時候，兩個人在外面淋了點雨，江美希還好，被葉栩護著，從頭到腳都乾淨清爽，反觀葉栩，他的頭髮和T恤都濕了，一進門就去了浴室。

房間裡靜得只有「嘩啦嘩啦」的水聲，讓人分不清是外面的雨水聲還是浴室裡的聲音。

雖然她告訴葉栩升不升職都無所謂，但只剩下她一個人的時候，她又忍不住去想工作的事情。

這次來廈門的意外收穫無疑是再次遇到了秦麗梅，從見面時對方對她的態度可以確定，秦總對她或者是對U記的印象還是很不錯的，而這兩年江美希也一直在關注著廣化的情況。

廣化集團體系龐大，旗下分公司有三十二家，目前有兩家分公司前後完成上市，還有包括廣化銳豐在內的另外兩家分公司正在積極籌備上市中。這些分公司雖然有獨立的法人、獨立的管理階層，甚至已經獨立上市，但分公司的實際控制權還是掌握在上層的集團公司手中。

秦麗梅作為集團公司的股東，手裡的股份雖然不是最多的，但她卻是幾個大股東裡唯一一個參與公司管理的人。

要把這樣一個龐大的集團運營好，又要安撫股東們的心，廣化對審計業務的需求一直在增加。除了幾家上市公司必須要做的年審、個別分公司的IPO審計，其餘分公司每年也都需要接受協力廠商審計。江美希猜測，這也就是廣化突然將一些審計業務重新招標的原因。

江美希正想著回北京後，要儘快找個機會拜訪秦總，思緒卻被一陣嗡鳴聲打斷。

她回頭看了一眼，是葉栩放在茶几上的手機。

此時浴室裡的水聲已經停了，江美希又看了手機一眼，對著浴室方向提醒：「你電話響了。」

浴室門打開，葉栩圍著一條浴巾從裡面出來，一邊擦著頭髮一邊走向茶几，就在他走到茶几邊時，他的手機已經安靜了下來。

他漫不經心地拿起來看了一眼，又看向江美希。

江美希被他這麼一看，顯得有些莫名其妙：「怎麼了？」

「沒事。」葉栩又把手機隨意放回到茶几上，接著走到她身邊，「去洗澡吧。」

江美希說了聲「好」，往浴室走去。

衣服脫到一半，她突然想起來卸妝油沒有拿進來，便拉開門叫外面的葉栩：「幫我拿一下行李箱裡面的那個綠色小包包。」

過沒多久，葉栩走過來：「是這個嗎？」

江美希接過包時看了他一眼，發現他已經穿戴整齊，連鞋都穿好了，似乎是要準備出門的樣子。

「要出去？」她問。

「買包菸。」

江美希探頭看了眼窗外：「還在下雨。」

葉栩要替她關門：「妳慢慢洗，別感冒了，我馬上回來。」

江美希聽他這麼說，也沒再多說什麼。

可是直到她洗好澡、吹乾頭髮出來，葉栩還沒有回來。

她拿起手機看了一眼，都已經一個小時了，是跑去哪裡買菸？

她乾脆打電話給葉栩，一陣熟悉的嗡鳴聲由遠而近，漸漸清晰起來。

江美希拿著手機回頭，就聽見「喀嚓」一聲，房間的門被人打開了，葉栩一邊低頭看著手機一邊走了進來。

江美希掛斷電話：「怎麼去那麼久？」

「在外面抽了支菸。」說著他走到江美希身邊，摸了下她披散在身後的長髮，「怎麼不全部吹乾？」

「全吹乾對頭髮不好。」她隨口應了句，回到房間打開筆電收發 mail。

葉栩問她：「明天還想去哪裡玩嗎？」

江美希想了一下說：「想休息。」

葉栩低頭摸出菸盒說：「也行。」

江美希抬頭看他一眼，就不由得皺眉：「你不是才剛抽完嗎？沒看過其他跟你同年紀的人菸癮這麼大的。」

葉栩無所謂地笑了笑，把菸盒又放回牛仔褲的口袋裡。

江美希又想到廣化的事情，於是問葉栩：「Kevin 和銳豐那個專案，我記得是你在跟吧？」

葉栩抬頭看了她一眼，點頭說：「對。」

江美希皺眉：「廣化銳豐早就說了要上市，我有個大學同學之前和他們打過交道，說他們那位金總非常不好應付，難得 Kevin 能把他搞定。」

江美希說的大學同學就是王芸，之前一起吃飯的時候王芸提過一次，當時她就在想，王芸這麼八面玲瓏的人都搞不定了，肯定不是普通難搞，沒想到陸時禹一出馬，事情就敲定了！

葉栩興致缺缺地回了句：「大概季陽發揮了不少作用吧。」

江美希沒留意到葉栩的刻意敷衍，只當他是提起季陽心裡有些不太高興，也就沒多想。

「可是我聽說金總那個人最喜歡吊人胃口，不把大家折騰得筋疲力盡絕不鬆口，就算季陽真的說得上話，也不會那麼順利，Kevin 帶你去見金總的那一次，他自己也是第一次見金總吧？見一次面就搞定這麼大的一個專案，有點奇怪。」

江美希說完，身後卻久久沒有回應，她回頭看了一眼，在她說話的時候，葉栩已經換好居家服並爬上了床，似乎已經睡著了。

在飯店房間休息了一整天後，週一一早，江美希和葉栩便早早趕到夏風科技。他們和負責接待的副總簡單聊了一下夏風的情況，江美希心裡也大概有個底。

目前夏風就和葉栩最初揣測的情況一樣，有一定的實力卻還沒有上市，所以公司為了更進一步發展，上市是遲早的事，很顯然地上市的事情也是他們最近才開始安排的，說到這裡，對方還詫異地問了江美希他們是從哪裡得到的風聲，一旁的葉栩簡單解釋了一下自己的猜測。

夏風的副總不由得讚嘆：「專業的就是不一樣，其實我們公司內部一直也有合作的本地所，但是上市是大事，還是想找一家更專業的事務所協助我們。」

後來這位副總又帶著江美希和葉栩參觀了公司，走訪了一下公司的技術團隊與主管階級人員。此時的江美希也大概瞭解了，夏風的產品和業績的確是不錯，但是要上市的話明顯還有許多不足的地方，可見之前和他們合作過的本地所並沒有充分瞭解到他們的需求，或者說並沒有盡到他們的責任。

夏風的副總表示：「我們是希望和專業的外資事務所合作一到兩年，到時候再看是否具備 IPO 的條件。我們之前也做過一些調研，知道U記在全球領域裡是最專業的，所以也一直很期待能夠合作。我們公司的情況您們二位大概也瞭解了，後續貴公司如果有意願合作，只要儘快跟我們報一個價，我們內部就會著手商量並做決定。」

江美希笑著答應對方回北京後會儘快回覆，談完了正事，對方留他們下來吃飯，但被江美希以趕飛機為由拒絕了。

公司裡的確還有很多事情需要處理，而且距離 CPA 考試的時間也愈來愈近，她不能讓葉栩耽誤太多時間在她的事情上。

這邊剛和夏風談好，江美希就訂了下午回北京的機票，其實這趟廈門之行已經比她預想中的收穫大上許多了。

雖然普通的年審業務量無法和 IPO 專案比，但是一般情況下公司在上市時不會再更換已有的會計師事務所，也就是說如果這次年審專案談妥，沒有意外的話夏風未來的 IPO 專案也一定會是由U記來做。雖然業績沒有立竿見影的增長，但這行向來都是如此，細水長流賺個口碑，日後總會有個收穫。

回到公司，江美希第一時間向公司彙報了夏風科技的情況，在得到支援後，江美希安排劉剛對接與夏風的相關事宜。

處理好夏風的事，江美希想了想，拉開抽屜找出最底下的一本名片夾來。她找了半天總算找到秦總的名片，上面有一串辦公室室內電話，她試著撥打過去，接電話的是秦總的祕書。

江美希自報家門，對方笑了笑：「我們在廈門時見過。」

江美希這才想起來，應該就是在廈門時陪在秦總身邊的那個女孩子。

「您好，怎麼稱呼您？」

「江總不用客氣，我叫劉芳，您叫我名字就行。」

江美希和對方寒暄了幾句，表達了想約見秦總的意思，對方卻直接問她：「週三下午可以嗎？」

正常情況下，她這樣的角色要見秦總一般都是比較困難的，她早就做好了吃閉門羹的準備，沒想到對方非但沒有拒絕她的邀請，還這麼爽快就答應了。

她一時之間沒有反應過來，有點不確定地問：「我是沒問題，但是、不用請示一下秦總嗎？」

劉祕書笑得很動聽：「秦總已經跟我提過了呀。說您如果想要見她，下週三下午她有一小時的時間。」

江美希意外之餘更多的是激動，連忙確認好具體的時間，順便又說有機會請劉祕書一起喝下午茶，這才結束了通話。

掛上電話，江美希看了眼日曆，下週三正好是九月十四日，是CPA考試的第一天。

想到這裡，她傳了個簡訊給葉栩：『複習得怎麼樣了？』

片刻後，簡訊回了過來：『還可以。』

江美希猶豫了一下回覆說：『晚上我早點回去，幫你複習一下。』

『晚上你想吃什麼？』

江美希看到這條訊息時不由得皺眉，過了一會兒她回覆：『這些你就不用擔心了，我買外帶回去，再過幾天你就要考試了，把時間多放在複習上。』

葉栩沒再回覆。

讓江美希做飯顯然是不可能的，先不說她會不會做，從觀念上來說她認為煮飯、洗碗、在餐廳候位這些事情是浪費時間而且不值得的，所以這麼多年以來，她一天三餐花在吃這件事上的時間絕對不會超過兩個小時。

下班回去的路上，江美希隨便找了一間人不算多的中式餐廳，簡單打包了兩道菜帶回去。

葉栩對於她這個舉動早就習以為常，好在他對吃的也沒什麼要求，兩人隨便吃了些，江美希問他：「書都看了嗎？練習題寫了嗎？」

葉栩漫不經心地「嗯」了一聲。

江美希對他表現出來的態度不太滿意，但還是耐著性子說：「書看一次就夠了，懂不懂都沒關係，我給你的那個北大東奧的模擬練習題你寫了嗎？」

「看了。」

「光看不行，要懂它在說什麼，你有不會的可以問我。」

「暫時沒有。」葉栩對CPA考試這個話題也沒什麼興趣，於是問江美希，「夏風那邊的事情怎麼樣了？」

江美希把桌上的剩菜剩飯連同外帶餐盒一起收進垃圾袋裡，「公司的事情你就暫時不用擔心了，好好複習，考完再說。」說完她把垃圾袋放在門口，然後去浴室洗手，再出來時便直接到玄關處換鞋。

葉栩挑眉：「這麼晚了要去哪裡？」

江美希穿好鞋拎起包包和垃圾袋說：「既然不用我幫你複習，那我就先回去了，不打擾你看書。」

「有必要嗎？」他有點不高興。

江美希不為所動，推門出去：「當然。」

這天之後，兩人真的就沒見面，就連週末也是。江美希擔心葉栩分心，直接躲到了老江女士那裡，想著正好可以輔導一下穆笛。誰知道穆笛竟然不在家，聽說是和同學一起去圖書館看書了，江美希正好樂得無事，悠閒自在地度過了一個週末。

與秦總約定的時間轉眼間就到了，對此事特別重視的她特地提早半小時出門，但還是出了意外——有輛福斯帕薩特在三環路上強行變換車道超到她前面，當時的她開車車速不低，兩臺車又離得近，她一時之間來不及刹車，猝不及防地直接撞了上去。

那臺帕薩特的車主是個五十多歲的中年婦女，因為出了車禍，非要拉著江美希吵鬧不休，江美希看著時間一分一秒地流逝更加煩躁，早就沒有心情心疼自己的車了。

她也不想追究責任，試圖給點錢私下和解，沒想到中年婦女擔心自己吃虧，無論如何也要拉著她等警察來，江美希只好無奈地打電話給保險公司，還好這間保險公司的服務不錯，接到電話後很快就有人來了。

江美希把車鑰匙交給對方，自己沿著三環路邊快步往橋下走去，這樣一來又耽誤了不少時間。

下到銜接道路上順利叫到了計程車，江美希報了地址，幸好司機對路線非常熟悉，最後在約定時間之前趕到了秦總的辦公室門前。

在劉祕書打電話給秦總的短短空當，江美希隨意掃了眼四周，這一掃就看到一旁被擦得反光發亮的窗玻璃上，自己滿是狼狽的模樣。

劉祕書見到她這副模樣竟然沒有流露出一點好奇和意外，可見多麼專業，即使如此，江美希自己還是覺得尷尬。

她連忙對著那扇玻璃窗整理自己的儀容，回頭發現劉祕書已經掛斷電話，正笑盈盈地看著她。

她不好意思地笑了笑：「秦總現在有空了嗎？」

劉祕書點頭：「我們現在進去吧。」

秦總跟之前幾次見面時一樣，溫柔客氣，但也隱隱透著不讓人隨意接近的疏離與威嚴。

江美希準備了很久，比起三年前，現在的她對廣化的情況更加瞭解，所以把U記的優勢以及能夠提供的服務講得條理清晰、頭頭是道。

她說這些的時候，秦總始終含笑聽著，等她說完之後秦總便說：「在我們談合作之前，我有個私人問題想向江小姐妳諮詢一下。」

江美希愣了一下，笑笑說：「您說。」

「一般從你們U記跳槽的話，去哪裡發展更好？」

江美希雖然不明白秦總為什麼會突然這麼問，但還是仔細回答：「如果只在U記工作一、兩年，出去後一般還是會繼續做審計，或者到一些企業做財務分析師。如果是工作兩、三年，去投行銀行做市場諮詢的人比較多。再來，在U記工作三到五年的人，那其實可以繼續留在U記爭取升任經理，但如果一定要離開的話，一些金融機構的財務分析、證券公司的投行部都是不錯的選擇，當然也有不少人會跳到客戶公司負責財務相關的工作……」

說到這裡，江美希腦中突然冒出一個想法——難道秦總想挖她？

秦總聽完頻頻點頭：「不可否認，U記確實是個培養人的好地方，在那裡能學到不少東西。不過依我看，如果想學得廣一點，審計不用做很多年，差不多三年就可以嘗試去金融機構工作了，歷練個幾年後再去管理一家上市公司，應該也不是問題。」

這話好像又跟挖她沒什麼關係了……江美希聽得雲裡霧裡，但始終保持著微笑傾聽。

而就在這時，秦總突然話鋒一轉：「所以我也沒有打算讓他在U記待太久，學得差不多就該換個地方繼續學習了。」

江美希怔了怔，以為自己聽漏了什麼，於是問：「不好意思，我剛才沒聽清楚，您說的是誰？」

秦總的笑容漸漸擴大：「我兒子，葉栩。」

江美希不知道自己此時此刻是什麼樣的表情，但聽到這個消息後短短幾秒內，她腦中已經閃過無數個念頭，眼前這位看上去也就比她大個七、八歲的秦總，竟然會有那麼大的兒子？但很快，她想起多年前曾看到的一則關於秦總個人介紹的報導，那上面的確說她有一個獨生子，其中還提到他是高考恢復後，第一批考上大學的人。

想到這裡，江美希看向秦總——也就是說，她現在可能已經五十歲了？

在感慨秦總保養得當的同時，江美希又想到了自己，這樣一個成功的女人，又怎麼可能會接受自己和她唯一的兒子牽扯不清呢？

秦總和她對視片刻後，似乎有些意外地問：「那天在飯店見面之後，他沒告訴妳嗎？」

江美希臉上的笑容再也掛不住了，她迅速低下頭調整情緒，這才繼續看向秦總：「沒有。」

秦總點頭：「也是，畢竟這些事知道的人少，也能省去很多不必要的麻煩，既然是他的意思，就麻煩江小姐也繼續當作不知道吧。」

江美希點頭：「我明白。」

江美希此時已經鎮定了下來，思索起來龍去脈，也不難理解秦總這次願意見她的真正目的。她心裡湧上一股難以啟齒的酸澀，想到自己以為秦總對她還算欣賞，想到自己一路來時的狼狽模樣，一向自恃冷靜的她卻有點坐不住了。

她想，接下來也不會有什麼合作的話題要談了，正想著是要自己主動離開，還是等著對方下逐客令時，卻聽到秦總說：「那言歸正傳，我們來聊聊合作的事情吧。」

江美希怔了一下，有點意外地看向對面的人。

秦總笑著問：「怎麼、知道我是葉栩的母親，合作都不打算談了？」

江美希尷尬地笑笑：「怎麼會。」

秦總說：「妳放心，公私我還是分得清楚的，這件事與他無關。」

接下來的時間，秦總就針對她開場說的那些合作規劃提了一些問題，江美希有些心不在焉，但幸好準備充分，也能一一作答。

兩人聊了好一陣子，秦總似乎還挺滿意的，表示願意把某些業務交給U記，彌補一下三年前沒有達成合作的遺憾。

從廣化大廈出來，江美希覺得自己像是打了一場仗。

剛才在秦總辦公室裡還沒來得及細想，現在想來，在廈門和秦總遇到的那個早晨，秦總和葉栩互相看彼此的眼神，分明就是認識卻裝作不認識的樣子。

葉栩出去買菸的那一個小時，大概也是被秦總叫到房間裡去訓話了，可惜她當時太遲鈍，或者說是她太相信葉栩了。

江美希不知道他們的事情秦總知道多少，但無論是今天的事還是廈門的事，都讓她有種被人當作笨蛋耍的感覺，至於秦總剛才說要彌補的那個遺憾，雖然她口口聲聲說與葉栩無關，但恐怕也是以她遠離葉栩作為條件吧。

滿腔的屈辱和憤懣讓她的臉火辣辣的。生平第一次，她恨自己太能屈能伸、太沒骨氣，不然剛才就應該憤憤然離開，斷然拒絕合作。

可是沒有秦總在，她和葉栩就真的能走到最後嗎？

她很早以前就想過，葉栩的母親會如何看待一個和自己兒子年齡相差七歲的女人在一起，現在不用想了，說不定秦總心裡正在瞧不起她呢。

她嘆了口氣，漫無目的地沿著路邊走著。

晚間交通尖峰時刻的北京城，燈紅酒綠、車水馬龍，江美希看著身邊滾滾車流和行色各異的路人，突然發現自己是多麼的形單影隻。

就在這時，身後傳來一陣鳴笛聲，她以為是自己不小心擋到別人的路，連忙往路邊讓了讓。

剛剛鳴笛的那輛車繞到她的身邊卻不急著開走，而是緩緩地跟著她，似乎是見她不為所動，開車的人又按了兩下喇叭。

江美希本來心情就不好，正想回頭罵人，回頭一看才注意到這輛車似乎有點眼熟。

她停下腳步，身旁跟著的黑色捷豹也停了下來，車窗緩緩降下，季陽探過身來：「上車。」

江美希站在車邊有點猶豫，在季陽再次催促後，她還是拉開車門上了車。

「妳怎麼在這裡？」季陽問。

「見客戶。」江美希隨口敷衍，「你呢？」

季陽笑：「我只要人在北京，就必須天天在這裡出現。」

江美希這才後知後覺地看向窗外，原來這地方就是他公司附近。

「妳見什麼客戶？」季陽問。

江美希不說話。

季陽笑：「這附近的辦公大樓就那幾棟，大公司也就那幾家，讓我猜猜……是廣化的人嗎？」

江美希有點意外地回頭看他，季陽一副「我就知道」的神情問：「談得怎麼樣，應該很順利吧？」

江美希還是很意外：「你怎麼知道？」

「原本我也不知道，但是時禹和廣化銳豐的金總是我牽的線，妳應該知道吧？」

「聽說了。」

「老金那人非常不好打交道，我也是賣了好大一個人情給他，他才同意見見時禹。結果讓我沒想到的是，老金那天晚上的表現實在有點熱情過頭了，應該說是對時禹帶去的小朋友熱情過頭了，差不多是當場拍板定案，決定把專案交給他們做。」

「你說葉栩？」江美希問。

季陽笑著點頭：「所以我就回去查了一下廣化集團是不是有什麼大人物姓葉的，結果沒查到，不過倒是聽說廣化秦總她老公姓葉。」

後面的事情已經不用季陽說了，江美希卻覺得自己有點好笑。原來所有人都知道他有個了不起的母親，倒是她這個和他整天相處在一起的人是最後一個才知道的。

季陽停了下來，似乎是在給她消化的時間，片刻後才嘆了口氣：「我不知道妳和他現在是怎麼回事，但是他那樣的人和我們是不同路的，而且他母親那麼強勢，妳要是堅持跟他在一起，以後肯定少不了受氣。」

江美希從窗外收回視線，無所謂地笑了笑說：「謝謝提醒，不過這些事好像跟你沒什麼關係。」

她以前從來不會這樣跟他說話，再見面之後，他自覺對她有愧，她要耍脾氣，他大多數時也就忍讓著，但今天他看到她這個態度，也忍不住起了脾氣。

「到了這種時候，妳難道還對妳和那傢伙之間抱有希望嗎？先不說他有沒有對妳坦白，就單論妳自己的想法，如果妳是認真的，我勸妳及時止損。我們已經過了可以衝動的年紀，那種哪怕周遭所有人都不會給予祝福也要跟那個人在一起的做法不是什麼浪漫，而是傻！這表示所有人都看清了事實，只有妳冥頑不靈。」

江美希煩躁地降下車窗，已經開始後悔自己剛才上了車：「你說夠了嗎？」

季陽卻沒有停下來的意思：「但是如果妳是因為寂寞就隨便玩玩，那我還是勸妳，是時候該收心了。秦總那樣的人妳得罪不起，還不如給她個面子，往後在工作上妳也比較方便。」

聽到這裡，江美希突然覺得挺可笑的。

她和葉栩這樣究竟算什麼？如果是認真的，她卻從來沒有想過兩個人能在一起、能有未來，如果說是隨便玩玩，她卻是下了極大的決心才讓自己跨出那一步接受他的。

她從來不是個會因為寂寞就拿感情消遣的人，但是她也知道，在這段感情中，葉栩應該比她還要認真許多。

江美希笑著回頭看他：「你跟秦總想的都一樣。」

季陽對秦麗梅的做法並不感到意外，普通家庭的母親尚且難以接受這樣的兒媳婦，更不用說了她也不是什麼普通的家庭主婦。

「那妳怎麼想？」季陽問。

江美希又想起自己剛才在秦總辦公室裡的表現，覺得臉上火辣辣地疼。

她突然有些煩躁地看向窗外：「你在前面停車吧。塞車塞得蠻嚴重的，我坐地鐵回去。」

季陽沒聽她的，而是說：「當年我們分開時，我老是被我媽罵，這次回北京，她老人家每過兩、三天就問我妳現在怎麼樣……」

江美希有點不耐煩，她不想跟季陽討論今天這種局面究竟是誰造成的，感覺就好像她對他過去的所作所為還有怨氣，好像她心裡還沒有完全放下似的，這也不代表她會願意聽他敘舊，甚至又拿出長輩來壓她。

「停車！」她的態度已經不太好了。

「過了這段路就不太塞了，我送妳回去吧。」

「我說停車！」

這還是她第一次這樣和他講話，他怔了片刻，臉色凝重地把車子緩緩停靠路邊。

江美希迅速解開安全帶，在車子剛剛停下時就推開車門，丟下一句「就算沒有他，我跟你也不可能」就下了車。

沉重的關車門聲響起，季陽像是反應過來什麼，降下車窗叫她的名字：「美希、江美希！」

江美希聽見了，卻愈走愈快，很快就消失在了熙來攘往的人潮之中。

晚上回到家洗完澡，手機正好進來一條簡訊，她打開來看了一眼，是葉栩傳來的：『怎麼不問我考得怎麼樣？』

她對著那短短一行字看了片刻，索性直接關閉螢幕。

她把手機丟在一旁，儘量不去管它，打開電腦找出《六人行》，隨便打開一集開始看了起來。

接下來的兩天，他們也沒有互相聯絡，不知道葉栩是不是已經察覺到了什麼。

想到這裡，江美希就覺得頭疼，這兩天是因為有考試，想要讓他專心準備所以不用見面，那以後呢？她還沒想好要怎麼面對他。

還好公司臨時有件事需要她出差一趟，正好她可以趁機躲出去，梳理一下思緒，好好想想要怎麼跟他說。

就在這時，手機又響了，來電顯示是葉栩。

手機在面前的茶几上「嗡嗡」地震個不停，她心裡卻隱隱作痛著。

還好廣播正好播報著登機資訊，她迅速抓起面前的手機塞進包裡，拎起行李箱朝著登機口走去。

直到三小時後飛機落地，她趕到下榻飯店時，才把手機拿出來開機。

有一條他發來的簡訊：『妳出差了？』

她斟酌了一下回覆：『嗯，臨時有點事。』

『什麼時候回來？』

『兩、三天吧。』

『好。』

江美希看著這個「好」字發呆片刻，然而正當她準備要將手機收起來時，又進來了一條簡訊。

『妳到底在搞什麼？』

看到這句話，她一直提心吊膽著的心情反而落了下去。他終究還是感覺到了，那就離攤牌不遠了。

她想了想回覆說：『等我回去再說。』

這一次，葉栩沒再回她，倒是讓她心疼起來。

兩個人或許隱約都知道，回去還能說什麼？無非就是提分手。

她疲憊地揉揉臉，本來以為可以全身而退的，想不到一把年紀了還是要為了感情傷懷，但是一想到自己之前的自私自利，又覺得這樣對他或許會更好吧。

而就在她在外出差的這段時間，在九月的最後一週裡，新一年的人員升遷公告出來了，葉栩跳了一級，直接升到Senior，但是新晉合夥人的名單不在其中。

江美希看到沒有自己名字的信件時也不知道是該慶幸，還是該失落。

兩天後，江美希訂好了回北京的機票，但是因為航班延誤，飛機落地時已是深夜。

江美希擠在眾多疲憊的旅人中排隊叫車，回到社區時已經十二點多了。

她剛才在車上差點睡著，現在還有點意識不清，直到被突然從黑暗中走出來的人迎面攔住，她才清醒過來。

雖然九月的北京還不算太冷，但入夜了的溫度也不高，這個人不知道在這裡等了多久，伸手過來接過她手上的行李箱時，觸碰到她的手指冰涼異常。

誰也沒說話，江美希任由他接過行李箱，跟在自己身後進了家門。

她隨興地蹬掉鞋，接著想去廚房找杯水喝，手臂卻突然被人拉住。

她深吸一口氣回頭看他，他低垂著眼眸也正望著她，那雙眼睛好像會說話。

江美希早就知道會有這一天，只是此時的那雙眼眸在對她說些什麼？說想念、說委屈，說不要離開他嗎？

「我哪裡惹到妳了？」葉栩問。

江美希不敢與他對視，便匆忙錯開目光說：「我今天還蠻累的，改天再說吧。」

她轉身就要走，他卻還不放手：「有什麼話現在就說清楚！」

她低著頭想了想，反正要說的話早晚都得說，換種委婉的說法也不會改變要分開的事實。

於是她深吸一口氣：「我想過了，我們兩個還是算了吧。」

葉栩抓著她手腕的手漸漸用力：「什麼算了？怎麼算了？」

「當初我就抱著試試看的態度讓自己接受你，但是努力了這麼久，我發現我還是過不了心裡的那個坎，所以我們兩個不適合。」

「哪個坎？妳比我大幾歲而已也算？」

「不是幾歲，是七歲。」

「那又怎麼樣？」他說話毫不客氣，但明顯聲音在發顫，「我還以為是什麼了不起的事，妳在那邊婆婆媽媽的，原來就是為了這種小事情？」

可惜他覺得不是什麼小事情，但別人很顯然地不這麼認為。

她笑著看他：「所以呢？不算什麼的話，你打算娶我嗎？」

葉栩被她問得一怔。

江美希看在眼裡，自嘲地笑了笑說：「我早就說了，我們不適合。」說著，她就去掰開他的手。

葉栩回過神來，突然一用力便把將她推在牆上，欺身而上壓住她：「江美希、妳知不知道，我最討厭妳這個臭脾氣，還有妳那些自以為是的臆斷！妳以為妳是誰？多沒心沒肺地活了幾年，就那麼了不起嗎？」

江美希也覺得委屈，聽他這麼說，火氣更大了：「對！我就是比你這種不知天高地厚的小毛崽子了不起！而且，既然你這麼討厭我這個臭脾氣，為什麼又要死纏爛打黏著不放？」

她說話毫不留情面，他不可置信地看著她，片刻後自嘲地笑笑：「我死纏爛打？我黏著不放？」

見他眼眶漸漸紅了，她的心也像被什麼人狠狠揪了一下。

「好，算我犯賤！」

她只覺得身上一鬆，他鬆開了她，轉身朝門外走去。

江美希不敢轉頭看他，在他轉身的下一秒，她快步走到窗前背對著門口。

她害怕，怕他或許會突然回頭，就看到她臉上的眼淚。

有多久沒有因為感情的這種事情流過淚了，明明已經做好了迎接這一天的準備，明明也沒讓自己太把這段感情當作一回事，可是終究還是這樣。

人果然不能太自信了……

葉栩從那天之後就沒再來找過她，或許他們兩個之間就這樣真的斷了吧。

輾轉間，一年的旺季又來臨，江美希特地避開和葉栩的工作交集，這樣一來，兩人也就真的有好幾個月沒見面了。原來真的不想見到一個人，哪怕在同一間公司，也還是有辦法的。

和秦總談好合作後，江美希安排了劉剛和廣化那邊的業務主管對接後續的工作安排。

這件事她沒有想要隱瞞葉栩，因為她知道瞞不住，所以他找來的時候，她也不意外。

兩個月沒見面，她已經把情緒收拾得差不多了，至少再面對他時不會有那天晚上的失態。

「劉剛手上那個廣化專案是怎麼回事？」

面對他的來勢洶洶，江美希面不改色：「什麼怎麼回事？我們一直在尋求和廣化的合作機會，你又不是不知道，再說了，我的工作好像不用跟你彙報吧？」

葉栩在得知江美希拿到廣化的專案後，就已經大概知道了，他媽搞不好已經見過江美希，難怪江美希會突然說要分手，原來是因為這件事。

其實他早有準備，也計畫好了要怎麼跟他媽還有江美希說，既然要循序漸進，一步一步讓他那個了不起的媽慢慢接受江美希，又要安撫好江美希，讓她不要在他還在為他們的將來努力時就先打退堂鼓。

可是怕什麼就來什麼，最後還是變成了現在這樣。

想到這些，葉栩也覺得心寒，冷笑著問面前的女人：「所以呢？為了那兩個垃圾專案，妳就把我賣了？」

江美希不說話，說實話，她心裡也不好受。

葉栩又問：「升職對妳來說就這麼重要嗎？比什麼事都還重要？」

她想說不是，但是她怎麼想的有用嗎？

江美希笑盈盈地抬起頭：「對，你又不是第一天才認識我，再說我想升職有什麼問題嗎？我不偷不搶，有什麼錯嗎？」

「那妳在廈門說的那些話只是隨便講講的嗎？」

江美希饒有興致地看著他，他還好意思提廈門的事？

葉栩似乎也意識到什麼，喉頭滾了滾說：「我是想找機會跟妳說，但是我……」

他斟酌了一下，也不知道從何說起，但是他的確覺得很無力。他早就知道他那點底細不到萬不得已絕對不能讓江美希知道，本來她那榆木腦袋就有點想不開，七歲的年齡差距已經讓她覺得前路漫漫、荊棘叢生了，如果再加上門第的事，她肯定躲得比誰都快。

果然，在他還沒反應過來的時候，她就率先退出了。

見他沒有繼續說下去的意思，江美希也只是輕輕嘆了口氣：「我們兩個的事就到此為止吧。」

葉栩不知道自己是怎麼走出江美希辦公室的。

劉剛看他有些失魂落魄的模樣，關切地問：「又挨罵了？」說著，他瞥了眼江美希辦公室的方向，「嘖嘖、這麼大的脾氣，之後升了合夥人肯定更不得了了。」

和廣化的兩份合約陸續敲定，江美希的業績已然超過一千五百萬，也就是說，不管合夥人們的想法如何，她晉升為合夥人已經是順理成章的事。

這消息很快就在公司裡迅速傳開了，提前知道的人也會趁著沒人的時候恭喜她，似乎所有人都篤定著，就算她平時再怎麼難相處，這種時候看到別人示好也會高興吧。

可是只有江美希知道，她沒有那種多年夙願得以實現的開心、雀躍，反而心情沉甸甸的，壓得她透不過氣來。

沒人的時候，她也會想起自己在廈門海邊對葉栩說的那些話，事到如今想起，那時候才是她這些年裡說起工作時最愜意的時刻。

週五下班時，她人還沒離開公司就接到穆笛的電話，說是家裡聽說她終於要升職了，老江女士張羅著要慶祝一下。

江美希沒那個心情，一邊收拾著桌上散亂的文件，一邊回話說：「現在已經是旺季了，哪有時間啊？再說總部那邊的通知又還沒下來，誰知道最後是不是我。」

穆笛又勸了兩句，江美希還是不願意回去，她猶豫了一下問：「小阿姨，我怎麼覺得妳好像不太高興？」

江美希知道她自己最近心情一直不太好，可是為什麼不太好她也不願意深想，於是隨便找了個理由應付穆笛：「應該是太忙了。」

穆笛想了想問：「對了，你和我那未來小姨夫怎麼樣了？」

江美希皺眉：「誰？」

穆笛說了個奢侈品品牌，江美希這才想起來葉栩那套被她藏在衣櫃裡的衣服。

「不知道妳在說什麼。」江美希說。

「分手了？」穆笛問。

江美希沒有立刻回話，穆笛心裡已經有了答案，難怪最近她看葉栩也不怎麼順眼。

江美希說：「沒別的事，我就掛電話。」

「小阿姨。」穆笛連忙叫住她。

「怎麼了？」

「妳有沒有發現，妳看看妳現在這麼不開心的樣子，連升職了還都不開心，有沒有一種可能，妳真的很喜歡他。」穆笛有意無意試探的一句話，就這樣透過無線電波重重地砸在了江美希的心上。

她煩躁地看向窗外，難道是要下雨了嗎？心裡悶得慌。

至於穆笛說的是不是事實，她不願意去多想也不敢多想。

江美希沉默了片刻說：「我沒時間想那些，先掛了。」

然而升職的消息還沒等來，卻等來了一個壞消息。

事情的起因是有人在阿奇法產品專賣店裡買了臺手機，用了不到兩個月手機出現問題，售後服務電話一直打不通，就又跑去專賣店，這才發現專賣店不知道什麼時候已經不見了。這才買了兩個月就開不了機的手機不知道該找誰處理，所以就把這件事放到網路上，沒想到其他人也有類似的經歷，一時間搞得群情激奮。

這件事在網上發酵了一個多月，但是影響範圍也有限，直到前不久突然有人爆料說阿奇法這家公司隱性負債了一大堆，出現問題是遲早的事。

這個爆料內容非常詳細，說阿奇法在惡意收購芯薪之前就已經出現了經營方面的問題，收購芯薪是因為他們看好未來智慧型手機的市場，企圖靠研發新產品改變局面，可惜新產品研發週期太長，收購芯薪時又欠下一屁股債，讓本就不堪重負的阿奇法雪上加霜，實在沒辦法只好對外籌錢。但從北右騙來的那點錢也是杯水車薪，還不夠填補一個坑，誰知道阿奇法一共有多少坑。

這則文章隔天被一個新聞網站轉載之後，沒多久就變成了熱門文章，關於阿奇法的各種說法也被傳得沸沸揚揚。

阿奇法的股票連日大跌，與阿奇法有過合作往來的公司人人自危，愈來愈多的供應商上門討債，阿奇法在短短幾個月內被當成經營失敗的典型案例，在各大財經節目與新聞中被拿出來討論。

江美希注意到了爆料文章中的一個詞——騙。

阿奇法作為一家上市公司，如何騙股民，如何騙投資人？他們U記，或者說他們會計師，又在這場「騙局」中扮演著什麼樣的角色？

江美希頭痛欲裂，重新找出那份被歸檔的年審報告，上面的資料就算是現在再看，也看不出什麼異樣。

如果資料沒問題，那麼這樣的一家上市公司，財務狀況雖然算不上多好，但是也不至於在短短幾個月內就變成今天這種局面。

難道那個資料真的有問題？可是普通的造假又怎麼會躲過會計師的眼睛？但是如果有人替他們遮掩，那就另當別論了。

江美希想到了已經離職的Amy，但很快她又否定了自己的想法，一個小小的Senior，她不敢。

她仔細回想著去年年底的情況，好像是阿奇法找到Linda要調換審計時間，Linda同意了，但是她要出差，Linda 就安排了 Amy 帶隊去完成審計工作。

怎麼那麼巧，阿奇法要調換時間，而她又剛好在忙別的專案？Linda 一向看不上 Amy，不願意把專案分給她，那次又是為什麼主動找她？

她不由得又想到那段時間 Linda 和 Amy 之間微妙的關係轉變……難道是 Linda？可是她已經是合夥人了，她這麼做對自己有什麼好處？當然了，也沒什麼壞處，因為最後簽名的人是她江美希。

江美希自嘲地嘆了口氣，不管怎麼說，Amy 無疑是最瞭解阿奇法情況的人，如果能找到她，那就再好不過了。

她拿出手機找到 Amy 的電話撥了過去。

這還是 Amy 離職後她第一次和她聯繫，電話裡很快傳來一個陌生的女聲告訴她，她撥打的電話號碼是空號。

她心裡那種不好的預感逐漸擴大，Amy 和 Linda 選在那個時機點前後離職，離職後卻都杳無音信，難道只是巧合嗎？

江美希疲憊地揉揉眉心，再抬起眼時無意間看到窗外眾人探頭探腦地看向她這邊，在她看出去時，他們又不約而同地錯開了視線。

不好的消息總是不脛而走，看來大家都注意到這件事了，那麼公司老闆們應該很快就會留意到。和 Amy 一起完成那份報告的還有劉剛和石婷婷，這兩人的神情倒是沒有別人那麼輕鬆，看來也在擔心這件事會影響到自己。

她拿起桌上的內線電話打給劉剛：「你來我辦公室一下。」

片刻後，劉剛戰戰兢兢地走了進來。

當這件事的矛頭漸漸指向會計師後，劉剛就一直擔心著，其實比起Amy和江美希，他一個小朋友基本上應該是不會受到這種事影響的，畢竟小朋友在這種事情中能夠發揮的作用有限，而且他不是會計師，沒資格在最後的報告上簽名。

但是，在人生中第一次遇到這種事，他不確定公司對這樣的事情和不幸參與到這件事情裡的他會抱有什麼樣的態度。

江美希請他坐下，開門見山地問：「阿奇法去年的財務報表的資料，你還有印象嗎？」

「有，剛才我也一直在看，可能我經驗有限，不覺得阿奇法去年年底的報表有什麼問題。」

江美希點頭，視線重新回到電腦螢幕上。的確就像劉剛所說的那樣，從幾張報表來看，去年一整年阿奇法的成本費用與銷售收入的變動趨勢合理，存貨與倉儲費用、運輸費用的變動趨勢也算吻合，甚至產品銷售支付的稅金和收入規模也一致，所以單從這份報告來看，真的挑不出什麼問題。

她問劉剛：「憑證呢？這些也都是你親自看過的嗎？還有那些回函，有沒有什麼問題？如果和公司主管階級的人聊過，是不是有什麼值得注意的管理層面問題被忽略掉了？」

她這一連串的問題反而讓劉剛更緊張了，他偷偷瞥了眼江美希說：「我的底稿您也看過的。」

「現在不說那些，我就問你當時到底是怎麼樣的情況。」

劉剛支支吾吾，似乎在猶豫要不要說。

江美希見狀不自覺地咬了咬牙，然後說：「你盡量說，我知道這件事跟你關係不大，不會有人注意到你們這些打雜的小朋友。」

聽她這麼說，劉剛稍稍鬆了一口氣：「憑證大部分都是Amy和阿奇法財務一起整理的，回函也是Amy過目的，走訪主管階級是我和婷婷一起做的，但是沒發現什麼特別的問題。」

江美希皺眉：「怎麼什麼都是她做的，你的底稿卻資料充足？」

「本來工作量就很大，我就算做得少也沒有少很多，有些工作說是我做的，但最後實際經手人是她，我也沒想那麼多，就以為是她在照顧我這個新人……」

劉剛說著似乎也明白了是怎麼一回事，抬眼問江美希：「Maggie，是不是Amy她……」

江美希打斷他：「你把你的底稿找出來，哪些是你做的，你標註出來mail給我。」

「好的，我這就去。」

劉剛走後，江美希又把石婷婷叫進來問情況，和劉剛說的情況差不多，許多原本分配給她的事情最後都是Amy代勞。

江美希太瞭解Amy了，她不想方設法讓自己輕鬆少做事就已經很不錯了，什麼時候這麼有擔當地照顧起新人了，除非有什麼東西不方便讓新人經手。

石婷婷走後，江美希的手機響了，她看著來電顯示上的名字猶豫著要不要接。思考再三，覺得繼續逃避也不是辦法，她還是接通了電話。

北右投資管理部杜總的咆哮聲立刻傳來：「Maggie，阿奇法的事情妳給我解釋清楚！」

江美希當然明白對方要求她解釋的是什麼，但是她現在還不知道去向跟誰討說法呢。

她耐著性子安撫電話對面的人：「杜總，網路上的情況是真是假現在還不能確定，就算是真的，造成阿奇法如今這個局面的因素也有很多，可能是內部經營不善，當然也不排除之前就有問題。您來找我，說實話我也正心慌，如果是因為我們沒有如實反映出阿奇法的財務狀況，那不用您來找我興師問罪，證監會那邊就會介入了。」

杜總還是很生氣，目前為止確實也沒有明確證據證明江美希他們聯合阿奇法造假拐騙，但投進去那麼多錢，眼看著就要打水漂了，誰還不生氣？

最後在江美希的再三安撫之下，他冷冷地丟下一句：「如果你們真的有內情，就算是季總的面子，我也不會買帳的！」說完不等江美希再說什麼，就掛斷了電話。

這邊手機剛掛斷，那邊座機又響了，這一次是樓上的內線電話。

她接起電話，Allen 操著他特有的口音讓江美希去他辦公室一趟。

Linda 走後，組裡的大部分事情江美希都可以自行處理，偶爾有需要合夥人出面的，公司便指派了隔壁組的 Allen。

Allen 這個人很懂得分寸，知道不是自己的地盤一般非必要的事情他也不管，但這次找到她，十之八九是上面已經有所決策了，讓他出面代表告訴江美希，只是讓她很意外的是，竟然這麼快。

江美希調整好情緒出了門，剛出辦公室就感覺到似乎有人在看她，她順著感覺看過去，正對上葉栩沉沉的目光。

江美希自嘲地笑了笑，這種時候他會對她說什麼？大概會笑她到頭來竹籃打水一場空吧。

她漠然收回視線，朝樓上走去。

到了 Allen 辦公室門前，她輕輕敲門，Allen 請她進去後，還是一如往常般紳士有禮。

「坐，喝茶嗎？」他問。

江美希擺手，等著他先開啟話題。

Allen 十指交叉擱在桌前，略頓了頓說：「阿奇法的事，不知道妳注意到了沒有？」

江美希點頭：「我也是今天才注意到的。」

「其實這件事情已經有一段時間了，但是事情還沒查清楚之前，阿奇法的現狀不一定跟我們有關，我們可以完全不予理會。但是最近負面消息愈來愈多，不少人質疑我們的報告，所以也不能繼續坐視不管了。」

江美希靜靜地聽完，問他：「所以公司的意思是？」

「我看阿奇法這次是難逃一劫了，這件事應該不用多久就會引起證監會那邊的注意，搞不好他們現在正在持續觀察著，如果需要妳配合什麼，妳就儘量配合。」

江美希笑了笑：「我知道，畢竟最後是我簽的字，如果真的有問題，肯定跟我脫不了關係。」

Allen 嘆氣：「Maggie 呀，其實公司是相信妳的，畢竟大家都是這麼過來的，也明白妳的委屈。有些客戶就是太不老實，他們有意遮掩也不一定能全查出來，遇上了也只是運氣不好。」

「我能不能問一個問題？」江美希問。

「妳問。」Allen 說。

「公司是不是早就聽到了什麼風聲？」

不然新晉合夥人的名單為什麼遲遲沒有出來？這次她剛聽到點風聲，公司就已經找人來和她談了，如果說一點準備都沒有，誰也不信。

Allen略微猶豫了一下，頷首說：「沒錯，早在兩個月前，公司收到一封匿名舉發信，信中聲稱阿奇法二〇〇六年年度報告中有大部分不屬實的情況。我們懷疑，這封舉發信不止發到了公司，或許已經發到了證監會那邊。」

江美希想不佩服都難，公司竟然將這件事情瞞得密不透風。可以想像，如果事情沒有鬧大，公司大概會不管這件事的真假就這樣讓它過去，就當作沒有發生過。但如果事情朝著不好的方向發展，也就是現在這樣，他們就在不得不攤牌的時候來告訴她，公司早就決定不升她了，要怪就怪她自己。這樣一來，也就不耽誤她在這段時間為了升職繼續東奔西走為公司賣命，將公司的損失降到了最低。

江美希點頭：「我明白了，那就等證監會那邊的動作吧。如果真的是報告反映的內容與事實不符，不管當時的情況究竟是怎麼樣，我確實有不可推脫的責任。」

Allen對她這個態度還算滿意，他微笑著點頭：「也別太悲觀，說不定只是阿奇法自己經營的問題，到時候我們也會以公司名義追究那些造謠者的責任，還妳一個清白。」

江美希低頭笑了笑，清白應該是不可能了。什麼公司會讓自己在短短幾月內變得千瘡百孔？如果可以，她只想找到Amy和Linda。

Allen站起身來從旁邊的茶盤上拿起一個紫砂壺倒了杯茶，繞過大辦公桌走到江美希面前遞給她：「喝杯茶。」

江美希看了那小巧的茶杯一眼，接了過來，卻只是握在手裡：「謝謝。」

Allen倚在大辦公桌邊，居高臨下地看著她：「拋開公司的這層關係，以我個人的角度來說，我非常同情妳。遇到這種不乾不淨的公司，他們有心隱瞞我們，我們能有什麼辦法？」

江美希牽了牽嘴角，算作回應。

Allen 卻沒看出她的敷衍，突然俯下身來，一隻手搭在她的肩膀上，略低著頭對她說：「妳也不用擔心，其實最差的結果無非就是罰點錢。至於升職的事情，妳的能力大家有目共睹，哪怕今年不行，以後等時間久了，大家漸漸忘了這件事情，是妳的還會是妳的。唉、我們認識這麼久，也算是朋友了，妳的努力我都看在眼裡，老闆們那邊，我會盡可能地替妳說話。」說這些話時，他離她愈來愈近，到最後，他的額頭幾乎都要碰上她的了。

又是那種讓她反胃的香水味……

她垂眸看著茶杯裡的茶水，在 Allen 企圖更進一步靠近她時，她把那杯茶水全部潑在了他筆挺的西裝褲上。

Allen 被燙到，怪叫一聲跳開來，低頭看了眼自己的褲子，茶水好巧不巧潑在兩腿之間，那附近濕了一片，看著尷尬無比。

江美希不慌不忙地站起身來，毫無誠意地道歉說：「不好意思啊，手抖了一下。」

Allen 一邊忙著低頭擦拭褲子，一邊暗自腹誹，每次遇到這個笨手笨腳的江美希他的衣服都要遭殃。聽她道歉，他強忍著火氣揮了揮手說「沒事」。

誰知道江美希就真的當沒事了，說：「既然沒事，那我就先回去了。」

Allen 聽到這句話抬頭看她，這哪是道歉的樣子？她看著他的眼神不僅沒有歉意，似乎還有些嘲諷和鄙夷。

Allen突然意識到，這哪是她笨手笨腳的，上一次還有這一次分明都是她故意的。

他的臉色瞬間不怎麼好看，把手上的衛生紙狠狠往桌上一丟說：「慢走不送。」

江美希無所謂地笑了笑，轉身離開。

她以前從來沒有像現在這樣這麼厭惡這個地方，她奮鬥了八年，她在這裡消磨的時光和熱情遠比在任何地方都要多，但她卻不知道，原來這棟她再熟悉不過的辦公大樓裡，竟然藏著這麼多汙濁不堪的人和事。

江美希怒氣衝衝地下樓，沉重的腳步聲無疑表現出她的滿腔怒火，然而走了一半，她又停了下來。年輕男人正靠著小陽臺的欄杆，隔著一道玻璃門靜靜地望著她。他手指間的半截菸上積了長長的一截煙灰，風一吹，伴隨著點點猩紅的火花，菸灰立刻四散開來。

江美希回過神來，繼續快步下樓。

她刻意不去看他，但餘光中還是可以窺見他不疾不徐地吸著菸。

看來是沒有要跟她說話的意思，她心裡稍稍鬆了口氣，但也隱約有點失落。然而就在她快要經過他面前時，她卻見他突然把剩下的小半支菸掐滅在旁邊的菸灰缸裡，開門的動作也驟然快了起來，在她經過時，他猛然將她拽進了小陽臺裡。

耳邊傳來門關上的聲音，然後是「咚」的一聲，她整個人被他壓在陽臺的牆壁上，但是她卻不覺得疼。反應過來時，她才注意到，是他在她靠上身後的牆壁前，先把手掌墊在了她的腦後。

兩人以這樣差不多擁抱的姿勢僵立了片刻，江美希回過神來試圖推開面前的人，但身後突然傳來的腳步聲又讓她不得不停了下來。

小陽臺不大，稍微一動就很有可能就被外面的人看到，她屏氣凝神等著外面的人走遠，一抬頭又對上了某人似笑非笑的表情。

他低頭問她：「妳去找 Allen ？」

江美希不想跟他說話。

他又說：「別去找他，他幫不了妳。」

「那你說誰能幫我？」

這種時候誰能幫她？兩人都心知肚明，沒人能夠幫她。

就算是阿奇法和 Amy，甚至還有 Linda 都站出來坦白說出實情，但只要江美希在報告上簽了字就脫不了關係。要怪只能怪她自己還不夠謹慎，這也是會計師的大忌。

所以到了這個時候，別人或許還不知道，但是葉栩知道，這件事裡江美希最痛恨的還是她自己。

更何況，那群人如果願意坦白，當初就不會那麼做了。至於她，過失也好、故意也罷，在外人眼裡沒什麼不一樣，都是她的錯，大家只願意相信他們想相信的事，一個失誤顯然沒有陰謀詭計來得更有意思。

她突然想到自己曾經還跟他說過什麼瓊民源事件、銀廣夏事件，還有關於天臺的故事……如今想起來還真是諷刺，他會怎麼看她？道貌岸然嗎？大概是吧。

「我知道跟妳沒關係。」他輕聲說。

這短短的半天裡，她已經在不知不覺中將自己武裝成像一隻刺蝟，對什麼人和事都警惕萬分，只因為她終究還是會去在意別人的看法。

再看看面前這人，他曾經不止一次提醒她，Linda 也好、Amy 也罷，都沒她想像中的那麼善良無害。可是她呢？剛愎自用，自以為比他多吃幾年的飯也比他更懂得人情世故，完全沒把他的提醒當作一回事。

如今看來，她那點看人的功夫確實還比不上一個剛踏出校園的毛頭小子，這讓她怎麼可能不挫敗？更何況他們分手分得不算愉快，以她對他的瞭解，年輕人最容易負氣，他不落井下石已經是高抬貴手了，此時難道不該抱臂躲在一旁看她笑話嗎？

但他也是事情發生後，第一個站出來說相信她的人。

原本怒氣沖沖、蓄勢待發的江美希，在聽到這句話時，心裡那把熊熊烈火一下子就被滅差不多了。但還是那句話，不管內情如何，會計師要對出具[7]的報告負責，在聽到這句話後，她確實覺得心裡好受了很多。

片刻出神後，她無所謂地笑了：「怎麼會沒關係？從我簽字的那一天起，我和阿奇法的關係可就大了。」說完，她推開他，稍稍整理了下衣服，拉開旁邊的玻璃門。

離開前，她猶豫了一下，還是將心裡的話說了出來：「你能相信我，我很感激，但是以後不要再

7 出具：開出證明，瞭解案件情況的單位提供相關證據的行為。

做這樣的事情了。我們已經分手了，就停留在各自應該在的位置上吧。公司裡的這些事已經夠讓我煩了，你如果還願意替我考慮，就不要在這種時候讓我為難了。」

說完，她沒等對方回話，也沒讓自己回頭，就快步離開了。

不久之後，證監會果然派人入駐阿奇法開始著手調查，所有U記出具的底稿也都被搬到阿奇法去調查，江美希、劉剛他們也被詢問了好幾次。

期間有不少知情人士來關心江美希的情況，比如季陽。他打了好幾通電話，江美希都沒接，不過在那之後，北右確實沒有再為難她，或許是知道她被調查就放心了，也或許真的是在給季陽面子。但是真正和這件事有關的人卻像是人間蒸發了一樣，Amy 如此，就連 Linda 也乾脆換了手機號碼。

江美希漸漸沒有時間再去關注這件事，因為旺季又來了。

U記的總監們也有業績考核，她手上的業務又因為阿奇法事件流失不少，所以不得不再去尋找新的客戶。短時間內，大的上市公司肯定是不用指望了，只能找一些中小型企業的審計來做。雖然這不符合U記「把握優良客戶、走高檔路線」的理念，但為了補上業績，她也不得不接一些這樣的專案。

有一家美容美髮連鎖公司就在這個時候主動找了江美希，江美希對這家公司有印象，不是因為別的原因，就是因為這個品牌旗下的美容美髮店在北京多達幾十家，稍微有名氣的商圈就有他家的店面。

原本這樣的公司沒有上市，也不是從事金融、證券、期貨的公司，並不是一定要花錢請他們來審計的，所以讓江美希感到意外的是，這家公司必須要出審計報告的原因只是因為連年虧損。

江美希沒有掩飾自己的意外，笑著說：「連年虧損，看起來不像啊。」

這是雙方第二次見面，江美希雖然有所懷疑，但是也沒指望對方能立刻坦白，所以這原本只是一句玩笑話，沒想到對方就支支吾吾、語焉不詳了起來。

等江美希再多問幾句，對方乾脆就坦白了，和江美希猜測的差不多，這種在全國擁有著上百家直營店的公司連年虧損那倒是不至於，但帳面上的虧損可以帶來很多好處，比如稅收方面。

對方之所以專門找她，也確實是目的不單純，阿奇法事件的影響力還是很大的。

江美希瞭解之後，臉上的江氏笑容就掛不住了，她儘量用委婉的語氣拒絕了那位姓穆的總經理。

那個穆總絲毫沒有自覺，只是以為江美希在裝矜持，於是又說：「這種事情，肯定還是你們這種見過世面的大公司比較有經驗，經手的都是上市公司，那麼多人盯著都沒事，我們這種小公司更不會有問題了。」

江美希敷衍地笑笑：「那您實在是太高估我了，其實做我們這行的都知道，真帳要搞清楚都不容易了，更何況是假帳。」說完，江美希也不打算再跟對方浪費時間，直接叫來服務生買單，然後笑著對穆總和他的助理說：「這次算我的，有機會我們再約。」

說完，她在兩人的錯愕之中站起身來朝門外走去。然而還沒等她走出咖啡廳，就聽到身後傳來不屑的罵聲：「裝什麼清高啊，不就是嫌錢給得不夠多嗎？自己值多少錢心裡沒有個底嗎？」

江美希正要推開店門的手不由得頓了頓，她強壓著內心的委屈和火氣，才迫使自己沒有回頭。

從業這麼多年，自從她升任專案經理後偶爾也會遇到這種情況。對方一般會先試探，或者托中間人帶話，再不然問題不大的，審計過程中遇到了就再協商。但是今天這種的不一樣，對方三番兩次傳遞出來的意思很明顯，他們是慕名而來的，慕哪個名，就算對方不說，江美希當然知道，又是阿奇法事件惹的禍。

江美希生了好幾天的氣，但是想到事情已經過去了，也就沒再多想。但是讓她沒想到的是，幾天後她竟然又在公司裡遇到那位穆總和他的助理。

兩人旁若無人地從她面前經過，那位穆總的助理似乎是怕她不知道他們這次是來幹什麼的，還特地打了個電話給陸時禹：「陸總啊，我們已經到您的辦公室門口了。」

陸時禹應該是聽到聲音了，沒等他話語落下，就打開辦公室的門迎接他們。

江美希看著不遠處的幾個人，突然就笑了。所以在她拒絕了幫那位穆總遮掩假帳的要求後，對方又去找了別人，而且還找了向來和她水火不容的陸時禹？

將兩人迎進了門，陸時禹也看到了江美希。在看到她的那一刻，他的眼神明顯游移不定，然後有點不自在地關上了門。

他還有不好意思的時候？真難得。

江美希轉身往自己辦公室走，剛一進門，穆笛就藉著找她簽名的理由跟了進來。

江美希並不意外，意外的是，她本來以為她是要進來安慰自己的，沒想到她開口就是替陸時禹說話：「小阿姨，這件事真的不怪 Kevin，是那家公司指名要找他的。Kevin 已經暗示過他們了，妳的客戶他不方便接觸。但對方說一開始不清楚情況找上妳，後來聽說……」說到這裡，穆笛似乎是意識到自己說多了，頓了頓，話語一轉，「總之就是對方非要找 Kevin 來做，不是他有意挖妳牆腳的。」

江美希並不關心陸時禹是怎麼想的，就算是真的有意挖她客戶，那也不是第一次了。而且她剛才笑，也不是笑別的，就是笑那幾個人彼此還不知底細，陸時禹以為自己撿了個便宜，那位穆總恐怕是以為找到志同道合的人。

不過此時的江美希只是好奇。

她問穆笛：「妳怎麼知道那兩人之前找過我？Kevin 跟妳說的？」

江美希見穆總只有兩次，還都是在公司外面，所以穆笛不可能知道這件事，除非陸時禹告訴她。

穆笛臉色一僵，訕笑了兩聲：「昨天中午吃飯時遇到他，他隨口抱怨了兩句。」

江美希若有所思地點點頭，拿過穆笛帶進來的文件翻看起來，順便隨口說了句：「他說的話妳就信了？」

穆笛說：「妳的情況已經夠倒楣了，他如果這個時候還落井下石，那他還是人嗎？」

江美希不由得停下手上的動作，抬眼看著對面的外甥女：「妳什麼時候開始那麼在意我對他的看法了？」

穆笛愣了愣，支支吾吾了半天才說：「我才不是在意妳對他的看法，我是怕妳生氣。」

江美希的辦公室門沒有關，兩個人還在說話，突然被門外嘈雜的說話聲打斷，緊接著又是一陣急促的腳步聲。

江美希看向門外，就看到剛才還一臉得意的穆總等人此時正怒氣沖沖地往電梯間的方向走去，他們人還沒有走出辦公區域，緊接著又是一個響亮的摔門聲，震得整棟辦公大樓都聽得見。

一時間，辦公區裡所有人的注意力都被吸引到發出偌大動靜的那扇門上。

穆笛立刻湊到窗前往外看，陸時禹辦公室的門此時正緊閉著。

「怎麼了啊？」她小聲嘀咕了一句。

江美希早就料到地笑了笑，在穆笛帶來的文件上簽上名：「去做事吧。」

打發走了穆笛，江美希打開電腦，打開之前放入書籤的一個網址——阿奇法事件仍然持續發酵。

阿奇法的股票早就慘不忍睹了，股民們怨聲載道，在論壇裡開了幾十個帖子、蓋了幾百層樓釋放怨氣，然而除了股民和投資人，對阿奇法意見不小的還有供應商。聽說阿奇法光是欠債給供應商的錢大概就有六億元之多，網友還上傳了幾天前阿奇法公司樓前的照片，樓前的玻璃幕牆上被人掛滿了「欠債還錢」的大字報。

江美希疲憊地揉揉眉心，又在網址列裡輸入了另一個網址。這邊情況也差不多，財經討論版在提到阿奇法時大家也是埋怨不已，但這裡還有一個「熱門討論」串，是某位自稱「內部人士」的人在爆料。

根據這個內部知情人士說，阿奇法從兩個月前就開始大量裁員，從原來的許多分部最後變成只保留了總部的辦公大樓，至於其他分公司只留了辦事處。聽說阿奇法的老總余淮還在四處籌錢，企圖讓阿奇法起死回生，但這種時候又有誰敢蹚這渾水？

阿奇法內部硝煙四起、險象環生，U記的會計師們隨著旺季的到來，已經無暇關注這些過時的八卦，甚至包括處於八卦中心的江美希也開始忙得腳不沾地。今年也不如去年，少了一個像葉栩那麼好用的小朋友，似乎做什麼事都沒那麼順手了。

想起葉栩，就想到最後一次他們不歡而散的事。

從那之後她有意躲著他，能不用他就不用他，這倒是稱了陸時禹的意，他趁機占滿了葉栩所有的時間，現在葉栩幾乎徹底成了陸時禹那邊的人，不知道什麼時候只要對接負責人換成了陸時禹，江美希和他就真的再無瓜葛了。

時間進入十一月底，江美希從公司離開時又是深夜，等回到家時，都已經快要十一點了。把車停好，她沿著社區裡的車道往住家那棟樓走，心裡正想著事情，沒注意到前面路邊停著一輛車，待她走近時，車燈突然閃了兩下。

江美希警惕地立刻停下腳步，今天正巧是個陰天，月亮被烏雲籠罩，社區裡的昏黃燈光都是裝飾。此時眼前的景象她什麼都看不清楚，只是隱約看到似乎是輛黑色轎車正緩緩向她駛來。

一瞬間，江美希腦中閃過很多念頭，最明顯的是她感覺到害怕，而害怕中又有著一絲期待——如果葉栩能在這個時候出現就好了。

那輛車在她面前停了下來，對方關了車燈，江美希看到車頭前的標誌，應該是輛捷豹，她緊繃的神經這才稍稍放緩。

她正猶豫著要不要走過去，駕駛座的車窗便突然降了下，季陽探出頭來：「上車。」

她原本有些猶豫，但想到他可能已經在這個地方等很久了，而且外面又實在太冷，於是她也就從善如流地上了車。

車裡暖氣十足，才剛上車，她忍不住便打了個哆嗦。

季陽等她緩了片刻才問：「最近很忙？」

江美希心不在焉地「嗯」了一聲。

「每天都這麼晚回來？」他又問。

「不一定。」

有時候更晚，但她覺得沒有必要對他說。

「你找我什麼事？」她搓著手問。

季陽看了她片刻說：「沒什麼，我打電話給妳，妳也不接，就過來看看妳。」

江美希搓手的動作停了下來：「哦、那個時候沒看到，後來一忙就忘了回你。」

他無所謂地笑笑：「阿奇法的事情妳不用太擔心，最壞的結果也就是罰點錢。」

所有人都這麼說，但她卻不這麼想。對她而言最壞的結果不是被罰、不是沒辦法升職，而是她已經和一起不太光彩的財務造假案扯上了關係。

原來其他人不懂她，季陽也不懂。

她笑了笑，不置可否。

季陽又問：「U記現在還和北右有合作嗎？」

江美希皺眉想了下：「之前還想著可能會有後續合作的機會，不過在經過阿奇法那件事之後，我想應該很難了。」

她說得輕鬆自然，就好像是在說別人的事情一樣，誰知道他聽到後，非但沒有替她感到遺憾，似乎還鬆了口氣：「這樣也好，不管以後還有沒有機會合作，北右的事情妳都別參與了。」

江美希覺得這句話有點耳熟，仔細想了想才想起來，上一次他對她這麼說時還是在上海出差的時候，當時她以為他是在排擠她、打壓她，如今看來好像又不是。

「怎麼了，北右那邊因為我遷怒你了嗎？我可以跟杜總解釋一下，我們本來也沒什麼關係，上次在上海遇到純屬巧合。」

聽到這話，季陽有點意外地回頭看她：「我們沒有關係？」

江美希愣了愣：「不是……」

她只是想說他們的關係遠沒有近到需要別人遷怒的地步，但就在解釋的話語要說出口時，她又什麼都不想說了。

車內靜默了片刻，江美希說：「太晚了，你也早點回去吧。」說著就去開車門。

「美希。」他叫她。

江美希停下動作，卻沒有回頭看他：「我們之間要說的話，早就在三年前已經說完了。今天我還蠻累的，想早點回去休息。」

這一次她沒有等他回應，直接開門下了車。

眼前突然亮了起來，江美希沒有回頭，知道是季陽打開車燈替她照亮前面的路，她滿懷心事地往前走，可是剛走出幾步就看到前面不遠處走來一個人。

那人穿過夜色，走到車燈打出的燈光底下，江美希看清楚了對方的樣子——是葉栩。

原來他也這麼晚才回來。

季陽本來想著，等江美希回去了他就離開，但他沒想到會在這裡看到葉栩。

關於江美希和葉栩的事情，他之前雖然不爽，但心裡一直有底。他對江美希太瞭解了，她那樣的女人，看起來好像對什麼事情都看得很開，跟她之前那位女強人老闆一樣做派很強勢、很自我，就好像什麼事情都是隨她高興，但是他知道她實際上是個原則很多的人。就說姊弟戀，差一、兩歲的可能還不算什麼，但是相差七歲，他一個男人都覺得不可思議，更別說是她了。

所以儘管陸時禹已經暗示多次，江美希和這個葉栩確實走得很近，但他就是不太相信。她或許會動搖、會短暫地心動，但只要她有清醒的時候，就不會讓這種動搖和心動困擾太久。

先不說現在年輕人的感情能不能長久，就說女孩子的青春短暫，幾年之後她就要邁向四十大關了，那個葉栩還是風華正茂的時候，外表或許看不出來，但是心態上呢？

季陽一直以為江美希和葉栩最多也就是處於曖昧不明的階段，直到此刻他在這裡看到葉栩，有那麼一瞬間，他突然有點懷疑自己對江美希的瞭解程度。

然而當他看到兩個人只是擦身而過，彼此什麼話都沒說時，那顆懸著的心終於放了下來。看來，兩個人或許只是都住在這裡，大概這也是他們之前關係更親近的原因吧。

但是葉栩的出現，讓季陽改變了主意。

他熄了火，下車追上江美希：「我送妳過去。」

江美希有點意外地看他一眼：「不用了，前面就到了。」

「太晚了，我看妳上樓再走。」

江美希沒再推辭，季陽心不在焉地看了眼身後。夜色濃郁，早就看不到那人的身影了。

短短幾分鐘的時間就走到了江美希家樓下，她正要道別離開，又被季陽叫住。

「有沒有想過換工作？」他問。

聽到這個問題，江美希明顯怔了一下。仔細想想，她發現自己似乎真的沒想過這個問題。

剛進U記的那一、兩年，也有幾次熬不下去的時候，那時候她倒是有想過，但是當時作為男朋友的他還勸她，說人不能喜新厭舊，好工作哪有不辛苦的，這裡熬不過去，到了別的地方還是一樣有過不去的坎。還說，妳看我在投行加的班不會比妳少，經常熬夜、經常出差，在家的時間特別少，不然人家怎麼說嫁人不嫁投行男呢。當時江美希就笑，還說娶妻不娶審計女，那我們兩個還挺配的。

那之後她漸漸適應了U記的快節奏，離開他之後更是一心想著升職，換工作的想法已經好幾年不曾想過了，可是現在建議她換工作的也是他。

「換去哪裡？」她隨口問。

「PE[8]、VC[9]，或者找家客戶公司？」

說來說去還是這些。

江美希想了想：「可能會走，但不是現在。」

就算要換工作，那也應該是因為其他原因，例如她厭倦了審計，或者是想換種清閒的生活方式，但絕對不能是現在這樣，因為被誤解、被排擠、被否定，被迫離開她堅守了八年的地方。

聽她這麼說，他也沒再堅持，換了個話題：「我這次回來還沒去看看阿姨，我想找個機會去拜訪她一下。」

季陽說的是老江女士，因為當初兩個人在一起的時間久了，彼此的父母都知道，也都默認了兩人

---

8 PE：股票市盈率（Price-to-Earning Ratio），用來衡量股票市價與股票年度盈利之間的關係。
9 VC：即創業投資（Venture Capital）。

最後會修成正果，所以都把他們當成自家的孩子看，尤其老江家是北京人，江美希他們上大學的時候她就經常帶著季陽回家吃飯。

季陽的個性很討長輩喜歡，再加上老江家一直陰盛陽衰，所以在很長的一段時間裡，老江女士很依賴季陽，是真把他當親兒子來看待的。但是當年再親近，也隨著他們兩個分手而漸漸疏遠了。

現在季陽提起這件事情，江美希反而覺得沒什麼必要。正想拒絕時，季陽又說：「當初我對不起妳，我其實也沒臉見阿姨，當年她對我的好我都記得，現在我回來也半年多了，早就想要去看看她，只是怕妳不高興。」

想起老江女士這幾年的確還掛念著季陽，一邊幫她安排相親，一邊又拿相親對象跟季陽比，可能就像他說的那樣，撇除她和季陽的關係，老江女士也是喜歡他的吧。想到這裡，江美希也就沒再推辭。

「隨便你吧。」她說。

季陽見狀笑了：「那妳進去吧。」

江美希沒多流連，轉身進了樓門。

目送著江美希離開，季陽轉頭看向黑暗中的某一處。這裡的光線不好，看不清楚是否有人，但是那抹忽明忽暗的猩紅卻格外顯眼。

這麼冷的天，在這種地方抽菸，很爽嗎？

季陽笑著走過去，對方也從黑暗中走了出來。

季陽問：「你也住在這個社區？」

葉栩把菸頭在旁邊的垃圾筒蓋上碾了碾：「嗯、有人不喜歡家裡有煙味，就在這裡抽根菸。」

江美希腿受傷的那段時間幾乎都住在他家，她不喜歡他在家裡抽菸，他就是從那時候開始養成在外面抽菸的習慣。

此時他這句話雖然有些曖昧，但也就是字面上的意思，完全沒有想要讓季陽誤會的意思。一來是他不屑於這麼做，還有就是在他看來，他和江美希之間的事情就是兩個人的事情，跟其他人一點關係也沒有。

但說者無心，聽者有意，季陽冷笑一聲說：「你如果真的為她好，就離她遠一點。」

葉栩本來都要走了，聽他這麼一說，不由得腳步一頓。

季陽繼續說：「她那種人看起來好像很豁達的樣子，對工作以外的事情都毫不在乎，但是一旦對什麼事情認真起來，她就能做到比別人都認真、上心。你的家庭背景、你們的年齡差距，都註定你們在一起也不會一帆風順。她認定的事情是不會輕易退縮的，但是讓她接受別人的非議，甚至被你母親為難，你心裡不會覺得很難過嗎？」

見葉栩站著不動，季陽以為他的話奏效了，又說：「你要是真的為她好，就趁著現在離她遠一點吧，你們不適合。」

說完見葉栩還是不為所動，季陽也不打算繼續多說便想轉身離開，可是剛走幾步，身後的人卻突然開口了。

「如果不知道你們過去的事，你這些話還有可能說服我。」他說。

季陽皺眉回過頭看他：「她跟你說了什麼？」

葉栩沒有回答他，而是問他：「怎樣才算適合，你跟她嗎？如果是我先遇到她，你們之後才認識，我不知道你們的結果，可能會為了她嘗試放手。但事實上她已經給過你機會了，你又給了她什麼？接受她和別人在一起，那是因為我以為她會幸福。可是如果明明就已經知道別人不能給她幸福，那就算我綁著她也要把她留在我身邊，所以別再跟我說這些話，別人或許可以，但你不配。」

留下這一番話，葉栩的身影再次步入夜色之中。

季陽因為那些話久久不能回神。季陽想，她曾經把最好的年華給了他，他卻沒有讓那段感情有個善終，他確實有些愧疚，但感情不是小孩子扮家家酒，葉栩說他沒資格，他就要乖乖退出讓位給別人嗎？當然不可能。

這件事說到底還是各憑本事，最後端看江美希的態度。至於未來大家能在一起多久，誰又能預料得到呢？成年人談感情很少談一輩子，因為大家都知道，一輩子太長了，未來有太多說不準的事情，但至少這一刻他是渴望她能回到他身邊的。

想到這裡，季陽無嘲諷地笑了笑，笑某些人果然還是太年輕了。

第八章　結束開始

瀋陽那家汽車生產企業的年審，幾乎沿用了前一年的人手去做，只不過這一次葉栩已經可以帶隊了。他帶著石婷婷、穆笛，還有一個剛進公司的小朋友，已經在瀋陽待了快一個多禮拜。

他們幾個關係不錯，葉栩把不好做的事情都自己獨攬，所以即使瀋陽的冬天又冷又枯燥，這幾個人的相處氣氛也還是挺不錯的。

又忙到半夜才回到飯店，石婷婷也不覺得睏，她問穆笛：「妳有發現到嗎？Daniel 好像比以前更不愛說話了。」

穆笛睡意濃厚，隨口回了句：「可能因為忙吧。」

石婷婷說：「我聽說他之前交了女朋友，不知道為什麼沒公開，現在好像分手了，是不是因為這個原因心情不好？」

穆笛心裡一驚，瞬間睡意全無：「妳聽誰說的？」

「劉剛他們啊，妳沒聽說嗎？聽說有一次不小心看到他和他女朋友傳簡訊，看內容應該是已經同居了。好好奇他女朋友是個什麼樣的人啊，聽說備註是什麼 820，應該是在他上班之前就已經認識的人了，不過 820 是什麼意思，生日嗎？」

穆笛也是第一次聽說關於820的備註，但只要江美希的身分還沒暴露，她就放心了。

她隨口敷衍道：「管她是誰呢，做這行的這麼忙，跟另一半鬧分手不是很正常嗎？」

「所以我才說，想要走得長遠，還是要找個工作性質相同的人，這樣才能理解彼此。」

穆笛暗道不妙，小心翼翼地問：「妳該不會還沒死心吧？」

石婷婷對她一向很坦白：「之前是死心了，但是現在他不是又單身了嗎？每天抬頭不見低頭見，我發現我還是蠻喜歡他的。」

穆笛也不知道該說什麼才好，只能勸道：「人家到底分手了沒都還不確定呢！就算分了也沒分多久，說不定哪一天就復合了，現在妳去攪和進去是不是不太好？」

「哪有什麼不好的？他們要是關係好的話也輪不到我啊！」石婷婷這麼說的時候，已經有點不高興了。

穆笛見狀也就沒再多說什麼，如此一來，兩個人也算第一次鬧得不歡而散。

回到自己的房間，穆笛又想起她小阿姨，工作被人坑，感情也不順利，愈想愈可憐。上次她試探下來，發現她小阿姨自己可能還沒察覺，她對葉栩還是放不下的。

自己看不透，那就需要別人來點破，穆笛思索再三，決定當一次好人！

第二天趁著其他人不在的時候，穆笛斟酌著措辭問葉栩：「你覺得婷婷怎麼樣？」

葉栩挑眉看了她一眼，但很快又垂下眼，似乎完全沒有想要聊的意思。

穆笛看他這反應有點高興，繼續說：「昨天晚上她說你和你的神祕女友分手了，所以……」

沒等她把話說完，葉栩直接朝她扔來一疊文件：「所以妳的工作做完了嗎？」

穆笛撇撇嘴，不就是跳級升遷嘛，現在就端起上司的架子了？但她不跟他計較，她就不相信他對她接下來所說的話還不感興趣。

「奇怪、失戀是傳染的嗎？我聽說 Maggie 也和她那高富帥男友分手了。」

穆笛說話時小心翼翼觀察著對面人的神情，果然見葉栩眉心微蹙，拿著筆的手也頓了頓。

穆笛見狀心情大好，繼續說：「之前沒人的時候，她還跟我提過一次她那個男朋友，聽 Maggie 的口氣，她對那個人……」她故意停下話語，沒繼續往下說。

葉栩等了一會兒沒等到下文，抬起頭來看向她，她卻朝他嘿嘿一笑：「不多說了，我要開始工作了。」

她不說，結果他也沒再追問，穆笛就想看看這個人能忍到什麼時候。直到晚上，一整天的工作進度做得差不多的時候，他讓石婷婷他們先走，把她的底稿留下來最後檢查。

等石婷婷他們走後，他從她的底稿上找出幾個問題，說好讓她明天清理，這才說可以回去了。

穆笛知道，他把自己單獨留下來就是想要問江美希的事，不過既然要套人真心話，那自己還是得拿出點祕密來作為交換，想來想去覺得能讓葉栩感興趣的話題也就只有她和江美希的關係了。

兩人一起回飯店時，穆笛說：「我有個小阿姨，你知道吧？其實我之前知道 Maggie 那麼多事，就是因為我和她有親戚關係。」說完，她悄悄打量葉栩的神情，見他沒什麼反應，她又說，「她就是我小阿姨。」

「哦。」

這是什麼反應？怎麼一點都不意外呢？

穆笛有點著急了：「我說，Maggie 其實是我親阿姨！」

「我知道。」

這回換穆笛意外了：「你怎麼知道的？」

「這世界上沒有不透風的牆，妳和 Kevin 的事也是。」

穆笛本來以為自己抓住了對方的祕密想要來耀武揚威一下，沒想到自己的那點小祕密也早被人翻了個底朝天了。

她不自覺地咽了口口水問：「你是什麼時候知道的？」

葉栩想了一下說：「忘了。」

「那我小阿姨知道嗎？」

「應該還不知道。」

穆笛鬆了口氣。

葉栩瞥她一眼笑了笑：「需要幫忙嗎？」

「幫什麼忙？」

「他們兩個不是向來意見不合嗎？」

原來他什麼都知道。

穆笛狐疑地看他：「你有什麼辦法？」

葉栩卻不答反問：「她到底說我什麼了？」

原來還是在等她說呢！穆笛沒有等到葉栩來求自己，反而變成自己有求於他，雖然有點不情願，但現在說清楚了，他們也算是站在同一條線上的人了。

她說：「沒特別說什麼，但你那套衣服，她還好端端的收在衣櫃裡。」

「衣服？」葉栩挑眉。

穆笛說：「就你畢業典禮上穿的那套衣服呀，我知道你們的事也是因為在她家裡看到了那套衣服。」

葉栩想起來了：「她說被她洗壞了。」

「洗壞了？」穆笛也有點不解，「那種衣服怎麼洗壞？我上次看還好好的。」

葉栩笑了，他就知道。

「妳繼續。」他說。

「剛才說到哪了？」穆笛想了下，「上次我也問她對你是不是還放不下，她沒有回答我。但我知道我小阿姨這個人，只有在不確定的時候有那種反應，如果早就放下了，我一問，她肯定直接回我了。所以我覺得她對自己的心意也不是很清楚吧。」

穆笛原本只是想試探一下葉栩對江美希是不是還有感情，但是看他今天的表現就知道他也沒放下，所以她現在關心的不是這個問題，而是另外一個。

她問：「你們為什麼分開，是因為年紀的關係嗎？」

「也不全是。」

「那是什麼？」

葉栩沉默了片刻說：「因為我不好。」

穆笛從來沒有看過葉栩這個樣子，一向漠然又桀驁不馴的人表情突然溫和了起來，是個女孩子都招架不住。到了這一刻，她才總算明白了，難怪他能撬開她小阿姨那銅牆鐵壁的心房。

兩人各懷心事地走到飯店門口，穆笛問：「你說要幫我，那要怎麼幫？」

「現在還不是時候。」

「那要時候？」

葉栩勾著嘴角看她一眼：「妳讓陸時禹少拆我幾次臺，等我把她追回來，你們那點小事，我保證她不會反對。」

穆笛有點不明白：「你說他拆你臺，為什麼啊？」

葉栩笑著說：「他可能就是見不得別人好吧。」

穆笛訕訕地摸了摸鼻子，葉栩沒明說，但不代表她猜不到。如果陸時禹真的在拆葉栩的臺，可能就是為了讓江美希和季陽破鏡重圓吧。

她突然覺得有點對不起這位老同學，一邊想著要好好戳戳陸時禹那個豬腦袋，一邊悻悻地和葉栩告別回了房間。

一週後，他們結束了瀋陽的工作回到北京。

難得遇到週末，但老江女士一早就把穆笛從床上撈了起來：「打電話給妳小阿姨，叫她回家吃飯。」

穆笛迷迷糊糊地反抗著：「要打電話您自己打唄，幹嘛一定要我打？」

老江女士顯然不為所動：「她來不了，中午的飯妳也別吃。」

穆笛一陣哀號，但嚎過之後還是打了電話，其實她也想她小阿姨了。

還好江美希沒推辭，答應好了中午回家吃飯。

但這通電話打完沒多久，穆笛就後悔了。她怎麼也沒想到，有生之年還會在家裡見到面前的人。

季陽望了眼她身後的房內，笑著問：「不請我進去？」

到了這一刻，穆笛已經明白過來了，她奶奶老江女士叛變了！

果然她還沒動，就聽到身後有人扯著嗓子問：「誰來了？是不是小季？快進來！」

穆笛這才不情不願地把人領進門。

季陽看她一臉不情願也沒計較，反而笑著打趣道：「怎麼，還對我記恨呢？」

穆笛也笑：「哪有啊，我還得好好感謝您，好歹是婚前甩了我小阿姨，要是婚後您突然不想跟她一起過日子了，那她現在就是再婚了。」

季陽聞言臉上一僵，穆笛見狀得意揚揚地說：「您慢坐坐啊，我就不陪您聊了。」

老江女士出來倒茶，見到她還在就說：「快打電話問問妳小阿姨到哪了。」

穆笛撇撇嘴，轉身回房間打電話給江美希通風報信去了。

可是連打了兩通電話都沒人接，第三通總算有人接了，但同時門鈴也響了：「什麼事？我已經到門口了。」

穆笛扼腕嘆息：「沒什麼，就是提醒妳一下，家裡來了個不速之客。」

電話裡沉默片刻，然後是防盜門打開的聲音。

穆笛默默掛斷電話，打開房門探出頭來，只見江美希正和季陽一個門裡、一個門外靜靜對視著。

她嘆了口氣，只能讓葉栩自求多福了。

「你怎麼在這裡？」江美希問。

季陽笑著將她領進門：「不是跟妳說好了嗎？」

什麼時候說好的？說好什麼？

她略微回憶了一下，這才想起他之前提過要來家裡看望老江女士的事。

老江女士早就聽到聲音，從廚房探頭出來招呼她進門：「你們先聊，我再炒幾個菜就開飯。」

季陽樂呵呵地應了聲「好」，絲毫沒有疏離的感覺。

江美希早就知道老江女士喜歡他，只是沒想到喜歡到這種不計前嫌的程度。

此時老江女士和江美希的大姊在廚房裡張羅飯菜，穆笛躲在房間裡，大概是不想理季陽，江美希無奈，也不能把他一個人晾在客廳，只好有一搭、沒一搭地陪他聊。

兩人又聊起工作，季陽說：「證監會那邊查得差不多了，年後估計就有結果了。」

說起這個，江美希想到有個問題她一直挺想問的：「我記得余淮和你關係不錯，北右投資阿奇法也是你牽線的，阿奇法的情況你是不是早就知道？」

他做諮詢，業務範圍很雜、很廣，如此一來消息管道也多，如果說他對阿奇法的情況一點都不瞭解，恐怕是不可能的；如果說瞭解，那之前讓她不要插手阿奇法的事情難道是出於這個考量嗎？

果然就聽見季陽說：「聽到一些消息，但不知道是真、是假。」

「所以你才讓我別插手北右投資阿奇法的事情？」

季陽點頭：「我也沒想到最後那個報告還是妳簽的。」

江美希卻沒有領情的意思：「你明明知道阿奇法有問題，還給北右牽線搭橋，讓人投錢？」

季陽皺眉：「他想投，我只是給他建議，最後投不投都是他自己決定。他們也評估過了才決定投的，最後出事了怪我嗎？再說這是工作，我不能因為聽到一點風吹草動就拒絕這一次的合作。」

江美希對季陽太瞭解了，他永遠都是把利益擺在第一位的人，這麼說來，如果他真的只是聽到一點風聲，而非明確知道阿奇法內部有問題，他是絕對不會冒著和北右合作不成的風險，鄭重其事地勸她退出專案的。

所以說，他早就知道阿奇法內部問題不小，但還是極力促成北右去投資阿奇法，不管別人的錢最後流向何處，總之他的那一份有拿到手就行了。整個過程中，遇到她這個熟人應該算是意外，他有心提醒她一句，但是也怕她知道內幕之後破壞他的好事，所以不管會不會連累到她，總之就是不能說得太明白。最後她沒聽他的話被牽扯進去，而且運氣不太好，這麼快就東窗事發了，他又趁機跑來安慰她幾句，甚至還願意幫她引薦新工作。

想清楚這些，江美希苦澀地笑了笑，其實季陽一直都是這樣，對她或許是真的有感情，只是這份感情永遠擺在自己的利益後面。

季陽見她不太高興，也沒繼續這個話題。

「我沒想到葉栩會跟妳住在同一個社區裡。」

江美希不想跟他聊葉栩，隨口敷衍道：「嗯，湊巧。」

「是挺巧的，你們每天同進同出，可能會讓人誤會。不過也不急，妳要是打算換工作，到時候可以再換個離新公司更近一點的地方住。」

江美希突然有些不耐煩了：「我們現在是什麼關係，我為什麼非得要聽你的建議？」

季陽微微一怔，眉頭不由得蹙起：「就是普通朋友的建議，妳當然也可以選擇不聽。」

江美希看他臉色陰沉，不由得想笑。這些年他在商場上也算是如魚得水，大概已經沒什麼人敢給他臉色看了，也就只有她仗著過去那點感情不知好歹吧，但她就是不知好歹。

她笑了笑說：「我真的不後悔。」

季陽依舊皺著眉看她：「妳說什麼？」

「之前我們分開，雖然那時候不是我提的，但是現在回想起來，我一點也不後悔……」

「美希……」他打斷她，不耐的神情中終於表露出一絲的難過。

她彷彿沒聽到也沒看到，繼續說：「後來我跟他在一起，就像你說的，我們門不當、戶不對，我還比他大那麼多，在一起也不會有什麼好結果。但是我就是不後悔，甚至不瞞你說……」說到這裡，她突然抬起頭來，直視著對面的季陽，「我沒和任何一個人說過，包括他在內，但我是真的很喜歡他，現在也是。所以我也不知道我還能堅持多久，大概他再來找我一次，我就會同意繼續跟他在一起了吧。他母親怎麼想、其他人怎麼想，都跟我沒關係。」

穆笛在房間裡偷聽了半天，雖然早就知道江美希的想法，但聽到她這麼坦白地說出口時，也不由得大為震驚。

她悄悄把房門闔上，思考著要不要告訴葉栩。

客廳裡，季陽聽完這番話站起身來，最後丟下一句「幫我跟阿姨說一聲，我改天再來」，便匆匆離開了。

這頓飯終究還是沒吃成，老江女士對這個結果不解之餘還頗為遺憾。江美希看在眼裡，提醒她媽：「媽、人活著還是要記取教訓，他當初那樣對我，這時候我再回頭跟他復合，那我這輩子也只能步上您和我姊的後塵了。」

轉眼又到了年底，除了少了許多熟面孔，U記今年的年會還是和以往沒什麼不同。

Allen還是一樣地討人厭，Linda離開後，他更是以江美希老闆的身分自居，在年會上拉著她進進出出，還時不時做些讓人反胃的小動作。

她本著多一事不如少一事的念頭一直忍著，但當她注意到某人灼灼的目光時，她決定不忍了。

一方面是覺得在他面前和別人逢場作戲很難堪，另一方面也是怕他做出什麼沒辦法收場的事。

趁著Allen和別人相互敬酒時，她悄悄躲去了洗手間。之所以躲到這裡，就是怕葉栩跟來，但她還是低估他了——葉栩也不管此時洗手間裡還有沒有其他人，逕自走了進來。

江美希嚇了一跳，連忙把他拉進了一個隔間。門外傳來洗手和女孩子說話的聲音，好一會兒，終於安靜了下來。

等外面的動靜消失後，她這才抬起頭來看他，見他臉色有點紅，像是喝了酒。

她甩開他的手，有點不高興地壓低聲音問他：「你沒事吧？你怎麼跟到這裡來了，被人看到讓人家怎麼想？」

「看到就看到。」他說得有幾分委屈。

江美希還是沒好氣：「我們已經結束了，被人看到對誰都不好，也沒必要。」

他不禁有些惱怒，但是面對她，他還是儘量放軟語氣：「我媽那邊給妳什麼好處妳就先收了，這樣也不吃虧，但其他事情千萬不要輕易答應她，等我回去搞定她，但在那之前妳能不能先相信我？」

江美希心裡難受，為自己，也為他。可是她不能表現出來，她怕自己一心軟，之前種種努力就都白費了。

她嘲諷地笑了笑：「我不答應她，哪來的好處？」

葉栩抿著唇，像是很生氣，江美希以為他會說點什麼羞辱她，沒想到片刻後他只是說：「之前她同意合作，妳也的確遵守約定跟我分開了，但分開多久不是妳一個人說了算的。我們都努力過了，分不開就繼續在一起，她再為難妳，我就去找她。」

或許是怕她再說出什麼傷人的話，話說到最後，他也不管她願意不願意，直接把她往懷裡拉。

江美希任由他摟著，因為她既不敢抬頭也不敢說話，害怕一抬頭被他看出眼中有淚，也怕一開口被他聽出自己在哽咽。

她也不知道自己有什麼好，年紀也有一大把了，還能遇到這樣的感情。她想，就算他們最後不能在一起，她也認了，至少曾經擁有過。

自從上次在江美希家樓下見過季陽後，葉栩也勸自己有點骨氣，她既然不稀罕他，那他就不去找她吧。可是今天喝了點酒，又看到她被 Allen 欺負，火氣忍不住直直往上冒，葉栩也是腦子一熱才追著她進女性洗手間，但既然進來了，就想著說幾句風涼話故意讓她難受一下。

可是真的看到她時，又什麼狠話都說不出口了。

還好這次不像以往，他也沒想到這次她會這麼好說話，像摊著失而復得的寶物一般，手掌在她背上輕輕摩挲著。

卻沒想到她會說：「為難我的從來都是你，你現在這樣和 Allen 有什麼差別？」

摟著她的那隻手不由得一僵。

這感覺該怎麼說才好呢，就好像是你卑微地獻上自己最看重的寶物，結果卻被對方輕蔑地踩進土裡碾碎。

他的感情、他的委曲求全，於她而言真的就這麼不值錢嗎？

他的臉色漸漸沉了下來，江美希卻沒有勇氣去看。

她退出他的懷抱，片刻後，聽到他似乎笑了笑說：「好，我明白了。」

然後也不管外面是不是有人，直接開門走了出去。

外面傳來女孩子的驚叫聲，但江美希已經顧不了那麼多了。看著葉栩離開的方向，她只覺得心裡一陣刺痛。

她以為時間長了感覺就淡了，可是這感覺不但沒淡，反而比以前更加清晰了，最後化成一隻骨節嶙峋的手，扼住她的咽喉，幾乎能要她的命。

因為怕再遇到第一天這樣的狀況，第二天組裡的年會，江美希直接以病假為由沒有去。據說這次根據 Allen 的意思，沒搞什麼新奇花樣，就是大家一起吃個飯、抽個獎，就只是形式上的聚會。

Allen 是香港人，但在大陸待久了也深諳酒桌文化，變著花樣提議，頻頻舉杯。誰也不能不給老闆面子，這樣一來不會喝酒的小朋友中就有人喝多了。

至於葉栩，不久前會計師的成績一出來，他就成了名人。一次五科全過的人也有，但五科全部高分過關，又是以小朋友的身分，這在 U 記歷史上還是第一次。

Allen 一提起這個，大家又紛紛去敬葉栩，這樣一來，就算葉栩酒量再好，也還是醉了，更何況心情不好的時候更容易喝醉。

但他即使醉了也不像別人那樣醉得明顯，胃裡一陣翻江倒海，他退出人群，趁著腦袋還算清醒，他緩緩朝洗手間的方向走去。

穆笛早就注意到他有點不對勁了，悄悄跟著過去。等葉栩進了男洗手間，她就在外面的洗手台前等著，過沒多久就傳來一陣撕心裂肺的嘔吐聲，她光聽就覺得很痛苦。

過了好一會兒，他總算出來了，先扶著洗手台緩了片刻，才轉頭看向她。

穆笛知道他這樣多半是因為她小阿姨，所以面對他時也有點不好意思。

她乾笑兩聲：「你沒事吧？」

他不回話，逕自打開水龍頭洗手，然後用手捧著水湊到嘴邊漱漱口。

「你也太老實了，其實不用喝成那樣的。」

他漱完口又洗了臉，雙手撐在洗手台邊微微喘著氣，臉上的水珠順著他的下巴滴進洗手台裡。

穆笛突然覺得有些於心不忍，想著怎麼跟他說江美希的想法。

她猶豫了一下問：「你現在是醉了還是醒著？我說話你聽得到嗎？」

他又看她一眼，然後繼續低著頭，盯著洗手台發呆，片刻後他說了幾個字。

穆笛一時沒聽清，仔細想想，這才想明白他說的是什麼。

他說：「別勸我。」

原來他以為她跟過來是要替江美希勸他的。穆笛想也想不到，他們財經大學近年來最負盛名的校草要麼不動情，動情起來竟然是這個樣子。跟他一比，季陽那種談感情都像談生意一樣的人確實配不上她小阿姨。

她說：「我要勸你什麼？我還指望你趕快搞定我小阿姨，然後幫我吹吹枕邊風呢！」

她的措辭引來葉栩一個不太友善的眼神，穆笛看得出他不是真的不高興，然而，她下面那句話一說出口，他就變成真的不太高興了。

「前幾天季陽去我們家了。」怕葉栩藉酒行兇，她連忙往卜說，「小阿姨跟他說得很清楚了，他兩個已經結束了。」

「是嗎？」他若有似無地笑了笑。

「是啊。」穆笛說，「因為她還想著你。」

這一次葉栩轉過頭來認認真真地打量她，她也認認真真地朝他點了點頭：「而且她還說，你再去找她一次，她可能就鬆口了。」

本來以為葉栩聽到這句話會高興的，但不知道他像是想到了什麼，最後只是嘲諷地笑了笑。

穆笛不知道，他確實又去找過她，可是這一次，她比以往更絕情。

他說：「我沒事，休息一下就好，妳回去吧。」

正好此時陸時禹出來找她，穆笛說：「要不然我幫你叫車，你先回去吧？」

葉栩直起身回頭看了兩人一眼：「我自己可以叫車，進去幫我說一聲，我先走了。」

穆笛很想跟江美希說說葉栩現在的情況，但是年會過後她又被派到了哈爾濱，直到除夕夜當天才回到了北京。

家裡就四個女人，年年除夕都不比別人家熱鬧，而且今年因為江美希工作上的事情，家裡的氣氛更糟了。

簡單吃了年夜飯，老江女士拉著大女兒包餃子，江美希和穆笛不擅長這些，坐在一旁看新春聯歡晚會的節目。

老江女士對江美希工作上的事情並不那麼關心，對她的感情問題卻心急如焚。那天季陽來家裡一趟，結果他們不歡而散，老江女士愈想愈覺得遺憾，趁著江美希在，這話題說著說著，就有意無意地提起季陽。

老江女士故意拿起手機看了眼說：「小季這孩子就是懂事，還說明天要來看我。唉、要是沒有中間那三年，他就像是我親兒子似的，記得以前我們家的燈泡都是他來換的。」

江美希早就不耐煩了：「您要是覺得我臉丟得還不夠，您就繼續去找他。」

江美希的大姊幫腔：「媽也是為妳好，妳看妳今年都已經三十了，卻連個對象都沒有，我在妳這個年紀的時候，小笛都好幾歲了。」

江美希也不客氣：「是啊，妳跟我差不多年紀的時候，也離婚好幾年了。」

「要不是因為我們兩個都姓江，我才懶得管妳！」

穆笛也不認同自家媽媽和奶奶的態度，幽幽地來了句：「我也覺得你們這樣子有點丟臉。」

老江女士作勢要把手裡的擀麵棍扔出去：「當初還不是妳說妳小阿姨忘不了季陽的嗎？」

穆笛立刻反駁：「當初是當初、現在是現在，現在有更好的人選了，誰還會記得那個渣男啊！」

兩位江女士一聽到這句話紛紛雙眼放光，穆笛她媽問了：「更好的人選是誰，什麼時候的事？」

江美希只覺得生無可戀，捂著耳朵起身回了房間。

穆笛也知道自己話說多了，面對自家媽那灼灼的目光，縮了縮脖子說：「我是說總有一天會有這樣的人出現，到時候您二位別破壞人家的好事就行了。但是現在我覺得小阿姨就算是單身，也不該再回頭給渣男機會。」說完電視也不看了，跑去了江美希的房間。

江美希聽到開門聲只懶懶抬了下眼皮就繼續低頭上網。

穆笛一臉堆笑地蹭上了她的床：「小阿姨，組裡年會妳沒去真是太可惜了，錯過很多好玩的事。」

江美希不感興趣，隨口問道：「錯過了什麼？」

「葉栩喝醉了。」

江美希握著滑鼠的手微微一頓。

葉栩的酒量她是見識過的，說千杯不醉也差不多了，而他們組裡那些人，論熬夜、加班還行，喝酒倒是沒幾個擅長的，說他喝醉了，她才不信。

穆笛見她似乎不信，又說：「妳知道人心情一旦不好就容易喝醉，而且 Allen 也不知道是不是故意的，一個勁兒地慫恿大家去敬他酒，組裡那麼多人呢……他後來吐得唏哩嘩啦的。」

江美希皺眉：「Allen 幹什麼慫恿別人去灌他？」

穆笛聳了聳肩：「不知道，大概嫉妒他帥吧。」

穆笛隨便說說的話卻讓江美希有片刻的出神——Allen 一直對她有點意思她是知道的，現在這樣針對葉栩，該不會是因為他和她的那些傳聞吧？

穆笛又說：「不過話說回來，我和葉栩認識了這麼久，也是第一次看到他喝成那樣。誰敬他酒他都喝，還特別老實，人家隨意他乾杯那種也不說話，埋頭就喝，最後我和 Kevin 送他出門的時候，我還聽到他說什麼真狠心哪，他心裡難受什麼的。」

當然這句話的後半段是穆笛加油添醋亂說的，江美希此時卻沒心思去辨別真假，只覺得心上像是被什麼重物壓著似的讓她喘不過氣來，但是怕穆笛看出異樣，始終垂著眼，然而她這些細小的情緒變化早就被穆笛看在了眼裡。

穆笛試探著問：「沒想到我們校草也有為情所困的一天。小阿姨，你說他那個女朋友為什麼不要他了啊？」

江美希隨口敷衍著：「我哪知道，但是感情的事也不光是你情我願就行了。」

「我倒是覺得感情裡最難的就是你情我願，只要彼此喜歡，還有什麼困難不能一起克服的？先不說放棄了會不會有遺憾，就說人生還漫長著呢，不找個喜歡的人在一起，以後的日子怎麼過呀？」

這段期間發生太多事了，江美希以前就覺得時間過得很快，最近卻有種日子難熬的感覺。午夜夢迴時也會盼著這段日子早點過去，但是想想又覺得遙遙無期。

每次這種時候，她也不讓自己去細想自己為什麼這麼沮喪，下意識就把這種情緒歸類在工作不順利上，但是此時聽到穆笛的這番話，她卻突然豁然開朗了起來。

原來她怕的不是別的，正是不知道自己要花多久的時間去適應沒有他的生活。

春節假期很快就結束了，阿奇法以收購為名停牌避險，很快又被外界曝出公司欠債高達七．三億，公司實控人的股權還有公司的七個帳戶都已經被凍結，阿奇法科技正式被監管調查。

一個月後股票複盤，但十六個跌停讓股民從心驚膽戰變成了絕望，公司已然處於資不抵債的狀態，開始申請破產重組。

所有人都不敢相信，一年前還盈利的公司會突然欠下這麼多錢。

最後監管調查發現，阿奇法科技對外擔保就有十二．一八億，正對上了之前網上曝出阿奇法有大量隱形負債的說法。日前阿奇法的外債已經高達三十一．七七億，而其淨資產只有二十九億。

調查結果出來後，U記因對阿奇法科技二〇〇六年年度財務報表審計時未勤勉盡責，出具存在虛假記載的審計報告而被處罰。

聽證會上，江美希沒有申辯。最終U記被沒收業務收入六十五萬元，並被處以六十五萬元的罰款，江美希和Amy被予以警告，並分別被處以五萬元的罰款。不出意料，Amy那部分罰款追討不到，因為是專案制，所以另外五萬的罰款也將由江美希承擔。

或許是因為早有心理準備，聽到這個結果時江美希也不覺得有什麼委屈。倒是因為她的失誤給公司帶來這樣的損失，她自覺挺慚愧的。升職的事情她也不想了，旺季還沒過，四月底前還有幾份報告要出，有了前車之鑑，她要做的就是更加謹慎。

回公司的路上，法務部的同事小張似乎覺得不說點什麼有點尷尬，雖然和江美希算不上多熟悉，但還是表面上安慰了她幾句。

江美希無所謂地笑了笑，在這件事最初對她造成的影響過後，她已經逐漸接受了，不是不遺憾，也不是不心寒，只是這些情緒都無須對外人表露。

小張跟江美希共事的機會不多，但是對江美希其人什麼風格早有耳聞，現在雖然看她升職無望了，可是她身旁那種生人勿近的壓迫感讓他一刻都不想跟她多待。

幸好車子很快就到了公司，兩人走進電梯，小張替兩人分別按下所在的樓層，江美希道了聲謝沒再說其他。

感受著電梯緩緩上升，小張只盼著早點和身邊這位分道揚鑣。

碰巧的是電梯就像是在跟他開玩笑似的，中間每經過一層都會停下來，也不知道是不是有人惡作劇，電梯門打開，外面卻又沒人。

他回頭對江美希笑了笑，儘量緩解尷尬：「也不知道是誰這麼無聊。」

江美希也笑笑，但笑意未達眼底，明顯敷衍得很。

電梯門再度打開，這一次門外倒是有人，但是當他看到門外的人時，不禁暗道今天還真是熱鬧。

葉栩明顯也看到了江美希，但他的目光並沒有在她身上過多停留，像是沒看見一般走進了電梯。

關於江美希和葉栩的傳聞，公司裡的版本太多了，不管是哪個都很精彩，曾經占了大家所有的八卦時光。不過此時看兩人的態度，小張覺得葉栩勾引老闆不成反而因此得罪老闆，從此被不怎麼寬宏大量的老闆肆意碾壓的版本，好像更像是真的。

而這個版本最耐人尋味的地方有兩個：一個是小朋友不怕死地勾引了最不可能被勾引的這位煞神，另一個說法就是這位小朋友還不單純是個吃軟飯的，別看他能做出勾引老闆的事，但絕對不是個隨意任人擺布的人。所以結果就是這樣，兩人親密戀人沒做成，反而針鋒相對、整天鬥法。

小張看著站在自己前面年輕又高大的小夥子暗自腹誹，這種情況下還能熬過第二個旺季，可見也不是一般人啊。

他心裡正這麼想著，突然意識到電梯裡的兩個人都在看著他。他怔了一下才發現，他所在的辦公樓層已經到了，他連忙和江美希打了聲招呼，逃也似的出了電梯。

小張走後，江美希這才敢把視線移到前面男人的身上。組裡的人應該都已經知道她今天去了哪裡，聽證會最後的結果應該也早就傳回公司了，所以他不可能不知道。

她可以不在乎別人看她的眼光，但還是做不到不在意他的。然而怕什麼來什麼，沒想到回到公司見到的第一個人竟然就是他。

後來又有人上了電梯，他往後讓了讓就和她並肩而立。她表面上雖然風平浪靜，但心裡還是有點心虛，又想到穆笛說他那天喝得爛醉，她只覺得自己此刻的呼吸都有點不同以往。

幸好很快就抵達了九樓，她想快點離開，誰知道他的反應比她還要更快，電梯門一打開，一刻也不流連，大步流星地走了出去，留下一個修長冷漠的背影。

江美希嘆了口氣，不知怎麼地就想到季陽的那個提議，或許換個地方重新開始也蠻好的。只是想到和葉栩這段日子，當初她想方設法地逼他走，不但沒有成功，最後反而是自己動了離開的念頭。不知道像她這種企圖給下屬穿小鞋結果被反噬的失敗老闆有幾個，但是仔細想想，她也不覺得後悔。

不知道是給她面子還是怕觸她楣頭，後來公司裡的人都沒再提起過阿奇法這件事，至少在她面前是小心翼翼且刻意迴避的。

後來穆笛悄悄問過她以後有什麼打算，畢竟U記歷史上還沒有過一個「有前科」的合夥人，就算是有人犯了類似的錯，那也是當了合夥人以後的事。

江美希當時的回答是——先忙完這段時間再說。

立春之後，北京的天氣開始轉暖，這個旺季的工作也開始收尾。江美希改完幾份底稿再抬頭時，才注意到外面的辦公區已經沒什麼人了。

她的目光不由得在某個位置上多停留了片刻。

她記得那天之後，她好像沒在公司裡遇到葉栩，不知道是他恰巧在外出差，還是在刻意減少兩人碰面的機會。

都市男女的感情本來就淡薄，分手後的日子也都照樣過著，他們走到這一步，應該也就是這樣了。她安慰自己，看來這個情況還是挺不錯的，這樣下去或許也不用急著離開U記。

關掉電腦收拾好東西開車回家，十一、二點的三環路難得暢通無阻，江美希將車窗降下一點，吹進來的夜風並不冷，還帶著點新鮮草木的香氣。

社區裡此時靜悄悄的，她的停車位附近有一盞路燈壞了，四周光線昏暗。她在黑暗中把車子停進車位，剛下了車，就聽到有人叫她的名字。

聲音很陌生，她回過頭看，一個中等身材的男人朝她走來。

光線不好，她看不清那人的臉，只能依稀看見他身上的夾克下擺反著光，還有他手裡拎著看大小和形狀應該是個桶子的東西。

「妳是江美希？」

江美希立刻回想了一下，她剛才開車過來時並沒有看到什麼人或者沒熄火的車，現在這麼晚了，難道這個人是刻意躲在這裡等她出現？她又掃了一眼他手上拎著的東西，不由得警惕起來。

「有事嗎？」她一邊伸手到包裡摸手機一邊問。

男人逼近一步：「黑心錢收得開心嗎？」

聽到這句話，江美希已經猜到對方的來歷了，應該是和阿奇法有關的，可能是被套牢了的股民或者其他什麼人，只是她沒想到對方竟然有本事找到她家裡來。

她正想開口解釋，男人卻突然舉起手裡的桶子二話不說朝她潑來，不遠處有人喊「住手」，但是已經來不及了。

黏稠的液體一股腦兒朝她臉上潑過來，她整個人不禁朝後踉蹌了一步，身形不穩地絆倒在身後的車上。此時的她腦中一片空白，等她反應過來時，臉上已經開始有反應，火辣辣地疼。

嘴巴和鼻腔裡有股難以言喻的苦澀味道令她作嘔，刺鼻的氣味也讓她睜不開眼。

她怔怔地低頭看了看狼狽的自己，很想哭，卻哭不出來。

就在剛才，有人突然出現替她擋下了那個陌生男人進一步的攻擊，如果沒有後來趕到的人，她會怎麼樣呢？

她從來不知道，自己有一天會因為自己所愛的工作喪失信仰、喪失尊嚴，甚至賠上小命。一種發自內心湧上的無力感幾乎要將她拖垮，Linda和Amy還不知道在哪裡逍遙快活著，她憑什麼要替她們承受這一切？那麼多人都在糊里糊塗地睜一隻眼、閉一隻眼，倒是她，想辦法要給自己一個清白，最後這樣的事情還是被她遇上了，憑什麼！

她緩緩抬起頭看向不遠處，陌生男人已經被撂倒，那個熟悉的身影正朝她走來。

眼前有點模糊，但她也不知道該不該伸手去擦。

葉栩快步走近，最後停在了她面前。她瞇著眼仰頭看他，熟悉的輪廓映入眼簾，即使在月色下，也能看得到他眼中的焦急。

他說了什麼她卻沒有聽到，此時耳朵還在嗡嗚不止著，但是在看清他臉龐的那一刻起，江美希的眼淚就不受控制地流了出來，不知道是為今天受的委屈，還是為她此刻的狼狽而哭。

葉栩脫下身上的衣服，替她擦著臉上的油漆。

「別哭。」他說。

她還是哭，他乾脆伸手把她按在懷裡，安撫了一會兒，繼續替她擦去油漆。

不知過了多久，眼前視線漸漸清晰，她也逐漸鎮定下來。越過他的肩頭，她看到他身後的那個人踉蹌地爬了起來，往路邊停著的麵包車走去。

「他要跑了。」她提醒他。

葉栩瞥了眼身後，不急不徐地繼續幫她擦著脖子上的油漆：「這個東西只能到醫院去洗了。」說完，他把手裡的衣服遞給她讓她自己擦，然後從褲子口袋裡拿出手機撥了個號碼。

電話接通，他對電話那端的人說：「有輛麵包車撞上了人要跑，你們攔下來之後報警。」說完就掛上電話，重新拿過她手上的衣服繼續替她擦。

擦得差不多了，他說：「走吧，去醫院。」

強撐了這麼久，到了這一刻，江美希什麼都不想管了。還好有葉栩，他說什麼就是什麼，她只要跟著他就好。

江美希由著葉栩開車送她去醫院，車子經過社區大門口時，她看到那輛麵包車被攔在了路邊。那個潑她油漆的男人也被幾個警察制服了，門口光線明亮清晰，她看清楚那個人的臉，早就被葉栩揍得鼻青臉腫了，但是依舊氣焰囂張，眼看著就要和幾個守衛再次扭打了起來。

葉栩停下車，朝著其中一個守衛招了下手，那個年輕小夥子立刻跑了過來，聽他交代了幾句，又瞥了眼他們的車，折了回去。

江美希已經沒力氣過問他們說了什麼，反正他在身邊，她就覺得自己什麼都不用去想，也不用去管。不管明天怎麼樣，至少今天就自私一下吧。

深夜的門診大樓靜得出奇，白色的燈光傾瀉而下，照得人臉色蒼白。

江美希從光可鑑人的玻璃窗上看到自己此時的樣子，妝花了，臉上的漆還沒擦乾淨，一臉姹紫嫣紅分外熱鬧。而且這漆是綠色的，直接從頭頂澆下來，說不定對方還有另一層用意。

這一定是恨她恨到某種程度了。

江美希啞然失笑，這一笑又牽動臉上的皮膚。殘留的油漆已經逐漸乾了，和臉上的皮膚黏在一起，這麼一動，就火辣辣地疼。

身後的葉栩此時正在打電話，這一個晚上他電話不斷，她無意間聽了幾句，知道潑她油漆的人已經被拘留，至於他是怎麼在她本人沒出面的情況下搞定這一切的，她也不太清楚，而且現在也沒那個心情去問。

突然有人叫她的名字，她回頭，一個小護士正站在一個診間門口朝她招手，她立刻拿起掛號單走了過去。

不久之後，她清理好出來時，他靠著牆等她。

她走過去問：「派出所那邊還需要我過去嗎？」

他上下掃了她一眼，像是在檢查清理得怎麼樣，然後說：「明天吧，今天太晚了。」說著，他轉身往門診大樓外走。

剛才她整個人都是懵的，好多事情都沒注意到，這時候她回過神來，才發現他的臉色和口氣都不太好。她以為他也是累了，就沒在意，跟著往外走。

她的車就停在門診外面，一出門她差點沒認出來——原來遭殃的不止她的人，還有她的車。

他也看到她盯著車頭看，但腳下沒停，直接拉開車門上了車。江美希見狀也沒再糾結，跟著他上了車，畢竟比起這天晚上的其他損失，車上多了點油漆就顯得沒什麼大不了的了。

車子狂奔在北京的街道上，難得一路不用減速。

江美希望著車窗外街燈林立、霓虹閃爍，內心卻有種說不出的委屈。

距離事情發生已經過了好幾個小時了，那顆因為突逢意外而變得柔軟的心，此時又不得不被武裝起來。

車窗上有她略顯蒼白的影子，隱約還能看到他的面容。兩個人的臉出現在同一個地方，讓她覺得有點溫暖。

可惜這個夜晚很快就要過去了，太陽照樣會升起，軟弱一時還可以，但時間久了，就再也堅強不起來了。

以前季陽就說過她活得不夠傻，可惜又太計較。當時她不以為然，覺得聰明人才懂得計較，就當作那句話是在誇獎她。但是到了這一刻她總算是明白了，她這樣的人，有時候反而更辛苦。

明明很想靠近、明明非常喜歡，但是因為太計較，她怕戀愛談得委曲求全，怕付出太多沒有回報，更怕明明有情卻沒有未來。

說到底患得患失，就是怕自己太吃虧。但是沒辦法，三十年都這麼過來了，一時半會兒也改不掉。

車子很快回到社區。

葉栩停好車，陪著她走到她家那棟大樓門前，朝樓上望了一眼，有點遲疑：「不知道那個人有沒有找到妳家。」

江美希說：「我看他那樣不像有同夥。今天多虧了你，明天你把派出所那邊的聯絡方式傳給我，我自己去就行了。」

葉栩看她一眼：「回去好好檢查一下門窗，別粗心大意，以防他們還有後手。」

江美希看著他猶豫了一下，還是決定把該說的話早點說了：「我想我很快就會離開U記了，而且這裡我應該暫時也不會回來住了，就像你說的，那些人能找到我家，說不定還有什麼事情等著我。所以我想先到我媽那邊去住，這裡可能會出租或者賣掉。」

這是她回來的路上剛做好的打算，太過私人，以他們兩個現在的關係，她也沒必要跟他說，但是她就是想表明一下自己的決心，只是不知道這究竟是做給對方看的，還是做給自己看的。

等她說完，葉栩冷笑了一下：「怎麼，還怕我藉著這次機會繼續糾纏妳嗎？要不然妳乾脆也像Linda和Amy那樣，把手機號碼也一起換掉算了。」

她點點頭：「如果有必要的話我會考慮。」

葉栩不屑地輕嗤一聲：「妳放心吧。妳說斷了就真的斷了，我葉栩還不至於行情差到這種程度，跑了妳江美希，再找不到下家了。」

說完他把她的車鑰匙隨手拋給她，她反應過來狼狽地接住，再回頭看時，年輕男人修長的背影已經融入了茫茫夜色之中。

第二天一早江美希趕去派出所補錄口供時，就得知了昨晚那人的身分與動機。

那人確實和阿奇法有些關係，只不過不是一般的股民，而是和阿奇法合作的電池供應商。

那人從國際企業跳槽出來創業，公司漸漸做大，和阿奇法建立起合作關係後，公司繼續穩健擴張。本來以為有好日子可以過了，但是阿奇法拖欠他們合約款項好幾年沒有結清，正巧碰上原物料價格上漲，這一來，規模不大的小公司資金鏈立刻就斷了。他們等著阿奇法的合約款項來救火，可是余淮躲到國外去了，這才在走投無路的時候找到江美希洩憤。

對阿奇法事件的所有受害人，江美希都懷有愧疚，所以這件事情她也沒追究責任，配合著走完流程就離開了派出所。

她希望這件事情能早點過去，往後的生活能太平一些，然而二〇〇八年註定是不平凡的一年。剛剛送走了一個旺季，迎來了春暖花開的五月，位於四川省西北部的小縣城突然發生了八級地震，巨大的災難面前，舉國上下都是一片哀痛。

這段時間裡，江美希每天都會從自動發到手機上的新聞中感受一遍生離死別、命運無常，或許不只是她，所有人都是如此。

穆笛說：「如果你愛誰千萬不要埋藏在心裡，因為妳不知道明天會有什麼樣的際遇。」

季陽說：「我從來不會強求別人，尤其是感情上的事，但如果對方是妳，只要妳覺得能跟我繼續走下去，我也認了。要不然、美希，妳還是回到我身邊吧？」

但是當他們說起這些話時，她第一個想起的人，卻好像真的消失在了她的生活中。雖然這原本就是她所希望的，但是在願望實現後，她也覺得心裡空蕩蕩的。

與汶川大地震幾乎同時爆發的災難還有金融危機，這一次，是與他們每個人都息息相關的。

在全球金融風暴下，大型企業的海外上市業務基本暫停，U記在海外上市 IPO 的收入突然消失，整體收入嚴重下滑。恰巧去年經濟形勢不錯，U記大幅度擴招，這樣一來，專案雖然少了，但人手多了，就有很多人沒有事可以做。為了降低成本，十幾年來沒有裁過員的U記不得不亮出最後一把刀。

最後幾份年審報告出完後，江美希組裡就有不少人接到祕書林佳的電話，被通知去談話。陸陸續續有人進了Allen的辦公室，無一例外進去時都是滿心忐忑，出來時卻垂頭喪氣。

大部分人都沒想到，自己為之賣命的公司可以做到這麼絕情，有人甚至剛剛通宵完出了報告，第二天就被叫去談話，這不是卸磨殺驢又是什麼？

一時間，原本忙碌卻和諧的辦公室裡處處人心惶惶、躁動不安。

石婷婷也在被約談的人之中，從Allen辦公室出來之後就一直哭哭啼啼的。

江美希坐在辦公室裡，看著劉剛和穆笛在安慰她，時不時有人看過去，然後和附近的人小聲議論著，一派人人自危的景象。

江美希倒是沒有這種顧慮，畢竟總監算半個老闆，雖然她之前犯了錯，但是還有給公司賺錢的能力，公司是不會主動提出讓她走的。然而這種氛圍確實影響到了她，即使已經動了離開的念頭，真的遇到離別的場景，她心裡還是不太好受。

晚上她和穆笛一起回家，穆笛提起石婷婷被勸離職的事情也很唏噓。

穆笛說：「公司也太沒人情味了，婷婷今年特別努力，還想著在『小黑會』上拿個高分，沒想到就被約談了，現在這個行情，工作也不好找。大家憑什麼要聽公司的？反正公司不會辭退員工，就不簽那個文件，看公司怎麼辦！」

江美希笑她天真：「不簽就不簽，不就是被孤立起來，然後不給專案做，還要盯著你準時上、下班，看看誰耗得過誰。」

穆笛不認同江美希的說法：「一個、兩個去鬧肯定是沒用的，但是人多了公司也沒辦法，總不能全部開除吧？以後就沒人做事了。」

江美希說：「這種時候就別操心別人了，管好妳自己吧。」

結果還真的被江美希給說中了。

第二天上午，林佳帶著幾個負責打掃的阿姨，把角落裡原本沒人用的那幾張空桌子清理出來。有人去問林佳那是幹什麼用的，林佳解釋說是給那些不願意簽字的人用的。

結果原本就已經不太和諧的辦公室裡，因為突然被隔出了這麼一片「特殊區域」，變得更加不和諧了。

但是這種情況沒有持續多久，起初那片「特殊區域」裡的人還不少，但公司想整誰，招式多得是。所以漸漸地，有愈來愈多人待不住，最後選擇簽字走人，而隨著那群人的逐一離開，江美希想，是時候也該離開了。

當江美希出現在 Allen 辦公室時，Allen 似乎早有預料，但表面上還是客氣地挽留了幾句。大家都是聰明人，此時的江美希也不用再和眼前的人周旋了，Allen 漸漸意識到似乎只有自己在說，對方完全無動於衷，索性直接拿起電話打給人事部，同意她開始走離職流程。

離職手續辦理得異常順利，她在公司的東西也都陸續被帶回家裡，最後一天離開時，剩下的也都是些可有可無的小玩意兒。

她捧著紙箱從辦公室裡出來，一路穿過偌大的辦公區。經過一個月的裁員，人已經比之前少了不少，但是她的離開還是引來了所有人的注意。

有人惋惜道別，有人只是默默注視著這邊，江美希從容不迫，臉上的笑容和她的腳步一樣幹練，毫不拖泥帶水，就像過去的每一天一樣。

她看到穆笛和劉剛他們依依不捨，也看到陸時禹站在辦公室門前朝她微笑頷首，甚至還看到人群中的葉栩……只是經歷了那麼多事之後，他們彷彿又回到了最初見面時的樣子，他冷淡疏離的表情下是什麼樣的情緒，她已經猜不透了。

江美希很快收回視線，走出了辦公區。

將所有人甩在身後的那一刻，她才允許自己悄悄嘆了口氣。

等待電梯的短暫片刻，她卻好像已經看遍了自己在這裡經歷的這八年。從到職的那天起，她就在學習著如何在這渾濁不堪的資本市場中保持清明，做一個沒有立場、最純粹透明的人。然而八年過去了，最終還是晚節不保，一敗塗地。

到了這一刻，說不失望也是假的。只是此時的她也分不清楚這種失望是對自己，還是對這個行業。

江美希主動離開的舉動也沒有給自己掙得一個好名聲，不知道是不是大部分的人都喜歡陰謀論，她走後不久，公司裡就有消息傳出來，說江美希和有些客戶私底下往來過於頻繁，職業操守堪憂，管理層最後才決定在這個時間點一併「解決」她。

穆笛在茶水間裡聽到有人這麼說的時候，差點和對方吵起來。別人是什麼樣的人她不好說，但是她小阿姨的人品她是再清楚不過。

所幸大家都是小女孩，又是在這種敏感時期，對方也只是單純想過過嘴癮說個閒話，誰也不想把這件事情鬧大，於是沒什麼底氣地丟下一句「又不是我說的」就匆匆離開了。

穆笛更氣了，還想找那人問問禍首是誰，正好看到葉栩朝她走來。

剛才她們聲音不小，說了什麼他肯定也聽到了，穆笛以為見到了可以同仇敵愾的盟軍，就跟他抱怨起來：「這些人真過分，Maggie 也太無辜了！」

誰知道葉栩卻面無表情地丟下一句：「無辜嗎？我看不一定。」

江美希的離開讓穆笛第一次見識到職場的殘酷，她走後眾人的態度也讓她知道了象牙塔外的人情淡薄。可是她怎麼也沒想到，就連葉栩也是這種反應，她頓時惱羞成怒地說：「你怎麼這樣說話？」

葉栩挑眉，並不想跟穆笛爭論什麼，就在這時，他褲子口袋裡的手機突然響起，他拿出來看了一眼，是秦麗梅。

於是也不再理會穆笛，他一邊朝著樓梯間走去，一邊接通了電話。

秦總是最講究效率的人，就連跟自己的親兒子說話也不喜歡繞圈子，等電話一接通，她就開門見山地問：「考慮得怎麼樣了？」

葉栩說：「我還不想走。」

秦麗梅也不意外，耐心勸兒子：「今年經濟狀況不好，我聽說你們U記已經裁員超過三成了，政府那邊都約談你們的大合夥人了，你知不知道？」

關於這一點，公司裡雖然沒人敢放在檯面上說，但是看著空掉的辦公桌也可以想像得到。

然而葉栩只是冷冷地回問：「這跟我有什麼關係？」

秦麗梅被兒子這態度噎了一下，但還是忍著不高興勸說道：「公司這種情況，還能好好工作嗎？我看你這一年多能學的也都學得差不多了，原本想讓你去其他相關行業再歷練一下，但現在的情況都好不到哪裡去，乾脆早點回公司來，多積累點管理公司的經驗也好。」

葉栩還是那句話：「我暫時沒有回去的打算。」

秦麗梅身處集團高位，一般工作上的事情她吩咐一遍絕對不用再說第二遍，底下的人就會快速俐落地辦好。這樣時間一久了，她就特別受不了身邊的人忤逆她，在家裡對著自己的丈夫和兒子也都是說一不二。

不過她也知道，丈夫、兒子順著她不是因為怕她，尤其是她這個兒子，從小就不怎麼愛說話，但很有自己的想法，一旦決定要做什麼就很難改變主意。

所以這一次，她對比自己兒子大七歲的女朋友明顯很不滿意，但是她在兒子面前甚至一句話也沒說，而是直接找到那個女孩，旁敲側擊地表明自己的態度。

成熟一點的女孩子也有她們的好處，就好比這個江美希，做事幹練不拖泥帶水。秦麗梅以前和她打過交道，就蠻喜歡這個女孩子的，但那種喜歡卻還沒到可以接受她成為自己兒媳婦的程度。

不過這一次，這女孩也沒讓她失望。她想說的「醜話」根本不用說得太明白，她就知道該怎麼辦了，是個懂得趨利避害的聰明人。

而且這件事，她也沒打算瞞著兒子，她只是稍微說一下，對方就打退堂鼓了，對他能有多少感情這點他不會看不出來。想清楚了之後，母子倆還有什麼隔夜仇？

可是距離事情過去已經有一段時間了，兒子對她這個親媽的態度還是冷冰冰的。之前說好在外面學不到東西就回公司，現在卻大有反悔的意思，這是要因為一個沒談幾天的女朋友就跟親媽決裂嗎？

想到這裡，秦麗梅的火氣也漸漸上來了：「你要為了一個才認識幾天的人跟我翻臉嗎？」

然而面對秦麗梅的咄咄逼人，葉栩卻只是笑了笑。

秦麗梅問：「你笑什麼？」

「讀過大學，手下管著幾萬人又怎麼樣？我看跟我奶奶那個在農村裡過了大半輩子的婦女沒什麼不同。」

葉老太太骨子裡的老觀念一大堆不說，對獨生兒子的占有欲也到了令人髮指的地步，又遇上這麼強勢的兒媳婦，婆媳兩人的關係會好才怪。

秦麗梅也因為這些原因一直看不起自己的婆婆，結果聽她兒子這麼一說，立刻覺得臉上火辣辣的——她剛才質問葉栩的那句話，確實有些她婆婆的風格。

但秦總是什麼人？立刻就幫自己的棒打鴛鴦找到了一個更加合情合理的解釋。

「我是那麼食古不化的人嗎？她要是只比你大個兩、三歲那還好，可是就算我再怎麼開明，也接受不了你未來沒孩子的事，這不是觀念問題，我們這種家庭每個人都有自己的責任。可是她今年多大了，你才多大？等你穩定下來，你們決定結婚生子了，她又多大了？」

葉栩聽完母親這番話，沉默了片刻問：「就為了這個？」

秦麗梅說：「就為了這個。」

葉栩笑了：「那您更不應該沒事找事，最好讓她早點決定和我結婚生子，我也早點履行我的責任。」

堂堂秦總好久沒有受過這種氣了，丟下一句「我看你是鬼迷心竅了」就掛斷了電話。

葉栩聽到「嘟嘟」的忙音，從容地收起手機。

其實他早就知道，比起他這位當總裁的媽媽，那個動不動就要跟他「兩清[10]」的人才是讓他最頭疼的。

比起國外市場的一片蕭索，國內情況倒是沒那麼嚴峻。大部分國內企業受到經濟危機的影響不大，甚至有些企業還在國家人民幣四兆的經濟刺激下日益壯大起來，但這一切都與阿奇法科技無關了。

阿奇法申請破產重組，輾轉過了幾個月，最後倒楣的是接管了阿奇法大部分資產和外債的北右。

然而，早就資不抵債的阿奇法各項產業都運行得不盡人意，能不能把保留下來的幾個產業盤活[11]，甚至在未來幾年裡賺回之前欠下的債務，這就不得而知了，但也可以想像的是這將會非常困難。

所以在外界看來，這絕對是一向順風順水、無往不利的北右集團近年來最失敗的一次投資，據傳北右的主管高層多次開會自省，北右的那位杜總更是逢人就訴苦。

而此時江美希已經在馬來西亞的沙巴看了一個月的落日，順便學了潛水。回國後她也沒回北京，

10 兩清：指雙方帳務已結清，誰也不欠誰。

11 盤活：透過正當的手段與方法，將固定資產與金融資產進行價值變現，使固定資金轉換為現金。

而是直接去了廈門。

自從上次和葉栩一起來過廈門後，江美希就發現自己已經愛上了這座城市。

到了這裡，也沒刻意想著要去哪裡玩，就找一間臨海的飯店，在太陽不毒辣的時候沿著海邊走一走，其餘時間就在飯店裡看書上網。

少了時間和責任束縛的這段期間，事業、愛情雙雙走到了低谷的她竟然還難得地增胖了一些。

江美希都快把北京那些令人煩躁的事情都忘一乾二淨了，直到在飯店裡遇到了一個老朋友。

說來她和芯薪的這位林總還挺有緣分的，總是能在意想不到的時候遇上。

林濤這次是來廈門出差的，正好和江美希下榻於同一家飯店。兩個人在餐廳裡相遇，沒了之前的工作關係，倒是更像老朋友一般坐在一起邊吃邊聊。

兩個人的共同話題也離不開工作，這一年多來芯薪遭遇的變故，江美希都是知情的；發生在江美希身上的事情，恰巧也和芯薪有些關係，所以林濤對江美希眼下的遭遇也瞭解個大概。

外界早就認定江美希幫阿奇法去騙北右的錢了，江美希自己可以不在乎，但作為朋友，林濤還是認為有必要表明一下自己的態度。

林濤半開玩笑地說：「說起來，我們兩個的經歷還真的有點相似，都是受了流言蜚語的苦啊！」

這麼一句話，就讓江美希心裡頓時溫暖了不少。

江美希笑著說：「假裝聽不見、看不見，也就不苦了。」

林濤點頭，又問她：「以後有什麼打算？其實我覺得審計這行太辛苦了，之前我們公司準備上市的時候就每天看著你們通宵達旦，而且這個行業的水太深，女孩子做這個也不容易，不如趁著這個機會想想轉換跑道如何？」

如果問她心裡的真實想法，她並不想離開審計這個行業。其實她做這一行已經有八年了，還能從工作中學到什麼、提升什麼嗎？天花板就在眼前了。但是她想留下來，除了對審計這一行有點「初戀情結」以外，或許是因為她還憋著口氣——不願意以這種失敗的姿態退場。

沉默了片刻後，江美希說：「正是因為水深不見底又混雜，我才想留下來。」

林濤意外地抬眼看她。

她不好意思地笑了笑：「您雖然沒像別人一樣認為我是有意犯錯的，但說實話，我現在見到您這樣的熟人還是覺得挺不好意思的。我知道其他人是怎麼想的，但是也不能怪別人會那麼想，因為這潭深水確實不那麼乾淨。U記這種外資事務所可能還好，那些內資事務所呢？」

林濤聽聞笑了笑，示意她繼續說下去。

江美希說：「我剛畢業那陣子，大家都覺得能進外資事務所是最好的，平臺好、專案好，甚至到現在，U記依然是相關科系的畢業生首選。大家為什麼對U記這樣的外資所趨之若鶩，進了U記的人又為什麼在內資所的同行面前那麼有優越感呢？以前我在U記的時候，和其他所接觸不多，以為只要端正自己的態度，那些汙濁的東西就會離自己遠遠的。但是現在看來，這不是內資所、外資所的問題，而是整個行業的問題。在這種情況下，起步較晚的內資所接觸到的那些不規範民營企業更多，更容易出問題而已。」

如果整個行業都渾濁不堪，又有哪個公司、哪個人能獨善其身呢？

林濤認同地點頭：「所以妳現在想好去哪了嗎？」

江美希笑：「還在考慮。」

自從阿奇法的事情發生後，王芸更加頻繁地聯繫她，以前就是敲敲邊鼓，這次簡直是志在必得。但是江美希一直沒有同意，不是她矜持，而是經歷了那些事，她幾乎對這個行業有些心寒，而且她也擔心除了王芸以外的另外一個大合夥人，是不是和她們志同道合。

林濤舉杯：「不管怎麼說，再跳槽至少也是合夥人了。」

江美希雙手捧著杯子，和林濤的那只輕輕碰了一下，喝光了杯子裡的果汁後，她問林濤：「現在芯薪怎麼樣？」

林濤放下酒杯：「之前的阿奇法和現在的北右都還算重視我們這塊業務，但不同的老闆想法也不同，我確實不擅長管理，只要老闆們重視我們，我只需要把技術這一塊管好，其他的就不擔心了。」

江美希知道，芯薪的晶片研發能力在全國是數一數二的，又有多項專利在手，如果能靠上一棵可靠的大樹，或許發展會更好；所以外面都說北右這個接盤俠[12]非常委屈憤恨，但是江美希知道，如果沒有阿奇法搞出來那麼多的事，就憑北右投資的那幾億元，還拿不到芯薪的控制權。

所以說這一場血雨腥風的博弈中，到底誰是最後既得利益者並還沒有揭曉。

「或許北右是個好歸宿。」江美希說。

林濤嘆氣：「但願吧。」

阿奇法的債務由北右接手，這對債主們來說無疑是個好消息。這些債務雖然壓垮了阿奇法，但是

12 接盤俠：網路流行用語，帶有貶意，意指撿別人的二手貨。

對於財大氣粗的北右集團來說卻是九牛一毛。

然而事實證明，是債主們太過樂觀了。北右最初接手公司時對大眾承諾的那番話在僅僅過去幾天後，就被北右主管階層們忘得乾乾淨淨。

債主們上門討債，北右的主管階層拒而不見，還強勢地表示，以前的大多數債務都是余淮以個人名義欠下的，與北右無關。

誰都想不到一向很有大企業風範的北右集團也要起賴來，債主們無奈只能打官司，但是胳膊畢竟拗不過大腿[13]，先不說結果會不會是他們想要的，也不是人人都耗得起這打官司的時間。

這件事前前後後處理了大半年，看戲的客官們熱情逐漸退減，直到有人站到了北右集團公司的天臺上，這件事才再次被推向高潮。

記者們無孔不入，江美希很快看到了網上的照片。她把照片放大仔細一看，愈看愈覺得這個人有點眼熟，再看身形就讓江美希想起來了，是之前潑她油漆的那個人。

潑油漆那件事的確把江美希嚇得不輕，即使她平時再霸道強悍，但說到底還是個年輕女人，那是她人生中第一次感受到那麼強烈的恐懼和無助。可是當她從那種恐懼中回過神來時，充斥在她體內的情緒又變成了委屈和憤恨。

被自以為是朋友的人背叛陷害，被所有人懷疑、被自責折磨，然而這些都抵不過她對過去的否定以及對行業的失望，自己過去的堅持值得嗎？

13 胳膊畢竟拗不過大腿：比喻弱者贏不過強者。

但睡了一覺過後醒來，她還是一如既往地起床、去公司上班、忙到深夜、下班回家。她不知道自己還能堅持多久，直到今天看到照片上那個熟悉的人，她才幡然醒悟，這不就是她自始自終想要堅持的原因嗎？

以前錯了就錯了，怪她道行太淺，但是以後的路還長著呢，她要做的、她能做的，還有很多。

江美希持續關注著債主跳樓的事情，本來以為北右的態度多少會因為這件事鬆動，不管怎麼說，這麼大的企業也要考慮社會大眾的觀感，可是令所有人都意外的是，北右的態度依舊強硬，好像之前鬧得沸沸揚揚的跳樓事件對他們一點影響也沒有。漸漸地，整天被債主們鬧得不得安寧的北右集團辦公大樓門前，又恢復成往常的樣子。

然而今年的北右註定是不想再保持低調了，債務風波剛過沒多久，北右內部又發生了一件事——北右集團突然解聘了合作八年之久的會計師事務所，給出的理由僅僅是對方報價過高。

於是針對年底的年審業務，北右開始公開招標，北右光分公司就有幾十家，對所有事務所來說都是一個不小的專案，比起各家的蠢蠢欲動，U記內部就顯得異常平靜了。

陸時禹在上個月被晉升為合夥人，走馬上任的第一年，業績務必要做得漂亮，所以他整天不是在拜訪客戶，就是在拜訪客戶的路上，卻唯獨繞過了北右。

不久之後組裡幾個人聚餐時，穆笛問陸時禹：「北右的標我們要投嗎？」

陸時禹回答得很乾脆：「不投。」

穆笛不解：「為什麼？」

沒等陸時禹回話，劉剛先自作聰明地說：「之前發生了Maggie那件事，能中才怪，就算是去投標了，那也肯定是陪跑。」

穆笛有點不高興地瞪了他一眼，但也沒辦法反駁。

還是陸時禹說：「不是因為這個。」

穆笛又問：「那是因為什麼？」

陸時禹隨意掃了眼面前的幾個年輕人，見一直低頭吃飯的葉栩此時也投來不解的目光，他笑了笑說：「水太深。」

大家一聽，八卦心頓起，開始嘰嘰喳喳地問個不停，可是無論眾人怎麼問，陸時禹就是不說。

這天是假日，吃完了飯也沒什麼事，穆笛和組裡的另一個女生約好去附近逛街，其他人則是各自選擇回家。

陸時禹和葉栩是一個方向，趁著沒有其他人，陸時禹問葉栩：「最近你們有聯絡嗎？」

葉栩心不在焉地問了句：「誰？」

陸時禹說：「別裝傻了，你心裡還想著誰，我問的就是誰。」

葉栩只是若有似無地嘆了口氣，什麼也沒說，見狀，陸時禹也忍不住跟著嘆氣。

片刻後，他頗為同情地拍了拍得力助手的肩膀：「天涯何處無芳草，我看你還是向前看吧。你喜歡什麼樣類型的女孩子，我幫你介紹幾個，我這裡人脈可多著呢，除了『黑白無常』那種的，要什麼類型的人都有。」

葉栩說：「你什麼時候開始這麼關心下屬的私事了？」

陸時禹打趣他：「你又不是一般的下屬，這麼一尊大佛在我手下做事，我肯定要多關心的啊！」

葉栩笑著看他：「我上禮拜高燒到三十九度還在公司加班，你對我的關心就是在大半夜又給我一堆工作，還殷切地囑咐我做完就可以回家了。我當時忘了說謝謝，現在補上。」

陸時禹尷尬笑笑：「好說、好說。」

兩人正夾槍帶棒說著話，葉栩無意間一抬頭，映入眼簾的卻是張有些熟悉的面孔。

那人坐在路邊的一輛黑色轎車裡，車窗降下能看到大半張臉。她雖然換了髮型，但葉栩還是認出來了，對方應該就是多日不見的 Linda。只是讓他意外的是，她人竟然還在北京。

葉栩正要再次確認自己有沒有認錯，對方卻已經將車窗升了起來。

他看了眼那輛車的附近，路邊就是住宅圍牆，沒有店面，車後方倒是有條彎進去的小路。葉栩沒記錯的話，再往裡面走是一家非常低調的私人俱樂部，此時車輛停靠的圍牆也是俱樂部的圍牆。

這麼看來，Linda 倒像是在等人，就是不知道為什麼沒把車開進去，而是停在這裡。

「怎麼了？」陸時禹注意到他的神色不對，順著他的目光看過去，卻沒看到有什麼不對勁的。

葉栩朝他擺了擺手：「我還有事，先走了。」說完他也沒再管陸時禹，逕自往俱樂部的方向走去。

他還沒走近，就看到兩個西裝革履的男人簇擁著一個身材略微發福的中年男人，從俱樂部大門的走了出來。

大概是因為喝了酒，幾個人說話的聲音都不小，葉栩仔細聆聽了一下，可惜就是一些職場生意上的客套話。幾個男人又是一番稱兄道弟後，最後那兩個年輕人才把那個稍微發福的中年男人送上車。

安頓好男人，他們還不忘和駕駛座開車的人打招呼：「嫂子辛苦了。」

車子緩緩發動，漸漸走遠，那兩個男人也轉身往俱樂部的方向返回。

葉栩朝著車子離開的方向不禁皺了皺眉。

看身形，葉栩就大概猜得出來，這個人和他之前在Linda辦公室外看到的那個人應該是同一個。可是讓他困惑的是，他總覺得那個人有點眼熟，在U記看到的那一次，肯定不是他第一次見到他。

雖然他無論如何也想不起來在哪裡見過那個人，但這一次他沒花太多時間就想到了對方的身分。

這還多虧了北右最近的不低調行事，時不時就有管理層的人在財經節目露面，所以他沒記錯的話，之前在Linda辦公室外見到的人，也就是那個剛才被送上車的男人，正是北右集團的副總李英才。

這樣一來，阿奇法、北右以及U記之間的事情，就有些微妙了。

阿奇法原本就是Linda的客戶，對阿奇法的情況她應該比誰都清楚，可是她和北右之間既然有了李英才這層關係，那又怎麼可能眼睜睜地看著北右的錢打水漂呢？

葉栩猜測，或許北右一開始就是知情的，可是明明知道阿奇法是個深不見底的陷阱，北右卻還偏要往裡面跳又是為了什麼？雖然幾億對北右不算什麼，但這麼做總有原因吧。

晚上回到家後，葉栩坐下來的第一件事就是打開電腦，上網找到北右近兩年的財報。葉栩聯想起北右最近解聘原先合作的會計師事務所的事，他直覺北右並不是那麼循規蹈矩、安分守己的公司。

他注意到之前的事務所出具的北右內部控制審計報告中顯示，公司財務報告的內部控制中存在著重大缺陷：「財務部門與業務部門缺乏溝通，可能對財務報表中存貨等產生重大影響。」

雖然就是這麼簡單的一句強調事項，但是根據葉栩的經驗來看，真實情況遠不止這句話所表達的那麼簡單，不過這家事務所依舊對北右二〇〇七年年報給出「標準無保留意見」的審計結果。

可惜的是，報告發布沒多久，這家事務所依舊難逃被解聘的命運，但也就是這一點，才是耐人尋味的地方。

葉栩大膽猜測，北右解聘之前的事務所，絕對不是對外所說的費用問題，應該是北右內部存在某些問題，而之前的事務所也不願再幫北右遮掩，這才不得不分道揚鑣。

葉栩想起來，自己有位學長正好就在那家被北右解聘的事務所工作，之前聊天時還聽他偶然提過一次，好像他也參與了北右的年審工作。

葉栩的這位學長讀書時和他關係不錯，聽葉栩打聽北右的事情以為他們也在準備投標。

「U記也要參與投標嗎？那其他所還要參與嗎？」學長調侃道。

葉栩說：「目前也是處於初步接洽的階段，最後鹿死誰手還不確定。」

學長說：「你就不用謙虛了，U記聲名遠播，起點就比別人高，不過你打聽這個，後續萬一談下來了，是你來跟嗎？」

「不一定，要看老闆安排。」

「那只能祝福你了。」學長諱莫如深地說。

葉栩笑：「什麼意思？」

因為是對葉栩說，學長也就不避諱什麼：「北右真的是我見過最棘手的客戶，從財務總監到總帳會計都是出了名的難搞，前兩年跟這個專案的人到後面都不想做了，我才被迫過去。」

葉栩狀似無意地問：「不願意配合總有個原因吧？是不是你們得罪了他們什麼人？」

「聽說他們財務總監和我們老闆有點不對盤。」學長不屑地笑了笑，「不過都合作這麼多年了，以前就沒事，後來這幾年就愈來愈不合了？」

葉栩說：「可能是工作上有分歧吧。」

學長冷笑：「都照規矩來還能有什麼分歧？」

葉栩知道後面的話就不方便明說了，所以他也沒有繼續追問，而是換了個輕鬆的話題聊了幾句，稍微寒暄一下就掛斷了電話。

葉栩回到電腦前，又找了一些北右近幾年的新聞，還有關於李英才的報導。不搜還不知道，一搜才發現北右迅速壯大其實是有跡可尋的。

北右的業務範圍非常廣，醫藥、食品加工、機械加工……能想到的領域他們幾乎都有涉獵，而近兩年來主要發展的就是智慧電子產品。

葉栩注意了一下北右新產品發布的時間，還有相應各行業當年的市場動向，竟然意外發現北右每一次拓展新領域的動作都在競爭對手之前，而且每一次都是以少量投入賺取巨額的利潤，其決策者的眼光和膽識可以說是又准又狠了。

然而巧的是，這些投資專案的具體決策者是誰無從得知，但是這些投資專案的負責人都是李英才。當然，這也可能與公司職務的分工有關，但也不排除其他原因。

第二天一早，葉栩就找到陸時禹，開門見山地直接問他：「北右那邊你之前有聯絡過嗎？」

陸時禹聞言有些意外地看向他：「嫌工作太少嗎？」

這就是已經知道葉栩想做什麼，但明顯不贊成了。

葉栩逕自在陸時禹對面的椅子上坐下，雙手交疊徐徐地說：「新官上任，你不是要業績嗎？」

陸時禹笑：「你什麼時候這麼替我著想了？」

葉栩面不改色：「自從你搞定我的老同學以後。」

礙於陸時禹和穆笛的上下級關係，兩個人暫時沒有公開戀情的打算，公司裡知情的人也就只有葉栩一個人。

陸時禹和穆笛都不把他當外人，而且時間一久，難免會有需要他幫忙掩護的時候。平常葉栩是不會拿這件事出來說的，但是像今天這樣絕對不是隨口一提，明顯有著威脅陸時禹的意思。

陸時禹「嘶」的一聲像是牙疼，無奈地問：「你怎麼就盯上北右了？你要是能把這個心思放在別的地方，我肯定高興都來不及了，但是像北右這樣的公司還是算了吧，別給自己找麻煩。」

葉栩不為所動：「麻煩也是他們麻煩，跟我們有什麼關係？我們只負責如實披露。」

陸時禹冷笑一聲：「就你這個態度，北右就不可能讓我們做。為什麼解聘原來的事務所難道你不知道嗎？」

「所以你是確定不參與競標了？」

陸時禹頭也不抬地說：「對、確定。」

辦公室裡安靜了片刻，葉栩又說：「那你看現在和他們接洽的幾家事務所裡，哪家最有希望？」

陸時禹警惕起來：「你想幹什麼？」

葉栩靠著椅背長腿一伸，似笑非笑地說：「哪家有希望，我就考慮投履歷到那家。」

又是「嘶」的一聲，這一次陸時禹是真的牙疼了。

他問葉栩：「是不是聽到什麼風聲就想去行俠仗義了？我勸你還是別太天真了。先不說這個專案輪不輪得到我們做，就算是我們來做，人家那麼大的公司，而你一個小小胳膊，還想拗過大腿是怎樣？」

葉栩依舊是那副無所謂的表情：「這不是還有你嗎？」

陸時禹突然覺得，不光是牙疼，連頭也開始疼了：「我現在懷疑你是 Maggie 留在我身邊替她報仇的了。」

葉栩不說話，就等著他做決定。

陸時禹揉了揉腦袋，顯然沒打算這麼快就妥協。

他索性直截了當地說了：「你是懷疑北右投資阿奇法那件事情有陰謀嗎？我知道你替美希抱不平，但我勸你還是別抓著這件事不放了，沒有什麼好結果。」

見葉栩不說話，他繼續道：「就算北右真的有什麼不老實的地方，這次的投資也不會有什麼大問題。再說 Maggie 也不是一點過失都沒有，在職場上打滾，誰還不是會受點委屈……」

陸時禹還想再勸葉栩幾句，葉栩卻突然開口了：「李英才這個人你接觸過嗎？」

陸時禹愣了一下：「你是說北右集團的副總？集團副總的層級不低，我們一般不會接觸。我們能接觸到的都是下面的業務部門，比如投資部、財務部這些。」

葉栩點了點頭：「不過我在公司見過他。」

「李英才？什麼時候、怎麼可能？」這次換陸時禹驚訝了。

見陸時禹是這個反應，葉栩滿意了，繼續說道：「我聽說 Linda 那時候有個身分神祕的男朋友。」

陸時禹怔怔地：「你的意思是……他們兩個？」

葉栩笑，曲起手指在他面前的桌上輕輕叩了叩：「要不然你再找你那位老同學確認一下？」

「季陽也知道這件事？」

葉栩覺得該說的都說得差不多了，於是長腿一收，站起身來：「北右的相關資料我已經整理好mail到你的信箱了，至於要不要蹚這渾水，老闆你好好考慮一下吧。」

葉栩走後，陸時禹出了好一會兒神。他原本以為，江美希的事情要怪只能怪她道行太淺被阿奇法算計了，但如果事情真的像葉栩所說的那樣，李英才和Linda的關係匪淺，那這件事就挺耐人尋味了，畢竟被自己人算計和被別人算計是兩回事。

想到這裡，陸時禹立刻拿起桌上的電話，打算打給季陽問問情況，但號碼撥到一半，他又猶豫了。

如果季陽知情，他為什麼不提醒江美希，還是已經提醒過了她不聽？可是如果話說清楚了，江美希也沒有理由不聽。那麼就只有一種可能性，季陽並沒有提醒江美希，或者是沒有明確提醒她。但是以他對她的瞭解，怎麼會想不到這種事一旦被發現，會對她造成什麼樣的打擊呢？

陸時禹的心情不由得有些煩躁，此時不經意地抬起頭，就看到穆笛端著杯有點滿的咖啡，正顫顫巍巍地從他們前走過。那專心致志缺心眼的模樣還真是獨樹一幟，可是在他看來別有一番可愛。

望著小女友漸漸遠去的纖瘦身影，陸時禹悠悠地嘆了口氣。先不說氣場有多不一樣，但是那與生俱來的天真模樣，穆笛和她那個小阿姨的確是如出一轍啊。

第九章　一生中最愛

在廈門和林濤分別後，江美希很快便回到了北京，在老同學王芸的引薦下見到了雲信會計師事務所的創始人李信。

雖然她和李信學長是第一次見面，但是有王芸在，也不怕冷場。大家又都是財經大學畢業的，從學生時代一直聊到這幾年的行業現狀，甚至說起阿奇法事件。

江美希和王芸一直是有在聯繫的，彼此知根、知底，知道她跟自己在很多方面都能達成共識，這也是她考慮加入雲信的主要原因。然而真正讓她驚喜的是，李信竟然也和她們一樣，對這一行有一樣的擔憂，也有一樣的抱負。這樣比較起來，她自己倒顯得被動很多，不像他們，想到就真的去做了。

江美希發現自己很久沒有說過這麼多話了，突然有點感激王芸一直記著她這號人物，甚至感激阿奇法這件事。如果沒有這件事，她恐怕還沒有決心走出來。

雲信目前合夥人有十八位，大合夥人只有李信和王芸兩個人，他們對江美希也非常有誠意，只要她肯加入，就是和王芸一樣是大合夥人。

江美希沒有考慮太久，就選擇加入了雲信會計師事務所。

江美希來到雲信後，負責的第一件事就是大學生秋季校園招募。

因為李信在外出差，王芸剛好也有個專案投標分身乏術，隨便找個專案經理去也不是不可以，不過這麼多年來雲信的老傳統就是——這種場合無論如何都一定要大老闆出面，所以幾個人商量了一下，就決定讓江美希負責。

其實讓她負責這件事，李信和王芸也有所顧慮。畢竟阿奇法事件之後，江美希的身分有點敏感，像校園演講這種事無疑是再次把她推到眾人面前，除了擔心她情緒受到影響，也擔心影響招募效果。

江美希的看法是，就算她不去，大家也不難查到雲信多了個有汙點的合夥人，與其讓別人瞎猜，還不如直接擺在檯面上有話直說。

所以繼上次四年前的演講，她第二次站到了財經大學的講臺上。

江美希在自己的學弟、學妹裡一直都有不小的聲望，上學時是因為季陽，畢業後是因為她拚命三郎的作風在圈子裡漸漸有了名氣。

她是U記裡晉升最快的會計師，又差一點成為U記最年輕的合夥人，然而所有的正面消息都不如負面新聞傳得快。

阿奇法事件鬧得沸沸揚揚，因為事關行業內最大的外資事務所還有江美希，這件事從發生到結束，包括每一個與之相關的細枝末節，校內BBS上都有人在跟風轉帖關注，這樣一來，原本不知道江美希的人也都知道了。

江美希站在教室的講臺上，分明看到臺下學生交頭接耳、竊竊私語，有人甚至悄悄打開了手機相機對準講臺的方向，她就當作沒看見。

演講開始，她首先介紹了雲信會計師事務所，用不到二十分鐘的時間便中規中矩地把下屬為她準備的簡報唸完，講完這些，她闔上筆電，掃視臺下的眾人。

「你們認為審計是什麼？」

臺下眾人無不面面相覷，似乎不知道為什麼她會突然問起這麼簡單的問題。

江美希自問自答：「在我剛入行的那兩年，我認為審計就是一個數字核對與勾稽[14]的過程。當我成為專案經理後，我發現那些數字要表達的不再是一個簡簡單單的數字，這時候的審計就是一個透過數字來發現問題的過程。其實大部分的審計師最後都停留在這個階段，這其中有些人很幸運，因為這些就足夠他們在這個行業中生存下去。但是並不是所有人都能這麼幸運，我們的立場其實非常尷尬，是乙方，但又是個不能全聽甲方擺布的乙方。在唯利是圖的資本市場下，每一個數字都代表著一方利益，有利益爭鬥的地方，不流血也是險象環生，學藝不精就會萬劫不復。相信你們都知道阿奇法事件，我就是個很好的例子。」

眾人都沒想到她會主動提起阿奇法事件，頓時一片譁然。

江美希從口袋中拿出一張印好資料的紙展開，沒什麼情緒地念出上面的內容：「去年三月二十八日，我將二〇〇七年的財報發給了阿奇法。不久，北右集團參考了我們當年出具的年審報告，決定投資；五月，我們替北右完成盡職調查報告，在這期間，對阿奇法的財務狀況調查，主要參考了當年的財報數據。那次北右和阿奇法的合作很順利，阿奇法很快收到北右的五．八億元投資款。但是在短短

14 勾稽：兩份資料相互對比，查看內容是否相符，並透過驗算、查看憑證等方式確認資料的正確性。

幾個月後，十一月阿奇法開始爆出經營不善、負債累累的消息；十二月事情愈演愈烈，證監會介入調查。今年三月，你們就看到了調查結果。」

江美希放下那張紙，抬頭看向眾人：「我知道有不少事務所或者專案經理甘願充當企業的遮羞布，甚至有人說就是我聯合阿奇法打算瞞天過海騙取投資人的錢。然而不管內情如何，這件事情至少說明了一點——天下沒有不透風的牆。短短幾個月，證監會的動作非常迅速猛烈，很快就有了調查結果。而且我相信，在未來，證監會對這類事情的監管會更嚴謹、懲罰會更嚴厲。在這種情況下，再想替甲方遮掩什麼，那冒的風險可就大了。這真的只是一份工作而已，賣力很好，賣命就算了。」

有人率先笑出聲來，其他人也跟著笑了起來，教室裡的氣氛總算有所緩和。

江美希繼續說道：「企業的舞弊手段愈來愈高，在這種情況下，審計擔任的究竟是什麼樣的角色呢？我認為審計應該是在風險導向理念[15]中全面瞭解企業的過程……」

江美希洋洋灑灑講述著自己從U記離開後這段時間裡反思出來的想法，臺下學生們也都聽得入神，先前那種看好戲的心態早被拋諸腦後了。他們從江美希的話裡瞭解到了審計工作的另一面，這和那些剛畢業的學長姊說的完全是不同層次。

她講完之後，看著臺下的眾人：「接下來是提問時間，你們有想瞭解什麼相關的事情，都可以問我。」

眾人安靜片刻，此時前排一個女孩子舉起手來。其實江美希剛才就注意到了，在別人都認真聽講

---

15 風險導向理念：會計師對公司進行風險評估，接著將公司潛在風險降低至可接受範圍。

的時候，她臉上還掛著那種不屑的笑容，但江美希還是點了她，請她提問。

女孩依舊坐著，並沒有起立的意思：「那妳從以前的U記跳槽到現在的雲信，是退而求其次的選擇嗎？」

這個問題帶有明顯的攻擊性，就是暗指江美希在阿奇法事件後走投無路，這才不得已離開U記，選擇了一個內資事務所。

跟江美希一起來的公司同事聽到女孩這麼問，立刻有點不高興地站了起來。可是江美希只是給了下屬一個安撫的眼神，然後朝那女孩笑了笑，不慌不忙地回答說：「妳看，妳這句話說得我們公司的同事都不高興了。如果說我選擇到雲信工作是退而求其次，那就是承認了雲信不如U記。確實，從整體實力上看，現在的內資事務所和U記這樣的老牌事務所是無法比較的，但是哪家更好也是要看對誰而言，就對今年的畢業生而言，在我看來雲信和U記就各有千秋。今年我們對新員工從培養到待遇上都有相應的變動，也就是說，選擇來雲信工作的同學在收入上不會再比U記的同學低，而且雲信所有面對新員工的培訓，都是比照U記的。至於大家未來在公司內的成長，我也不能保證什麼，但有一點是有目共睹的——我們雲信除了我以外，現任十八名合夥人全部都是勞苦功高、為公司奉獻多年的同事。除此之外，從事務所的長遠發展來看，這幾年國家出了不少利於內資所發展壯大的政策，而且目前仍然是這個趨勢。所以在未來，好的內資事務所其發展也是不可估量的，無論是從現階段的新人待遇來看還是從未來發展來看，雲信對個人而言都是個不錯的選擇。」

江美希話音未落，臺下眾人就小聲討論了起來。

以前大家選擇外資所，很大一部分原因是因為外資所的薪水待遇高，現在內資所的待遇也提高了，那這麼似乎去雲信也是個不錯的選擇。

先前提問的那個女孩笑了笑說：「這麼說，那大家都不用去U記這種大公司，都去雲信就好了？」

這個態度實在算不上有禮貌，但江美希依舊好涵養地回答說：「這個還是看個人選擇。不過看妳剛才對我的情況似乎很感興趣，那我就多說一點。我的經歷，其實一般人不用參考，打個比方，如果妳犯了跟我一樣的錯誤，那也不能期待有跟我一樣的際遇。一是妳沒辦法讓U記在大幅度裁員的情況下還想著留妳為U記賺錢，二是妳沒有一個一直想挖腳妳當合夥人的老同學，所以妳能做的就是在以後的工作中不要犯錯。」

所以她從U記離開選擇加入雲信，這究竟是被迫還是意願，這幾句話就解釋得清清楚楚了。

那女孩聽了只是笑笑，江美希也不再理她，開始回答其他人的問題。

不出意料，江美希這次的演講影片又被發到了財經大學的BBS上，頓時引來眾人的議論與關注。不過眾人的言論不再像之前那樣一面倒了，她雖然完全沒替自己的錯誤辯駁，卻讓愈來愈多人對她改觀。至於她提到的風險導向理念和未來內資所的發展，甚至被學院裡的某個教授當作題目來請學生們一起討論研究。

葉栩打開穆笛傳來的影片網址默默看了兩遍，不由得勾了勾嘴角。

陸時禹從外面回來時，看到葉栩的電腦螢幕還停留在一個影片網站上。

陸時禹不由得皺眉：「馬上輪到我們講標了，你怎麼還有時間看影片？」

葉栩慢條斯理地保存網頁，闔上電腦：「走個過場而已，最後能不能得標還得看你。」

「你是不把我推進火坑不甘心吧？」

葉栩笑得很無害：「這怎麼能算火坑呢？富貴險中求啊。」

就在此時，飯店會議室的服務人員進去添加茶水，坐在會議主位上的中年男人正專注地看著會議文件，他面前的桌牌上寫著他的名字：李英才。

等會議室的門再度闔上，陸時禹嘖嘖感慨：「真的看不出來，他會跑到我們辦公室去……」

當時的情形葉栩並沒有說明，但陸時禹這種人精，瞬間就猜出個大概來。

葉栩收回視線沒有作聲，陸時禹還記得要八卦：「也不知道 Linda 怎麼想的，這李英才不是有老婆嗎？平常那麼強勢的一個人，在這種事情上怎麼能忍受？」

葉栩握著滑鼠的手不由得一頓，似乎想到了什麼。

陸時禹注意到了，問：「怎麼了？」

「沒什麼。」

葉栩說得沒錯，投標的過程的確就是走個過場。在此之前，陸時禹約了那位財務總監幾次，對方一開始還是一副公事公辦的模樣，後來試探了陸時禹幾次，他都一副「您說什麼就是什麼」的恭順態度，對方就漸漸有些動搖了。

至於價格，陸時禹也沒照常理出牌，並沒有為了中標而降低價格，反而報了個比市場價格至少多出八十萬的價位。按照他的意思就是，這樣報價才會讓對方認為這裡面包含了某些不可言說的額外服務，他還特地把這個價格透露給了競標的其他幾家，有底氣的大所也就都把價格往上抬，雖然還是陸時禹的報價最高，但也和其他人相差無幾，最後中標也不會顯得那麼明顯。

所以葉栩打趣他富貴險中求一點也不假，就是不知道那位財務總監最後發現事情沒辦成，錢還多花了，會是什麼樣的心情。

「不過你也別抱太大的希望，就算是給我們機會去查北右的帳，對阿奇法那件事也於事無補。」

葉栩說：「我知道。」

Amy自己沒有理由也沒有能力替阿奇法遮掩，所以只能是授意於Linda。而Linda和李英才的關係匪淺，她不可能任由李英才決策的投資失利，也就是說，北右是明知道阿奇法有問題，卻還是執意投資，這肯定有他們的目的。

至於他們的目的是什麼，看最後北右會從這次「失敗」的投資中得到了什麼，也就不難猜了，而阿奇法之所以會落得破產的地步，除了家底太薄以外，最後的催命符其實就是強行收購了芯薪。

葉栩想到芯薪上市前，江美希收到的那封簡訊，或許很早以前事情就已經有了苗頭。

這其中有兩個人或許可以作為突破口，一個是Amy，另 個就是和他稍微有點過節的前芯薪財務總監王明。

北右的招標結果，不出意料是U記中標。其實有心人會注意到，北右對阿奇法的投資失利，U記自然難辭其咎。在這種情況下，本不該由U記中標，但是北右自己都不提，其他人也就不會多說什麼。

Amy暫時還沒有下落，但聽說王明在阿奇法破產後沒有繼續留在上海，而是回了南京老家。

投標的事情塵埃落定，葉栩藉著去上海出差的空當特地繞道去了趟南京，按照地址找到王明住的那個社區。

這是近幾年新開的建案，看起來房屋品質不錯，周圍配套也算方便。社區的側門外就有一個菜市場，葉栩下車的地方就在附近。說來也巧，他剛下車，就聽到有個熟悉的聲音。

時隔這麼久，葉栩還能從這麼嘈雜的聲音中辨別出那位王總的聲音，也是多虧他的聲音獨特。他是那種雖然聲音有點沙啞，但穿透力極強的嗓音。

葉栩回頭掃了眼幾公尺外的菜市場，正看到那位昔日的王總在和菜市場門口的一個小攤販討價還價，看來之前虧心錢雖然沒少賺，但突然丟了飯碗也只能在這些雞毛蒜皮的小錢上斤斤計較了。

葉栩看著就笑了，冤家路窄，正好省得他進社區裡找人，於是從口袋摸出根菸點上，邊抽邊等著王明討價還價完走出菜市場。

王明拎著幾個袋子往自家社區走，老遠就感覺到前面那個年輕人一直在盯著自己看。一開始他也不在意，走近了發現那個人還在看他，而且看他的眼神中滿是戲謔和不屑。

不知道是在哪裡見過，他覺得這人有點眼熟，再聯想最近發生的事情，不免害怕起來，該不是哪個被阿奇法坑了的傢伙不長眼地來找他討債了吧？

想到這裡，他低頭加快腳步，但他剛走過年輕人的身側，就感覺到肩上一沉。

「王總，別來無恙啊！」

這聲音也很熟悉，王明強撐著場面皺眉問：「你誰啊？」

葉栩手指間夾著半支菸，低頭瞥了眼他拎著東西的手，狀似隨意地彈了彈煙灰，那煙灰簌簌落下，正好落在王明的手背上。

他突然就想起了似曾相識的一幕，雖然那些煙灰沒什麼溫度，但他還是嚇得猛然收回了手。

葉栩笑：「這樣總該想起來了吧？」

「是你……」

不是來找他討債的，王明稍稍鬆了口氣，但也不敢掉以輕心，畢竟從認識這人時就覺得他身上透著點邪氣，他來找自己即使不是討債也准沒好事。

葉栩把他臉上變幻莫測的表情看在眼裡，故意問：「不然你以為是誰？找阿奇法討債的？」

王明冷哼一聲：「阿奇法的事情跟我有什麼關係？冤有頭、債有主，要找也該去找北右集團！」

葉栩點頭：「我覺得也是，不過有些事還是得問問你。」

「我沒什麼好跟你說的，再騷擾我，我就報警了！」說著，王明就要離開。

葉栩也不著急，不疾不徐地說：「北右翻臉不認人，債主們正討債無門呢，您好歹也被余淮重用過那麼長的時間，不知道債主們是不是也想見見您老人家。」

王明恨得牙癢癢，但還是怕他把自己的地址告訴那些債主，那自己安穩的日子也就沒了。

葉栩見他停下腳步，微笑道：「就幾句話，不會耽誤你太久的時間。」

王明嘆了口氣說：「你要問什麼就一次問完吧，以後別再來找我了。」

「那就要看你今天給的答案有沒有誠意了。」

兩人也沒走遠，就在旁邊的飲料店裡買了兩杯優酪乳，坐下來邊喝邊聊。

原來，阿奇法要收購芯薪是因為得到消息說政府會大力支持智慧型手機的研發製作，而且從國際市場來看，未來的國內市場也會是這個趨勢。照這樣下去，別看諾基亞現在還有著巨大的市場占有率，以後能不能存活都是問題。但是研發智慧型手機，處理器晶片是個問題，國內市場有這個研發能力的公司屈指可數，而芯薪就是其中一家。

葉栩皺眉：「從國際市場推斷國內市場趨勢這個我理解，可是政府要公開的相關福利政策也是最近才有個雛形，一年多前阿奇法是從哪得到的消息？」

王明說：「那就不清楚了，余淮人脈廣，相關部門也有熟人，透露點風聲就夠了。」

葉栩點頭，難怪余淮願意傾其所有收購芯薪，原來是想著日後必定能回本，甚至可以靠著對未來智慧型手機市場的壟斷讓阿奇法躋身於一流大企業的行列。

葉栩說：「我聽說林濤原本沒有上市的打算，是聽了朋友慫恿才動了上市的念頭，這件事你知不知道？」

王明輕咳一聲：「什麼叫慫恿？上市肯定是為了公司更好的發展，他林濤就只會專研技術，我們其他股東還得養家糊口！」

王明雖然沒有明說，但葉栩已經猜到個大概：「所以你早在芯薪上市之前就認識了余淮？而你之所以認識余淮，就是因為他打了芯薪的主意？」

王明沒有否認。

葉栩繼續猜道：「可是林濤手中握有公司絕大部分的股份，他又是個對股份很看重的人，不會輕易拿出來。那麼只有通過芯薪上市這條路，余淮才能伺機突破把手伸進芯薪內部去，所以就唆使你去煽動林濤？」

王明明顯愣了一下，像是有點意外會被葉栩猜到，但也沒有反駁。

而葉栩也不是憑空猜想，王明在芯薪已經是一人之下的地位了，後來去了阿奇法也不比在芯薪時的待遇更好。但是他不惜背叛老友，冒著風險在關鍵時刻倒戈，葉栩猜測這其中除了利益誘惑，還有一點就是新老闆可靠。這麼一分析下來，王明和余淮肯定也是早就認識了。

葉栩接著問：「芯薪上市前我聽說仲介機構一直定不下來，應該是有人搗亂，這事你知不知道？」

這次王明回答得很痛快：「這件事我也覺得有點奇怪，不過究竟是誰在搗亂也不好說。我猜有可能是芯薪的老東家華誠，華誠的老闆就見不得芯薪好。」

說起這個華誠也有點意思，因為阿奇法事件，江美希受到牽連，所以葉栩就把和阿奇法、北右相關的所有公司都列了出來，追蹤了一段時間。

這時他才注意到北右早在投資阿奇法之前就投資了華誠，而那時候芯薪剛從華誠內部出來。華誠這幾年的業績並不理想，產品技術落後，幾乎沒有讓金主北右賺到什麼錢，這樣下去用不了多久，市場上可能就會沒有華誠這個品牌了。

葉栩想了一下說：「余淮知不知道芯薪上市前的小波折？」

王明詫異：「你懷疑余淮？」

「不能嗎？」葉栩挑眉，「搗亂的人除了想阻礙阿奇法上市，還有一種可能，無非就是想發出一些對芯薪不利的消息，雖然不影響芯薪上市，但是影響了芯薪的估值[16]。這樣一來，日後收購起來就可以少花點錢。」

事實上也確實是如此，當時因為林濤在業界口碑不好，仲介公司又頻頻更換，的確影響到了芯薪的估值。如今看來，當時那點風波有可能未必是華誠搗亂，更像是阿奇法的手筆。

王明知道的事情也有限，他自己無非就是商人逐利過程中的一枚棋子罷了。而他知道的那些，葉栩也早就猜到了大概，見他一面就是想當面確認一下而已，不過葉栩並非沒有新的收穫。

從南京回北京的路上，葉栩在想，當時阿奇法不惜負債累累也對芯薪勢在必得，看來王明說的那個內部消息應該千真萬確。

那麼北右是不是也得到了類似的消息？所以北右才會在此之前投資華誠，結果發現核心技術人員離開後的華誠並沒有研發新產品的實力，這才又在明知道阿奇法財務狀況不好的前提下毅然選擇投資，就等阿奇法東窗事發，然後以大股東的身分接手阿奇法的資產，其中自然也就包含了芯薪的技術。

這麼一來，那兩封分別遞到U記高層和證監會的舉報信，就很有可能是出自北右之手，準確地說是李英才之手，畢竟阿奇法多撐一天，北右就多一天風險存在。

還真是螳螂捕蟬、黃雀在後，誰能想到被眾人同情的「接盤俠」，其實就是那隻黃雀呢？

可是這樣黑吃黑說來也可恨，但北右和阿奇法不同，一連串的操作行為合情合理又合法，就算明知道真相是這樣，也拿他們沒辦法。要說最大的問題，可能也就是身為副總的李英才和身為U記合夥

16 估值：指以公司資產以及其獲利能力進行評估而來的價值。

人的Linda關係過於密切。可是現在Linda已經辭職，這一點就算不上是什麼大問題。

機艙外雲層疊繞，葉栩閉上眼睛，又想起多日未見的江美希。

她被信任多年的人利用，吃了個悶虧，如今看來也不想再追究什麼了。但是真實情況和外界猜測的情況是完全不同的，而且這樣的名聲恐怕會在她日後的工作上添不少麻煩。

想到這裡，他不由得有些生氣，想著就算她自己不想繼續追究，他也會讓真相公諸於世！

二〇〇八年七月，蘋果公司推出iPhone 3G，自此智慧型手機開啟了新的時代，風潮波及國內市場，國內的手機開發商也開始迅速轉型。然而智慧型手機的作業系統對處理器的要求很高，國內雖然有不少晶片公司，但是具有研發手機處理器的公司卻屈指可數。

芯薪早在還是華誠的研發部時就開始自主研發晶片，不過在此之前，芯薪研發的晶片主要用於配套網路和影片應用，直到脫離了華誠後，林濤開始主張開發一款用於智慧型手機上的處理器KS3C。

也不知道是不是因為這個原因，阿奇法在出現危機前曾對媒體透露，公司正在開發智慧型手機，這其實也是讓阿奇法走向衰敗的一個關鍵性決策。

不過阿奇法沒有完成的事，都有北右來替它完成了。聽說北右也在緊鑼密鼓地籌備新產品上市的事情，如果沒有意外的話，應該會在第二年春天發布消息。

而U記在這半年的時間裡，經歷了最初的動盪後再度回歸平靜。進入旺季後，審計業務沒有像最初預想的那般大幅度縮水，但是裁員之後的審計人員僅僅是過去的七成左右，留下來的每個人工作量幾乎翻倍。

公司眾人從人心惶惶變得怨聲載道，但是公司裡最重要的部門，陸時禹治下的審計一組，在這種情況下卻依舊井然有序，不僅如此，陸時禹的業績更是超過了前任合夥人 Linda。

公司把他的成績看在眼裡，開始大力重用他。

陸時禹的職務分工有了針對性的變化，在專案管理方面他介入得比較少，主要分管市場開拓的相關工作。

與此同時，葉栩在他的舉薦下又跳一級，沒意外的話，應該會在明年升任專案經理。

又是一天加班深夜，陸時禹看完底稿伸了個懶腰，看了下日曆，算著葉栩入駐北右已經有段時間了，要查出帳面有問題也應該查出來了。

眼下剛過十一點，陸時禹猜想他應該還在工作，便撥了個電話給葉栩。

果然葉栩還在北右的會議室裡加班，接到電話後，他從會議室裡出來，走到一個角落裡才問：「有事？」

「有問題嗎？」陸時禹問。

葉栩頓了一下說：「有一點。」

陸時禹知道有些話不方便在電話裡說，於是說：「明天能抽個幾個小時出來嗎？有家客戶有 IPO 的需求，正好你跟我一起去聊一下。」

葉栩大概猜得到他是要問北右的情況，爽快地答應了。

江美希加入雲信後，除了她自己帶去雲信的客戶之外，李信也逐漸把一些他自己做不過來的業務分給她做。

這天正好有位客戶來北京出差，李信就與對方約時間見面，想要藉此機會把江美希引薦給對方。

這位客戶就住在王府井附近的希爾頓飯店，於是見面地點也就約在了飯店附設的咖啡廳。

見面之後，幾個人暢所欲言，尤其對方以前也是外資所出身，和江美希的處事風格倒是很相似，所以兩人非常聊得來。要不是因為之後客戶還有別的安排，江美希還打算請對方吃個晚餐。

最後雖然晚餐沒有吃成，但從咖啡廳出來時，江美希的心情還是挺不錯的，直到在飯店大廳裡遇到了陸時禹和葉栩。

這還是從潑油漆事件後，江美希第一次遇到葉栩。

在閒暇時刻經常想到的人、午夜夢迴經常夢到的人再次出現在自己面前時，竟然是這樣的感覺。

兩人視線相觸，江美希不由得停下腳步，情緒有些難以控制，然而比起她的失態，葉栩的臉上卻沒有任何情緒浮動的痕跡。

他的神情還是一貫的漠然，目光也沒有在她身上多做停留，匆匆掃了一眼便看向她身邊的李信。

江美希迅速收斂起自己的情緒，只是想到上一次分別時說了那麼多絕情的話，再見面時難免尷尬，所幸李信和陸時禹是舊相識，學長、學弟見面還是挺熟稔的樣子。

陸時禹和李信他們兩人打過招呼，又替李信引薦了葉栩。

李信很熱情，可是對比之下，身為後輩的葉栩就顯得過於客氣疏離了。他的態度不冷不熱，一時之間讓除了他以外的幾個人都有些尷尬與不解。

尤其是江美希，她知道葉栩這個人雖然有點桀驁不遜，但大概是從小教養使然，大多數情況下他還是會顧及面子的。就像是在U記時，他雖然為人冷淡，但也只對她一個人不太客氣，可是這一次面對業界聲望和地位都遠遠超過他的李信，照理說他不該是現在這種態度。

李信見他這副態度倒也沒生氣，只是也不再多說，又和陸時禹寒暄了幾句就帶著江美希離開了。直到江美希從葉栩身邊走過，他都沒再多看她一眼。

從飯店出來後，李信似乎是隨口問：「剛才那位學弟妳認識嗎？」

江美希頓了一下說：「以前的下屬。」

李信有點意外地回頭看了一眼，好像在說，看他們剛才的樣子，並不像是昔日上下級的關係，江美希也知道他在意外什麼，只是無奈地笑了下。

李信沒再繼續這個話題，回去的路上卻說：「平常看妳和所裡的同事相處得挺好的，不過每個人性格觀念都不大一樣，偶爾會有那種怎樣都合不來的人，所幸只是舊同事，妳也不用太在意。」

江美希這才意識到，李信是誤以為她和葉栩以前在工作上有過節，這是在安慰她。雖然知道他是誤會了，但她心裡還是挺感動的，索性就順著他的話說：「您說得對，所以現在已經不在意了。」

李信笑：「跟我不用這麼客氣了，我比妳和王芸才大幾歲而已，王芸都直接叫我名字，妳要是願意，叫我聲學長也行。」

江美希笑：「好的、學長。」

說話間，江美希看向窗外，正好路過一片辦公大樓，隔著老遠可以看到為生計奔波的忙碌上班族。在這座城市中，每一個人都在自己的軌道上為了生活衝鋒陷陣，能真正留給自己的時間卻少之又少。停下腳步，躲去角落裡舔舐傷口，這對他們來說是既奢侈又無用的事。

她不由得又想到剛才的葉栩，他向來最懂得得失利弊，或許她還在偷偷緬懷已逝的感情時，他早就已經到達下一站了。

雖然還有不捨，但不得不認命，這或許就是他們最終的歸宿。所幸她還有熱愛的工作，忙碌起來能讓她徹底忘掉自我。

二〇〇九年的春節假期剛過，北右公司市場部負責人向媒體宣布，國內第一款智慧型手機即將在六月問世。

可以想像，北右將以如何強勢的姿態躋身手機市場，而北右的股票又將如何一路飆升。然而，比國內第一款智慧型手機發布更引發眾人關注的，是北右副總李英才不足為外人道的「家事」。

就在北右集團備受關注的風口浪尖時刻，李英才的老婆王瑜卻在網上連發七篇文章，控訴李英才的「七宗罪」，其中就包括他和某知名外企原合夥人的不正當婚外關係，以及他主張策劃的北右某新興材料技術指標造假，騙取國家高額補貼的陰謀。

七篇文章洋洋灑灑加起來數萬字，而且圖文並茂、證據確鑿。文章的最後，王瑜還隱晦提了一下他和某些相關部門人員來往過於親密，似乎暗指他行賄官員，為己謀私。

一時間網路上鬧得沸沸揚揚，網友們一邊調侃副總老婆文筆了得，一邊控訴北右對「韭菜們」太過殘忍，意料之中，北右的股價持續大跌。

面對網上諸多的負面消息，北右官方代言人曾多次闢謠，但都無濟於事。醜聞總是更容易被人信服和傳播，短短幾天的時間，Linda 的老底也被神通廣大的網友挖得徹底。

聰明的人很快就注意到一個奇怪的現象——Linda 之前所在的知名外企不就是U記嗎？U記不就是那個聯合阿奇法騙北右來投資的會計師事務所嗎？一個是集團副總，一個是事務所合夥人，兩個人又是那麼不可言說的親密關係，那麼那場所謂的騙局，究竟是意外還是有人蓄謀已久？

漸漸地，有愈來愈多的人嗅到了陰謀的味道，各式各樣的猜測在網友間流傳著。

就在廣大網友的討論日益白熱化時，有位一直關注此事的秦姓記者找到了一位「內部人士」，並且從這位「內部人士」口中得到了不少線索。

原來 Linda 曾經是江美希的老闆，阿奇法也曾經是 Linda 的客戶，但是不知什麼原因，阿奇法在出事前竟然變成了江美希的客戶，這也就是為什麼最後在財報上簽字的是江美希而非 Linda。而更有意思的是，在阿奇法成功拿到北右的投資款後，Linda 和 Amy 相繼離職，最後東窗事發，Linda 將事情撇得乾乾淨淨，Amy 似乎也被人遺忘了，所以就連最後的證監會上也只有江美希一個人出現。

眾人都不傻，很快就搞清楚這幾人中 Amy 是那個實際做事的人，Linda 和江美希都是老闆的身分，並不直接插手審計的工作，但也絕對有能力操作些什麼。可是究竟是其中一人授意 Amy 幫阿奇法遮掩，還是兩人合謀，這點雖然沒有明確，不過從結果看，事情敗露後，Linda 和 Amy 人間蒸發，卻留下江美希一個人收拾爛攤子，誰在其中避害獲利，誰又遭了殃，這就一目了然了。

後來有人把江美希到財大演講的那次影片發到了討論最熱烈的財經論壇上，並且說：「自從注意到最近網上的這些『祕聞』，怎麼覺得這個人說的每一句話都別有深意，透著無盡委屈呢？」

其他人回覆：「不是委屈，明顯是不屑。」

眾人紛紛附和，對江美希的看法也開始有所改變。

幾天之後那位秦姓記者再度發出一個音檔，讓大家對江美希徹底改觀。

這個音檔是一段錄音，錄的是兩個女人的對話，音質雖然不太好，但還是能清晰地聽到她們的對話內容。

其中一個清冷的女聲說：『實際情況就是這樣，我們只是如實披露。』

另一個較成熟嫵媚的聲音說：『可是從這個賒帳交易看，並不能確定明年他們一定會退貨啊。』

片刻後還是嫵媚的那個說：『我也承認東秦的確有問題，但是看上去還在可控範圍內，就算剔除可能存在的虛假利潤，東秦這家公司也不是無藥可救的。東秦的專案算是個大專案了，之前一直是我們的競爭對手在做，這次難得有合作的機會，妳這個報告一出，對我們雙方的影響都不小。要不然這樣，妳要求他們限期整改，再把他們存在的問題作為強調事項體現在報告中怎麼樣？』

清冷的那個明顯不為所動：『有些問題是可以整改，但虛報利潤這種怎麼整改？』

嫵媚那個似乎不太高興了：『對方好歹是我們的客戶，有些時候雙方有商有量才能繼續合作下去。』

清冷的那個又說：『可是我們為什麼要這麼做？如果無法繼續合作，這也不是我們的責任，而真正犯錯的人可能還不知道他們究竟錯在哪裡。就算這次替他們掩飾過去了，那下一次呢？對於這件事，我的想法是——我的工作就是披露企業真實的財務狀況，至於其他的，不歸我管，我也管不了。』

嫵媚那個明顯沒有什麼耐心了：『妳怎麼就聽不懂，在這種關鍵時刻，和客戶撕破臉對我們都沒有好處，我也是為妳好。』

『我知道。』清冷女聲說，『但我覺得這份報告才是最公平的，改一點都不夠真實。』

嫵媚那位似乎終於妥協了，然後是翻動紙張的聲音，最後嫵媚那位說：『現在高興了？升職名單裡沒有妳的時候，妳可別哭！』

雖然不知道這段錄音檔是怎麼流出來的，但很快有「專業人士」證明這段錄音應該不是造假，而且指出錄音中說話聲音略微清冷的那個人，應該和之前網友之間相傳的演講影片裡的江美希是同一人，光靠這一點，大家就能聽出事情先後。

接著有愈來愈多的U記員工站出來評論說：「之前江美希的業績非常好，本來十拿九穩確定要升任合夥人的，但就是因為阿奇法事件被耽誤了。」

而就在這時候，秦姓記者又發布了一篇文章，文章中有一段分析道：「自從二〇〇六年國家將核心電子元件、高端通用晶片、基礎軟體產品列為重大科技專利之後，各所大學、科研院所開始大力投入晶片研發，其中民生領域中，用於手機端的功能晶片研發正好順應了市場的發展。早在兩年前，國家就在規劃相關的福利政策，從最近一些省部委[17]發布那些針對創新產業的場地免租、廠房建設補助、生

17 省部委：中國大陸國務院之下所屬的部門以及委員會。

產設備退稅等福利政策就可見一斑。據說早期阿奇法強行收購芯薪也是因為得到了『高人』指點，只可惜螳螂捕蟬、黃雀在後，阿奇法在這次收購中元氣大傷，沒有等到新產品問世就因資金鏈斷裂落得破產重組的下場，讓北右用僅僅不到人民幣六億的金額拿到了芯薪的控制權，之前的新產品也改名換姓，變成了北右的新產品。不過目前看來，北右這隻黃雀在搶占國內智慧型手機市場的道路上也並不是那麼一帆風順。」

所以，事情經過究竟是怎麼樣的，綜合大家的爆料，又透過這位記者的精闢分析，事情基本上已經水落石出了。

冒著被警告、被罰款，甚至大好前途盡毀的風險也要爭當客戶的遮羞布，這是正常人會做的事情嗎？說是被虛假財報蒙蔽了雙眼，讓巨額投資款打水漂，但又迅速計畫著靠從破產公司那裡瓜分而來的優良資產壟斷國內新興市場，這真的只是傻人有傻福嗎？

不僅如此，也有人猜測，為什麼大家都對芯薪這麼志在必得？很快就有人注意到，北右早在兩年前就投資了華誠，而華誠正是芯薪昔日的東家。不過投資華誠並沒有給北右帶來太多利潤，從這個角度來說，北右在「不得已」的情況下接手芯薪的控制權，好像也沒有那麼不得已了。這麼說來，無論是之前的阿奇法還是如今的北右，竟然不約而同地對芯薪如此看重，或許都是得到那位「高人」的指點。

這樣的猜測獲得絕大多數網友的認同，各個財經頻道、廣播電臺也開始爭相報導這件事情。

北右官方明顯已經坐不住了，多次闢謠無果後，揚言要走法律途徑抵制造謠者，然而就在這時候，最新出爐的財報卻直接打腫了北右高層的臉。

之前在副總夫人王瑜的爆料中，提到那項高科技材料的生產和銷售被質疑原材料價格過低，連帶著近十億的利潤也被質疑。除此之外，還有公司內部存在著諸多問題，同時大額公司資產去向不明……

最後U記出具的報告是一份「無法表示意見」的報告。

一般審計報告中不會直接出現「否定意見」，所以說「無法表示意見」幾乎就是在告訴投資者，這家公司問題很多，以至於審計師們沒辦法給出具體結論。

這份報告讓在風雨中飄搖了幾個月的北右股價徹底無力回天。

投資者們的血汗錢被套牢，一時之間網上怨聲載道，北右集團各個分公司門前鬧事者不斷，昔日阿奇法面臨的局面再度上演。

葉栩接到電話時，也正好在網上看大家的評論。

秦姓記者笑嘻嘻地問：「表弟，再跟你打聽一些事。你們U記的合夥人當初對阿奇法事件是什麼態度啊？是不是睜一隻眼、閉一隻眼，出事之後才丟個人出來背鍋？」

葉栩笑著說：「你問我江美希、Linda和阿奇法的關係，我照實告訴你了，Linda和Amy的辭職時間，我也記得住大概，但是你讓我猜合夥人的想法，這麼主觀的事情，我就愛莫能助了。」

秦姓記者笑：「別這麼說，之前Linda和李英才的八卦，你幫了我大忙。你什麼時候有時間，我們兩個出來坐坐，順便聊聊你們所的事？」

葉栩說：「你們新聞人不都講究尊重事實嗎？我知道的就那些，你再讓我多說就只能瞎掰了。再說李英才那件事你也不用謝我，我就只是告訴你我在 Linda 辦公室門口見過李英才，後面那些事還是歸功於你自己的調查。不過關於阿奇法的那件事，你要想瞭解更多，有個人或許可以幫忙。」

秦記者立刻來了興致：「誰？」

葉栩拿起桌上的便條紙把上面的地址念給他這位表哥。

秦記者記完後問：「這是誰的地址？」

「Amy。」

秦記者意外：「不是說她人間蒸發了嗎？」

葉栩又看了眼那張便條紙，笑著說：「法治社會，哪來的人間蒸發？她要是沒惹什麼麻煩，自己想清靜那是她的自由，否則如果真的有人想找她，有的是辦法。」

後面的事情，葉栩也沒再過多關心。北右的事情鬧得那麼大，早就有相關部門介入調查了。北右的幾位高層主管、Linda 和 Amy，甚至某位和李英才來往密切的高官陸續被調查，這是意料之中的事，但是讓所有人都意外的是，被調查的人之中竟然還有季陽。不過聽說他被帶走後沒多久就又被放了出來，可能這些事情確實與他無關，也有可能只是暫時找不到證據證明事情和他無關。

不過葉栩已經不關心季陽了，透過這件事情更能說明，他和江美希不是同一路人。

這段時間，江美希倒是一直關注著網路上的動靜，有關阿奇法和北右的事情，她之前也猜到個七、八成，但是當猜測被證實時，她還是挺唏噓的。不過有一點是她沒想到的——竟然會有人錄了她和 Linda 關於東秦的對話。

因為時間有點久，她對那天的一些枝微末節也記不太清楚了。所以那段錄音究竟是誰錄的呢？當時只有她和 Linda 在場，難道是 Linda？

但是這個猜測剛浮現在腦海中馬上就被她否定了，這段錄音發出來對 Linda 一點好處也沒有，她那種利己主義的人一定不會這麼做。

她皺眉想了半天，也沒想到是怎麼回事，於是乾脆不去想了。

難得今天沒什麼事，江美希一下班就離開了公司，因為把車送去維修，只能叫車回家。

剛走到路邊，就看到從旁邊星巴克出來的陸時禹。這地方離U記還有段距離，也不知道他是怎麼跑到這裡來買咖啡的。

陸時禹明顯也看到她了，加快腳步朝她走來。

「你怎麼在這裡？」江美希問。

陸時禹看到正好遇上她了，也就沒特別說自己是專門來找她的，隨口找個理由說：「見客戶路過，妳的車呢？」

「送去修了。」

「哦、等一下還有事嗎？一起吃個飯？」

雖然都是老同學，但他們兩個至今為止還沒單獨吃過飯，那個場景想想都覺得很詭異，所以江美希想都沒想就拒絕了：「我媽在家裡做好飯了。」

陸時禹也不意外，猶豫了一下說：「那我順路送妳回去吧？」

江美希瞥了他一眼：「你哪門子的順路？」

陸時禹嘿嘿一笑：「那就繞路送妳唄，這時候肯定叫不到車。」

江美希猜測陸時禹或許是有話要對自己說，於是也就沒再推託，上了他的車。

兩個人一開始還東拉西扯閒聊，最後話題還是繞到了北右的事件上。

陸時禹說：「我沒想到那件事季陽也插手了。」

江美希沒出聲，阿奇法出事之後，江美希回想起季陽曾經多次提醒她不要參與那件事時，就大概猜到了。

她知道她和季陽在某些方面的理念一直不同，她保守、他激進；她瞻前顧後，生怕有負於誰，他信奉利益至上，大家各憑本事。回想起兩人多年的相處，或許從根本上來說就有問題，在他看來，她固執又單純，可是在她心裡，他何嘗又不是個瘋狂的野心家。

陸時禹說：「他打算回美國了。」

江美希微微挑眉：「那他那家諮詢公司怎麼辦？」

「交給其他合夥人，他退出。」

兩人又是一陣沉默。

過了一會兒，陸時禹又說：「他說走之前想約我們兩個一起吃個飯，妳能去嗎？說是這一次離開，就不一定會再回來了。」

江美希看向窗外，街道上熙來攘往，熱鬧非凡，但來來往往才是人生常態，既然有些人註定沒緣分，又何必徒增煩惱。

片刻後，她說：「我最近挺忙的。」

陸時禹也沒再說什麼，好像對她的拒絕早有預料似的。

陸時禹很快又想到什麼，說：「哦、對了，我前幾天見到 Linda 了，你們真的都沒有再聯絡了？」

江美希說：「沒有了。」

陸時禹嘆氣：「要我說啊，這女人一旦面對感情上的事情，就有點不理智了，哪怕是 Linda 這樣的人，也無法倖免啊。」

有時候江美希會想，人和人之間都有所謂的緣分。她跟季陽的緣分已經到了盡頭，她跟 Linda 或許也是。

其實她原本還很慶幸人生中遇到 Linda 這麼樣的一個人，感激她曾經在她絕望時拉她一把，在她迷失時給她指路，在她踽踽獨行的這幾年，她充當了陪她走一程的那個人。但是亦師亦友的情分最終抵不過失望，她失望於她不再是那個一直被她視為榜樣的人，更失望於她親手打破那些她們原本一同堅守的信念。

她教會她如何保持懷疑的職業精神，可是最終她因為從未懷疑過她而輸得慘烈。

資本市場的守門人……她以為那就是她的立場，現在看來也不知道她是隨便說說，還是這幾年來漸漸變了。

江美希笑著問陸時禹：「你們見面時怎麼樣？你也算是間接把李英才送進去的人吧。」

陸時禹嘆氣：「別提了，妳真的以為我願意蹚這渾水？早就聽說北右有問題，所以之前參加競標，我挺猶豫的。但妳也知道，查不出來問題就變成我們可能有問題了，可是一旦查出來，損失北右這個客戶倒是沒什麼，就是怕其他客戶人人自危，對我們敬而遠之。畢竟現在這些企業，哪一間還不是多多少少都有些問題，就看問題嚴不嚴重了。」

江美希當然明白他的意思，這也就是U記每接一個客戶都要提前做好風險評估的原因，如果懷疑客戶有問題，他們寧願不接這個客戶，也不願意最後出具非標報告。

她問陸時禹：「那你後來怎麼又想通了？」

陸時禹笑：「要不是葉栩那傢伙堅持要做，我是真的不想惹麻煩。」

「他？」驟然聽他提起葉栩，江美希不自覺地心跳亂了一瞬，「他為什麼非要插手這件事不可？為了業績？」

「他連個專案經理都不是，要什麼業績。他這樣非得和北右作對，還不是為了妳嗎？」

雖然她也猜到過這種可能性，只是他們分開這麼久了，當初分開又是不歡而散，她實在沒有那個自信，原來他到現在還惦記著她。

所以此時得到證實，她的心就像是被一隻無形的手捏了一下，讓她有一瞬的呼吸困難。

片刻後她說：「北右投資阿奇法的事情找不出什麼問題來，財報錯報我的確有責任，沒什麼好說的，他其實不用這麼在意北右。」

陸時禹說：「我也勸過他了，北右明顯是扮豬吃老虎，就等著阿奇法破產好拿下阿奇法的優良資產。雖然有點噁心，但表面上應該沒什麼問題，就算是他有心從別的地方抓北右錯處，人家也不一定有小辮子給你抓。就算真的如外界傳聞說的那樣，北右有問題，但這個問題也可大可小，挑出來對人家也未必有什麼影響，這些利害關係我當然都跟他說了，妳猜他怎麼說的？」

江美希回頭看著他，等他下文。

陸時禹見關子賣得有效果，樂呵呵地繼續說：「他說那也沒關係，要麼賺它的錢，要麼讓它原形畢露……這傢伙真記仇。」

聽到這話時，江美希也不由得露出笑容，她似乎可以想像得到葉栩說出這些話時的語氣和表情。

陸時禹見她心情似乎不錯，突然說：「看來這傢伙對妳還是舊情難忘，從男人的角度來看，這傢伙挺不錯的，雖然說年紀是比妳小了那麼一點點，但我看這護著妳的心思一般人也比不上。」

江美希這才意識到自己剛才有點忘形了，她斂起笑容問陸時禹：「你說的『一般人』是指哪些人？包括季陽嗎？我怎麼記得你之前還在試圖幫我跟他復合，這才過了多久時間就又換人了？」

陸時禹一時之間啞口無言，畢竟季陽在阿奇法事件中扮演的角色的確讓人意外，就算是普通的同學，季陽那麼做都顯得有點不厚道，別說江美希還是他揚言要追回來娶回家的人，所以單說對女人的這份心，葉栩就不知道比季陽高出多少倍。

還好當時的江美希沒有接受季陽，不然出了這樣的事情，兩個人說不定最後還是要分道揚鑣，到時候江美希會不會遷怒於他也說不準，那他和穆笛的事情就更困難了。

想到這些，陸時禹滿心劫後餘生的感觸，他尷尬地笑笑：「當時是當時，現在是現在，我覺得……」

江美希沒等他把話說完，直接打斷他：「堂堂的U記合夥人這麼關心我的這點小事，我真的要懷疑U記現在是真的沒事做了。」

「妳這句話就顯得很見外了，我們這麼多年的老同學了，我當然關心妳。」

她摸了摸手臂，面不改色地說：「有點冷。」

陸時禹也不生氣，過了片刻說：「妳和他真的不可能了嗎？」

這一次江美希沒有半點玩笑的意思：「我不知道。」

年少時太把愛情當一回事，以至於被傷得體無完膚。後來經歷種種磨難，覺得自己總算脫胎換骨了，也發覺人生中還有很多比愛情更重要的事情。所以決定分開的那一刻，她雖然也會心痛，可是想著與其患得患失守著一份沒有未來的感情，不如早點放下，時間長了，也就淡忘了。

她原本不覺得自己的選擇有什麼錯，本來生活已經荊棘密布、困難重重，縱使一身鋼筋鐵骨，她也不願意等到深陷泥淖後又不得不放手，最後再次經歷那種心痛和絕望的感覺。能選擇簡單模式，誰會願意選擇困難模式呢？

然而萬萬沒想到的是，她沒有自己想像中的那麼灑脫，也低估了愛情本身的力量。她以為七年的感情都能割捨，與葉栩相處才短短一年多，說不定睡個覺起來就全都忘了。但也不知道是人不同了還是她心境不同了，有些感情註定是不能用時間來衡量的。這或許也就是為什麼，她即使將心房築起厚實城牆，還是讓他的影子滲透進了她的內心裡，而且一進來就再也揮之不去了。

可是，認清得太晚，如今兩人漸行漸遠，陸時禹說他對她還有感情，可是她又想到上次見到他的場景，那真正的感情還剩下多少？是愛多一點還是恨多一點，還是不甘心多一點，他們誰都說不清楚。

江美希暗自嘆了口氣，可能這輩子，跟他就是這個結局了。

告別陸時禹，剛一回到家，江美希又接到了石婷婷的電話。

自從她們相繼離開U記後，逢年過節時石婷婷偶爾會跟她聯絡，所以石婷婷這通電話打來，江美希也不覺得意外。

她接通電話：「怎麼了？」

石婷婷似乎有點不好意思，扭捏了片刻才說明了自己打電話來的意思——她想從現在的公司跳槽到雲信去，不知道江美希這裡還缺不缺人。

江美希一聽挺高興的，對石婷婷的能力和態度她還是肯定的：「我們一直有缺，如果妳有興趣的話就把履歷寄到我的信箱吧。晚點我讓人事部那邊的人看一下，會有人通知妳面試的時間。」

「好。」石婷婷開開心心地應了，「我之前從U記出來時就注意過雲信，我是真的蠻想去的。」

江美希笑：「那我就等妳的好消息了。」

不出所料，石婷婷的面試很順利，不久之後就正式到雲信報到了，而且就在江美希負責的審計部門裡工作。

石婷婷以前在U記時就因為芯薪IPO的專案和江美希的關係比別人親近，這下更是因為抱著「同宗同源」的心態，到了雲信後，對江美希簡直可以說是非常依賴，也不像其他同事那麼怕她，有什麼事都願意跟她說。

江美希本來就是面冷心熱，下班的時候聊聊工作以外的事情也不介意，但是她沒想到石婷婷會跟她聊到葉栩。

「美希姊，妳和葉栩還有聯絡嗎？」到了內資事務所，同事們很少用英文名字，她也很快入境隨俗，和新來的幾個女孩一起叫她美希姊。

江美希愣了一下，斟酌著回答：「沒什麼在連絡，怎麼了？」

「我一直都蠻喜歡他的，妳知道吧？」

江美希微笑：「之前聽人說過。不過妳怎麼會突然想到說這個？」

「我這個人藏不住心事嘛。又不可能跟別人說，就跟妳說說唄。」

江美希不知道她說這些話的目的是什麼，也不知道她對她和葉栩的事情瞭解多少，保險起見，她試探地問：「我是不介意妳跟我說，但是我跟他的關係妳也知道……」

她話沒說完，石婷婷笑著擺手打斷她：「U記裡所有版本的謠言我都聽說了，太離譜了。我猜妳們兩個最多就是工作上有些小矛盾，其他也沒什麼，對吧？」

江美希暗自鬆了一口氣，看來她和葉栩的關係別人還不清楚。於是再面對石婷婷時，她也就從容很多：「差不多，那妳繼續說吧。」

石婷婷說：「本來我離開U記後對他都不抱什麼希望了，可是前幾天出去吃飯時又遇到他了，我沒想到他還是能讓我心跳加速。後來我就跟穆笛打聽了一下，聽說他現在還是單身，我一激動就藉著那次偶遇的機會，回家後給他傳個簡訊問候他近況。」

說到這裡，女孩「嘿嘿」一笑：「他回我啦！」

江美希也笑了，內心卻在感嘆，沒想到葉栩一點點的回應就能讓別的女孩這麼心滿意足，相比之下當初的自己可以說是不知好歹了。

「然後呢？」江美希問。

石婷婷繼續說道：「那天晚上我跟他傳了好幾封簡訊，他都回我了。哎、其實葉栩人真的蠻好的，在外面做專案的時候都挑最難、最累的做，雖然不太愛理人，但也沒有因為我追求過他就看輕我。妳看我都離開U記多久了，早就跟他沒有交集了，但是我傳簡訊給他，他那麼不愛和人打交道的人還是會怕我沒面子，那麼耐心地應付我。這麼好的人，要是我男朋友該多好啊！」

江美希不由得想起年前他們在希爾頓碰面時的樣子，看來他對其他人都挺得體，唯獨對她，多看一眼的耐心都沒有，可是又願意為了她去招惹北右，他究竟是怎麼想的呢？

江美希正出神，突然聽到身邊的女孩說：「我決定再追他一次，如果這次還不行，我就徹底死心！」

「啊？」江美希以為自己聽錯了。

石婷婷說：「我說我想繼續追求 Daniel。」

「就因為他回妳簡訊？」江美希一般不愛管別人的閒事，更何況這裡面涉及葉栩，不過她也不願意看石婷婷難過，於是理智地幫她分析了一下，「妳之前試過不止一、兩次了吧？我覺得他如果對妳有點意思，就不會一直拒絕妳，妳再試一次，可能結果還是那樣。退一步想，就算他這次真的被妳打動了，但妳有沒有想過以後？談戀愛挺累的，尤其是要追著一個人跑的戀愛，所以能夠長久維持的感情都是雙方感情比較對等的。如果我是妳，我可能不會再在他身上浪費時間，妳年輕又漂亮，去找個喜歡妳的男孩子，什麼都替你著想、為你考慮，這樣不好嗎？」

石婷婷聽完想了一會兒說：「其實我也知道他不喜歡我，也知道找個喜歡自己的人會輕鬆很多，但那個人要不是我自己喜歡的，我怕接受對方的好都受之有愧。反正我現在也沒有更喜歡的人，他又是單身，只要我不怕再被拒絕，有什麼不能嘗試的？」

石婷婷絕對是那種想一齣、是一齣的人，這點和穆笛有點像，說到這裡，她就拿出手機來：「明天剛好是週五了，要不然我約他一起吃個飯怎麼樣？」

江美希眼見自己那番話白說了，於是也就不再多說。不過石婷婷無意中的幾句話也讓她有感而發——無論是因為用情不深，還是天生樂觀，反正那種不計得失的灑脫，讓江美希非常羨慕。

她正沉浸在自己的思緒裡，冷不防聽到身邊的女孩「啊」的一聲，江美希被嚇得手一抖，差點打歪了方向盤。

她皺眉：「怎麼了？」

石婷婷捧著手機笑瞇瞇地說：「他竟然同、意、了！」

「什麼同意了？」

「明天一起吃晚餐，他同意了！」

石婷婷一邊說著，一邊美滋滋地看著手機。

江美希不由得有些恍神。原本以為石婷婷這次又是白費力氣，但是他同意了，同意和她單獨吃晚餐，或許下次除了吃飯，還會看電影、逛街，甚至做點更親密的事情……

這一刻，她該替身邊的女孩子高興的，心卻不聽使喚，漸漸往下沉。

明知道他或早或晚總會放下過往開始一段新感情的，她也做好了接受那一切的準備，只是當這一刻真的要到來時，她發覺自己的手卻在發抖。

看來要挺過一段情傷，並不能像病毒一樣在生病痊癒後還在身體裡留下某種抗體，只要她人還沒有對感情麻木，只要還會動心動情，那麼每一次的心痛都是真真切切、錐心刺骨的。

後來石婷婷說了什麼，江美希已經聽不進去了，她勉強把她送到家門口，看著人離開，才坐在車裡認真地感受這一刻的難過。

不希望第二天那麼快到來，但第二天還是如約而至。

一上班，江美希就發現，一向素顏的石婷婷竟然化了個淡妝，衣服一看也是精心挑選過的。知道她這是為了晚上約會準備的，江美希努力不流露出什麼異樣的情緒，中肯地評論道：「很漂亮。」

石婷婷聽到她這麼說很高興，但還是有點惴惴不安：「他說晚上來接我、嘿嘿。妳說我應該要注意什麼嗎？自從工作以後都忙得沒時間談戀愛了，早就忘了跟男生約會是什麼樣子了。」

江美希失笑：「這我就愛莫能助了，我單身的時間可比妳久多了。」

石婷婷不好意思地笑了笑：「妳是眼光高，妳要是也為了告別單身隨便找個配不上妳的人，我第一個不同意。」

雖然知道這句話裡安慰和馬屁的成分居多，但江美希也從她的眼神中看出幾分真心來。想到自己和葉栩渺茫的未來，這一刻她倒是能由衷地說句祝福的話了。

「祝妳晚上旗開得勝。」

石婷婷笑得很甜：「謝謝美希姊。」

不過一想到葉栩要親自來接石婷婷下班，江美希又開始忐忑不安起來。

雲信的辦公區在一個老式的辦公大樓裡，這棟大樓總共六層樓高，江美希的辦公室就在二樓。從辦公室窗外看出去，正好是辦公大樓的大門。

下班時間一到，就見那輛熟悉的攬勝停在了離大門最近的停車位上。葉栩人也沒在車裡等，而是站在車外倚著車門，一邊抽菸一邊等著石婷婷出現。

距離上一次見面又過去了幾個月，可能是因為最近工作不忙，他整個人的狀態也比上一次好不少，頭髮短了一些更顯得清爽乾淨，身上的襯衫和休閒西裝褲也相當筆挺。他什麼樣子她都見過，這個樣子絕對是花了心思的。

不知道是不是感覺到有人在看他，原本正低頭抽菸的男人毫無預警地抬起頭來，目光直掃她二樓辦公室的窗戶。

她連忙後退一步，不知道有沒有被他看到，但是她也知道自己這樣有些丟人。

想著要忙點什麼才好，於是拿起空掉的馬克杯走出辦公室。一出門才發現，外面辦公區域的眾人也不趕著下班了，都擠在窗戶旁邊探頭探腦小聲議論著，石婷婷的位置上已經沒人，應該是赴約去了。

等著咖啡煮好的片刻工夫，剛好又有其他同事進來倒水喝。

「現在還喝咖啡，不怕晚上睡不著呀？」來人是個四十多歲的大姊，對江美希倒是不像其他年輕人那樣敬而遠之。

江美希笑了笑：「習慣了。」

大姊嘆氣：「外資所還有個淡、旺季之分，我們所則是一年四季都很忙，現在人家都淡季了，我們呢？下面的小朋友還能偶爾放鬆一、兩天不加班，你們老闆卻還是一個比一個忙，真辛苦。」

江美希依舊笑笑，沒有說話。

大姊又說：「剛才看到婷婷的新男朋友了，長得不錯，我都恨不得再年輕個二十歲了。」

江美希垂眸看著黑色液體慢慢注滿馬克杯，似乎是隨口問起：「已經是男朋友了嗎？」

她也不知道自己怎麼就問出了這一句。

大姊也愣了一下，仔細想了想說：「聽說他們以前就認識，這約會還專門跑過來接，就算現在不是，應該也快了吧。」

江美希點頭：「也是。」

回到辦公室，江美希仔細想了想，還是覺得這段時間應該跟石婷婷保持點距離比較好，至少可以少聽到一些他們的消息，也少一份煎熬。

所以自從那天起，她就刻意疏遠石婷婷，不過石婷婷也很少再找她一起下班，後來聽同事們說，是因為葉栩經常來接她下班。

江美希自認為很瞭解葉栩，所以之前才會勸石婷婷不要衝動，現在看來這次真的是她猜錯了。

她抬頭看了眼牆上的掛鐘，此時已經下班一個多小時，現在出去應該不會遇到石婷婷和葉栩，這才收拾了東西往外走。

可是沒想到，怕什麼來什麼，一出門就看到了那個熟悉的身影。

他依舊倚著車門站著，此時天色已晚，赤紅霞光從他身後射來，讓她看不清他的表情，但是她幾乎可以想像得到，那是一張多麼漠然的臉。

江美希正猶豫著要不要打招呼，忽然聽到身後有腳步聲，一回頭正是石婷婷從樓裡出來。剛才竟然沒有注意到她還沒走，仔細想了一下，她這段時間應該沒什麼工作需要加班，那就是在等葉栩了。

石婷婷還是像往常一樣笑嘻嘻地和她打招呼：「美希姊妳也現在才走啊？」

江美希隨意應了一聲，等石婷婷走近才注意到她又恢復了半時的樣子，素顏無化妝、穿得也很隨興，雖然年輕女孩子怎麼樣都好看，但也可以由此看出兩人的關係已經很親密穩定了。反觀葉栩，還是跟她上一次在辦公室裡看到的一樣，穿著看似隨意卻很講究細節，這麼看來，倒是他比石婷婷更在意這段感情了。

石婷婷親親熱熱挽起江美希的胳膊說：「既然遇到了，就一起吃個晚餐吧？」

她說著就抬頭去看對面的葉栩，江美希卻不等對方表態就立刻拒絕了：「我晚上約了人，你們去吧。」說完從石婷婷手裡抽出胳膊，在她背上輕輕拍了拍以示親近，然後也不再看葉栩，淡定地轉身走向自己停車的方向。

望著她離開的方向，石婷婷嘆了口氣。

葉栩拉開車門，上車前喊她：「上車吧。」

石婷婷坐上車，一邊低頭繫著安全帶一邊說：「你剛才應該要馬上表態邀請她一起吃飯的，人家也不知道你心裡怎麼想的，與其被你拒絕肯定是先拒絕你。」

葉栩不說話，默默發動車子。

石婷婷說：「把我放在前面的地鐵站就行了。」

葉栩說：「害妳等到這麼晚，吃完飯再回去吧。」

石婷婷想了一下說：「算了、我剛才還差點睡著，現在還覺得有點睏呢，回家簡單煮個麵吧。」

葉栩也不強求：「那我送妳回去。」

葉栩心情不好，石婷婷也知道，所以兩人一路上什麼話也沒有說。

當初石婷婷第一次約他一起吃飯時並沒有抱任何希望，所以他那麼爽快答應了她，她自己都非常意外，其實她也不相信他會突然喜歡上自己。

那天她忐忑不安地去了，他還是那副冷冷淡淡的樣子，但是那天晚上他對她說的話，比他們認識以來說的所有話都還要多。

原來一直被同事們盛傳的他那位神祕女友竟然是江美希，在最初的震驚過後，她漸漸接受了這個事實。雖然在普通人看來，兩人的年齡差讓他們看起來沒那麼速配，但她一直認為優秀的人之間互相吸引是再正常不過的事。一直知道男神心裡有人，之前也猜測過、羨慕過，甚至是嫉妒過，但想到對方是她一直當成榜樣信奉的江美希，好像也就沒有那麼難以接受了。

葉栩告訴她這些，其實是希望她能幫他追回江美希，畢竟江美希這個人固執、不知變通、愛面子，有時候還有點不知好歹，正常的追求方式未必奏效，他也是萬般無奈才想找人幫忙。

石婷婷回家之後想了很久，也難受了幾天，最後總算想通了。反正她和葉栩是不可能了，與其不知道他以後會找一個什麼樣的人，還不如看著他和江美希有情人終成眷屬。

不過這幾天的試探下來，石婷婷都快要同情葉栩了。也不知道是江美希情緒隱藏得太好，還是她真的不在意他，石婷婷這個旁觀者都覺得他挽回的希望渺茫，就是不知道在這種情況下他還能堅持多久。

快到家的時候，石婷婷說：「我覺得你這樣隔三差五製造偶遇，對你們的關係根本無濟於事，充其量也就只是滿足你遠遠看人家一眼。想要知道她對你到底還有沒有感情，還是得下猛藥。」

葉栩聞言，淡漠的臉上露出些許困惑的神情。

石婷婷也不打算跟他說太多，免得他瞻前顧後，就道：「還是女人更瞭解女人，你等我消息吧！」

第二天中午時，石婷婷約了江美希一起吃午餐，江美希本來是不想去的，但是一時間也沒想到適合的理由，只好勉為其難答應了。

結果話題大部分還是圍繞著葉栩，這讓江美希一頓飯吃得食不知味，同時她也暗自下定決心，下一次不管石婷婷怎麼說，她也不會跟她一起吃飯了。

石婷婷好像完全沒有察覺到江美希的意興闌珊，一臉幸福地問江美希：「美希姊，妳說見家長應該要注意些什麼呀？」

正在喝湯的江美希聞言差點嗆到自己，緩了一下，確認道：「什麼見家長？誰見誰的家長？」

石婷婷不好意思地笑笑：「他把我們的事情跟他家裡說了，他媽媽聽說了我的事情之後好像還挺滿意的，就想見見我。」

「這麼快？」話一出口，江美希才意識到自己的態度有點不對，輕聲咳嗽了一下說，「我是說，你們不是才剛開始交往嗎？」

石婷婷不以為然：「又不是大學生了，我們這個年紀談戀愛，只要感覺對了就很快，隔壁部門的小娟和她老公是相親認識的，認識三個月就結婚了！比起他們，我們這都算慢的了。」

江美希怔怔地消化著這個消息。

石婷婷自言自語：「不知道他媽媽是什麼樣的人，好不好相處。」

石婷婷對葉栩家的情況是不知情的，自然也不知道葉栩的媽媽秦麗梅和江美希之間的微妙關係，就覺得要證明兩人關係好到一定程度，訂婚、結婚這種沒辦法編造，只能說見家長了。

沒想到正是這點直擊江美希的軟肋。

就算一個人心態再好，自己那麼在意卻得不到的東西，別人卻輕易就得到了，這多少會讓人挫敗，更何況那東西叫做「人心」。

想到秦麗梅這麼快就接受了石婷婷，江美希心情很複雜，看來那位秦總對兒媳婦的要求和普通人家的母親沒什麼不同，她唯獨不能接受的，就只是她江美希而已。

「美希姊？」石婷婷見她沒反應，叫了一聲，「妳在想什麼呀？」

江美希回過神來，對石婷婷笑了笑說：「我也沒什麼經驗，不過他媽媽既然說了對妳很滿意，妳就跟平常一樣應該就沒問題了。」

石婷婷笑：「我也是這麼想的，但是還是覺得有點忐忑。」

江美希看著對面女孩的笑容，想了片刻說：「其實只要他夠喜歡妳，他母親就不會說什麼。」

石婷婷暗自思索著這句話裡的意思，似懂非懂地點點頭。

吃完飯回到辦公室，石婷婷觀察了一下午，發現江美希除了剛聽到她要去見葉栩父母時有點心不在焉外，也沒有其他不對勁的地方。

這下石婷婷也拿捏不準了……前任跟別人關係很好，就算已經沒感情了，聽到這種消息多少也還是會有些反應吧？而且看江美希對她這個「情敵」的態度還是一如既往地好，完全沒有嫉妒和不甘。這麼說，她對葉栩是真的放下了？

下班前，石婷婷斟酌再三還是決定把情況跟葉栩彙報一下，於是就傳了封簡訊給他，可是這則簡訊彷彿石沉大海，直到深夜都沒有看他回信。

睡覺前，石婷婷又看了眼手機，葉栩還是沒有回信，這也是他們認識以來的第一次看到葉栩沒回訊息，看來他是被傷得不輕。

想到這裡，石婷婷不由得嘆了口氣，感情這種東西折磨起人簡直太要人命，還好她對葉栩已經死心了，不然就像江美希說的那樣，感情不對等，以後可有罪受了。

然而就在這時，她的電話突然響了，來電的人竟然是江美希。

她立刻接通電話，電話裡傳出的聲音卻不是江美希的。

「妳是這個手機主人的朋友嗎？」

聽對方的聲音是個男人，而且環境有點嘈雜，石婷婷立刻警惕起來：「你是誰？」

「我？我就是個倒楣鬼！」對方語氣不太好。

石婷婷以為自己聽錯了：「什麼？」

「算了、算了，我今天也不知道走了什麼衰運，遇到妳朋友，她喝多了，一直說我摸她了！她醉得跟攤爛泥一樣，我真是有理也說不清！」

石婷婷聽得一頭霧水：「什麼意思啊？」

「算了、妳趕快來處理一下吧。」說完，對方又報了一個地址就掛斷電話。

石婷婷反應了一下，看對方給的地址是一間燒烤，稍稍放下心來。她正要穿衣服出門，才注意到那個地方好像離葉栩的住處不遠，腦中瞬間閃過一計，於是拿起手機撥電話給了葉栩。

這家燒烤就是上次葉栩帶江美希去的那家。

葉栩掛斷電話後，立刻趕了過去。

因為時間已經很晚了，大廳裡只剩下零星的幾桌客人，葉栩進門後，就注意到那幾桌人時而不時地瞥向一個角落。

他順著眾人的目光看過去，就看到角落裡坐著一個氣急敗壞的年輕男人，身後不遠處的幾位似乎是他的朋友，幾個人隔著空桌閒聊。而年輕男人對面趴著一個女孩，仔細看才注意到，她雖然是趴著的，像是睡著了，但是她的一隻手橫在桌上，死死攥著對面男人的袖子。

葉栩沒有立刻走過去，看到一個路過的服務生，叫住他問了江美希那桌的情況。

原來那個年輕男人是和朋友一起來吃飯的，路過坐在轉角的江美希時，不小心撞到她一下，結果江美希硬要說人家非禮她。男人跟她理論半天，也沒理論出什麼結果，但她就是抓著人家不放，那人跟一個醉漢也沒辦法講理，這才被逼迫無奈之下用她手機打電話給她的朋友。

瞭解清楚大概情況，葉栩走到那個年輕男人面前：「不好意思，我來接我朋友。」

男人一愣，上下掃了葉栩一眼：「接電話是個女孩子，你真的是她朋友？」

短短一句話，葉栩就更加確定，這人在這種時候還懂得保護江美希的安全，看來的確只是個誤會。

葉栩說：「你剛才是打給一個叫石婷婷的女孩子吧，她來不了，所以才讓我過來的。」

男人這才點了點頭，然後看了眼依舊趴著不動，但就是不肯鬆手的江美希，開始抱怨起來。

葉栩一邊道歉一邊去拉江美希的手。

江美希似乎是被吵醒了，抬頭看見是他，含糊不清地問了句：「怎麼是你？」

說話間，倒是鬆開了抓著那年輕男人的手，那人如獲大赦，立刻跑回到同伴那桌，而這邊江美希早就不管其他人了，看向葉栩的目光始終沒有挪開。

葉栩心裡有點高興，他說：「回家吧。」

她依舊不動，和他靜靜對視著，片刻後，竟然「哇」的一聲哭了出來。

他頓時有些慌了，在他的印象中，她還是第一次這樣哭。

他也不管周遭人怎麼看，低頭看她：「為什麼哭？」

她不理他，只顧著哭。

他問：「既然這麼難受，為什麼不說出來？」

江美希彷彿沒聽見他的話，卻從大聲哭泣轉為抽噎。

葉栩只是靜靜地看著她，看著她微微聳動的單薄肩膀，還有她用手背擦眼睛時的可憐模樣。

她臉上的妝早就花了，眼線在眼瞼處暈染開來，又被她蹭了幾次，硬是蹭出一點臉譜的效果。恐怕誰也想不到，鋼筋鐵骨造就的江美希也有如水的一面。

看著這樣的她，葉栩突然就無奈地笑了。

「走吧，回家。」

這句話，她卻是聽到了，乖順地站起身來，晃晃悠悠地跟著他往外走。

扶著江美希出了門，葉栩問她：「妳現在住在哪？」

江美希晃晃悠悠地抬手指了一下，正是他們住的那個社區。

「妳搬回來住了？」他問她。

江美希在他懷裡點了點頭。

她早就搬回來了，當初放狠話說要賣房子，其實她是捨不得的，因為這恐怕是她和他唯一的羈絆了。可惜以前是怕見到，現在也不知道是不是他故意的，自從潑油漆事件之後，他們就再也沒有在社區裡遇到過。

腦子裡能想到很多，但是一張嘴胃裡就是一陣翻騰，所以當葉栩問她是什麼時候搬回來的，她一個字也回答不了。

江美希閉上眼強忍著不讓自己吐出來，迷迷糊糊間不知道過了多久，她總算不那麼難受了，可是眼睛也睜不開了。

葉栩坐在床邊看著她，看到她微微皺起的眉頭漸漸舒展開來，似乎是睡著了，他才再度起身，替她脫鞋蓋上棉被，這才離開。

王芸知道「江三杯」的酒量也就只有三杯，應酬飯局上喝酒都替她擋了，所以江美希上次喝醉是什麼時候她自己都不記得了。這一次一不小心沒控制好量，比之前幾次醉得更厲害，以至於昨晚的記憶裡有一段是完全空白的。

她只記得昨天吃飯時自己好像和人吵起來了，然後後面的事情她就完全不記得了，不過中間似乎聽到過葉栩的聲音，但也不知道是不是自己的錯覺。

正頭痛欲裂的時候，放在床頭櫃上的手機突然響了，她拿起來看了一眼，是石婷婷。

江美希接起電話，含糊地「喂」了一聲。

石婷婷的聲音立刻從聽筒裡傳了過來：「美希姊，妳好一點了嗎？」

她知道她昨晚喝醉了？

江美希揉著額頭又回憶了一下昨天晚上的情形，但還是沒有結果。

石婷婷見她沒反應又問：「昨晚的事情妳不記得了？妳喝多了，有人用妳的手機打電話給我，我看妳吃飯的地方離葉栩家很近，就讓他去接妳回家。」

江美希這才「哦」了一聲，看來她昨晚聽到他的聲音並不是幻覺。

石婷婷又說：「我已經幫妳跟公司請假了，妳等舒服一點時再過來就行。」

臥室的窗簾很厚重，拉起來時房間光線晦暗，所以她以為現在時間還早，但聽石婷婷這麼說，她立刻看了一眼時間，竟然已經快十點了！

「公司裡有什麼急事嗎？我等一下就趕過去！」

「不急，我說我們昨晚去見客戶，妳不小心多喝了兩杯，王芸姊讓我轉達說妳沒事的話就下午再來就好。」

「好。」

掛斷電話，江美希已經徹底清醒過來。

她環顧四周，沒有一點那人留下的痕跡。

她起身拉開窗簾，溫暖的日光照進來，她一回頭，就從梳粧檯的鏡子上看到了自己此時的模樣。身上穿的還是昨晚那套衣服，又髒又皺，頭髮蓬亂，臉上的妝也花了，可以想像她昨晚回來時有多麼狼狽。可是即使是這樣，也沒讓那人動動惻隱之心替她稍微整理一下，看來能幫她脫個鞋、蓋個被已經是大發慈悲了。

一想到如果不是石婷婷找到他，他昨晚都未必會出現，江美希覺得折騰了一個晚上的胃又難受了起來。

然而，想到石婷婷，人家小女孩那麼信任自己，自己卻一直惦記著人家的男朋友，江美希頓時覺得臉上火辣辣地疼。

她深深呼出一口氣，甩了甩腦袋。是該好好理一下自己的情緒了，無論如何，像昨晚那種情況不能再有第二次了。

石婷婷本來以為見家長那劑猛藥下去，總算是喚醒了江美希對葉栩的感情，不然也能激起她挽回葉栩的鬥志。然而令人想不到的是，打從那晚之後，江美希就像失憶了一樣，再也沒有提起酒醉那天的事，當然也沒再說起葉栩。

石婷婷怕打擊到葉栩，也沒跟葉栩彙報江美希的情況，只好找小姐妹穆笛一起分析江美希的想法。石婷婷是個不太能藏住話的人，其實葉栩跟她坦白的那天晚上，她就把事情告訴穆笛了。

石婷婷說：「妳跟美希姊關係更好，妳快幫我想想，她到底是怎麼想的。」

「這女人啊，一上了年紀，心思確實難測！」穆笛沒有猶豫太久，就把後面的工作包攬了下來，「妳等我去探探情況再跟妳說！」

週末的時候，穆笛約了江美希去逛街。

江美希對買東西一向興致缺缺，倒是穆笛，買完鞋子買包包，買完包包還要買衣服。

江美希有點不耐煩：「妳那點血汗錢夠妳這麼揮灑嗎？」

穆笛拉起衣架上的衣服隨口應道：「我又不用養家，賺了錢不買這些幹什麼？」

江美希微微挑眉，似乎聽到了一絲炫耀的意味，她又想起穆笛之前戴的那條項鍊，打趣她說：「看來男朋友經濟條件不錯啊。」

果然就見穆笛抿起小嘴笑了笑：「還可以吧。」

江美希冷笑一聲：「都談這麼久了，什麼時候約出來見見？」

穆笛卻沒有回話，拿起一件衣服對她說：「我先去試試！」

然後一溜煙地小跑進了更衣室。

江美希不屑，什麼寶貝，至於這麼藏著不拿出來嗎？

還好穆笛沒有讓她等太久，沒過一會兒就出來了。

她問江美希：「好看嗎？」

這件衣服剛才穆笛拿在手裡的時候她就看見了，A形過膝長裙，還有點蓬蓬袖，布料也厚，還裡三層、外三層，一大堆蕾絲繡線。這種衣服穿的人一但沒有身材撐起來，就跟隔壁老阿姨沒什麼兩樣，但是沒想到這件衣服穿在瘦得只剩下一把骨頭的穆笛身上，出奇地有種清新少女感。

江美希由衷地感慨：「平胸真好啊，至少顯得年輕。」

一直侍立在一旁的店員「噗哧」一笑。

穆笛卻對她小阿姨的說話風格早就習以為常了，知道這是在誇她好看呢，於是高高興興地對那個店員說：「幫我拿一件新的。」說完又問江美希，「妳不找個幾件試試？」

江美希搖頭：「我衣服夠多了。」

「妳那些衣服，不是黑的就是白的，難看死了。」

江美希堅持：「我對穿什麼要求不高。」

穆笛趁機坐到她身邊問：「妳最近狀況不太好啊。怎麼了，跟我那位前小姨夫徹底沒戲唱了？」

江美希瞥了她一眼沒說話，穆笛卻捕捉到了那聲若有似無的嘆息。

這一次，穆笛算是確定了，江美希對葉栩還念念不忘呢。

於是她說：「他知道妳這麼割捨不下他嗎？或許他知道了，你們就和好了，要不然妳主動一點，事在人為嘛！」

江美希難得地沒有敷衍她，微微皺了下眉，似乎真的在思考主動表白的可行性，但最後也只是說：「不行。」

穆笛也急了：「為什麼？」

「他有女朋友了。」

穆笛反應了好一會兒，才明白江美希口中的這位「女朋友」指的是誰。

江美希也沒有多談這個話題的意思，抬手看了眼時間，皺眉催促穆笛：「沒有要看別件了吧？趕快結帳回去吧！」

然而她嘴上不說，心裡卻依舊煩躁不安，原來割捨不下一個人竟然是這種感覺。

這種情緒持續了好幾天，她聽說瑜伽能夠修身養性，於是立刻給自己報了個瑜伽班。除此之外，她還擔心自己閒下來胡思亂想，又替自己報了個日語班。

江美希以為這樣一來，就不會一直去想起這個人，時間長了也就真的忘了。但是她差點忘了，身邊還有個石婷婷。

幾天之後石婷婷又來找她「談心」，這次和以往不一樣，她出現時哭喪著臉，雖然沒真的哭出來，但是已經一副山雨欲來的模樣。

江美希心裡暗叫不好，該不會是小情侶吵架找她倒苦水吧。可是她還沒來得及說自己正在忙，石婷婷就帶著哭腔說：「我單身了！」

這倒是讓江美希有點意外：「這麼快？」

石婷婷委屈地點頭。

江美希見狀，拒絕她的話也就沒說出口，想了一下，試著安慰她說：「情侶之間吵架是再正常不過的事情，偶爾說幾句氣話也沒什麼，你們冷靜一下，不是都已經見家長了嗎？過兩天或許就和好了。」

石婷婷在心裡感慨，不愧是她女神，工作上雷厲風行，感情上雖然有點遲鈍，但人品真的沒話說，她心裡不知道多難受呢，還能三天兩頭聽她說這些，並且站在她的立場勸慰她。而且她聽得出來這些話都是出於她真心。

想到這些，石婷婷演得更賣力了：「我們兩個沒吵架，但是他那個人我們都知道，不會說氣話的，說出什麼話那肯定是他已經想好的。」

好像是這麼一回事，這下連江美希也意識到事情有點嚴重了。

「那你們為什麼分手？」

石婷婷似乎有點難為情地說：「其實之前有件事情我不好意思跟妳說，當初他是答應跟我在一起，但我們兩個都知道他其實不喜歡我，我猜他或許是想儘快從之前那段感情裡走出來吧。」

聽到這句話，江美希心裡閃過一絲牽痛，但她沒有讓自己多想，而是問石婷婷：「這種情況下他同意和妳在一起，妳心裡不覺得委屈嗎？」

石婷婷眨眨自己的大眼睛，似乎真的在體會自己是否委屈，體會半天給出的結論是：「不委屈。」

這下江美希開始好奇了：「妳真的喜歡他嗎？」

「喜歡啊！但也沒那麼喜歡，就覺得他長得帥、身材好、有能力、酷酷的，就算不能最後走到一起，和這樣的男生談一次戀愛也挺不錯的。所以他提出分手，我就是有點遺憾而已，況且之前家長也沒見成，更沒什麼顧忌了。」

江美希怔了怔，到了這一刻，她才真真切切體會到什麼叫「代溝」。

不過她還是試圖安慰石婷婷：「妳也不用這麼快就下結論，在其他事上再理智冷靜的人，在面對感情的時候也有例外，或許這次就是他的例外呢？要不然妳再跟他好好聊聊？」

聽了她的話，石婷婷並不回話，只是非常憐憫地看著她。

江美希有點不解：「妳那樣看著我幹什麼？」

半晌，石婷婷幽幽地嘆了口氣：「看來老天爺是公平的，讓妳在某方面出類拔萃，但在其他方面就是一竅不通。」

江美希聽得一頭霧水：「什麼意思？」

「沒什麼。」石婷婷無所謂地聳了聳肩，「總之我們兩個努力過了，發現真的不適合，也說好了以後就當普通朋友，感情上的事情互不干涉。」

江美希徹底懵了，看看人家，這麼快就走出來了，再對比自己，分手了那麼久還會難受，不得不說還是年輕好啊！

怕江美希不去找葉栩，石婷婷好人做到底，幾天後又捧著一個紙箱敲開了江美希辦公室的門。

江美希掃了眼她手上的東西問：「這是什麼？」

石婷婷說：「美希姊，能不能再麻煩妳一件事？」

江美希額角神經突突跳了兩下，只覺得不是什麼好事。

「妳說吧。」她說。

石婷婷笑了笑：「聽說妳跟葉栩住在同一個社區，這是他之前送我的一些東西，我們兩個都已經分手了，再見面也覺得挺尷尬的，妳能不能幫我還給他？」

江美希腹誹，自己去見葉栩絕對比她還尷尬，但是面對石婷婷，她又想不出更好的理由拒絕，猶豫了一下只好說：「那妳放在那吧。」

石婷婷立刻歡欣鼓舞地道謝離開了。

江美希刻意沒有去留意桌子上那箱東西，繼續看著手上的底稿。

不知過了多久，再一抬頭時，窗外天色已經全黑。

她關掉電腦起身收拾東西，正要出門時，又看到白天石婷婷送來的小紙箱。猶豫了一下，她還是折回辦公桌前捧起紙箱，才出了辦公室。

回到社區停好車後，她特地看了眼葉栩家的窗戶，燈是亮著的，應該有人。

她又看了眼副駕駛座上的小紙箱，小紙箱沒有很沉，剛才捧在手裡時就覺得有東西在裡面跑來跑去，應該是沒有完全裝滿。石婷婷說是葉栩送給她的東西，會是什麼呢？

那個紙箱蓋子並沒有用膠帶封口，應該是不怕人看，她猶豫了一下打開來看了一眼，原來就是幾本書，不過從封面上看應該是言情小說，只不過不知道為什麼封面文字都是繁體。

她拿起其中一本隨便翻了一頁，不看還好，一看她整個人都不太好了，情節尺度大到令人咂舌不說，這故事中的主角竟然還都是男的！

這確定是葉栩送的嗎？

震驚過後，江美希很快想到一種可能，這或許不代表葉栩的品味，但因為女朋友喜歡，他就無條件滿足。想到這些，江美希的心裡不禁覺得不是滋味。

把書原封不動地放回去，她下了車，捧著紙箱直奔葉栩家。

走到葉栩家門前，她情不自禁就想去按密碼，但很快又收回手指，轉向按下一旁的門鈴。

片刻後，房間裡傳來拖鞋摩擦地板的腳步聲，緊接著門被打了開來，那個熟悉又陌生的身影出現在了她面前。

葉栩在看到她的那一刻，原本冷漠到有點厭世的臉立刻閃過一絲詫異，但轉瞬就又恢復了平靜。

江美希把手上的東西遞到他面前：「婷婷讓我轉交你的。」

葉栩的目光從她臉上移到了那個紙箱上，停頓了片刻也沒說什麼，伸手接了過去。

江美希盯著那個紙箱，又想到書裡的那些內容，不由得多看了葉栩一眼，正好碰上他也正看著她。

兩個人的視線相觸，她慌了一下，但她一向善於掩飾情緒，盡量不讓葉栩看出什麼。

見他雖然沒有要請她進去坐坐，但也沒有要立刻關門送客的意思，她突然覺得這個時候不說點什麼，好像對不起自己跑來的這一趟。

「前幾天不小心多喝了幾杯，聽說是你把我接回家的，謝了。」

她說完等了片刻，本來以為他會給點什麼回應，哪怕說句「不客氣」也行，誰知道他只是依舊垂眸看著她，不發一語。

真的無話可說了嗎？

江美希突然覺得心臟像是被什麼龐然大物一寸一寸地碾壓著，喘不過氣來的感覺像是被人扼住了喉嚨。

腦子一片空白，理智有一瞬間缺席，但就是這一瞬間，她什麼都不想管了。

「我以為放棄不難。」她不敢看他，微微垂著眼說，「我們在一起時間不長，我雖然被你吸引，享受跟你在一起的感覺，但我自始至終都不看好這段感情的未來。我不敢投入太多，但又習慣從你身上汲取溫暖，我以為我足夠珍惜我們在一起的每一天，這樣最後哪怕分開也不會覺得遺憾。可是真的分開之後，我才發現我沒有自己想像中的那麼灑脫，我承認是我太自私，想掌控這段感情的節奏，我們之間變成現在這樣，我也有很大的責任，所以如果是真的替你著想，我就應該繼續跟你保持距離。但是我控制不了我自己，還是想問你，事到如今，你還願意接受我嗎？」

因為母親和大姊的婚姻不幸，江美希從小看到大，知道女人過得不體面是什麼樣子，所以懂事以後她最在意的東西就是面子。

要強、較勁，謹言慎行地活到了三十歲，還沒有什麼人能讓她拋開顏面不顧一切，除了她自己。

第一次是季陽提分手的那次，因為對方提得太過突然，她一下子就慌了，說了什麼、做了什麼全憑自己當時的想法，那種情況下說出的話有不捨的感情在，但也有衝動和不甘心。

而這是第二次，年歲漸長的她絕對比幾年前更愛面子，但即使如此，還是覺得沒什麼能比挽回這段感情更重要。所以她才讓自己站在這裡，放低姿態，冒著被拒絕的風險，想要給自己和他重來一次的機會。

然而對面的人還是一點反應也沒有，江美希不由得覺得奇怪，因為就算是要拒絕她也不應該是這種反應，於是她抬頭用眼神詢問他。

他還是那樣看著她，片刻後才「嗯」了一聲，終於開口說道：「好的，我知道了。」

這是什麼意思，到底是接受她還是不接受她，又或者是需要考慮？

江美希微微挑眉，繼續表示不解。

就聽葉栩用略啞的聲音又說：「剛才我這裡有人在說話，聽不太清楚，你直接發信件給我吧。」

還要發信件？

一瞬間，江美希腦子裡千回百轉，難不成面前的人是故意耍著她玩？

正在江美希惱羞成怒時，葉栩微微偏過頭，指了下自己的耳朵。江美希這才注意到，他的左耳上別著一個東西，反應了一下才意識到，應該是藍牙耳機。

原來他剛才一直在和別人講電話，想到這裡，她頓時覺得臉上火辣辣的。

剛蒸騰起來的火氣雖然消得差不多了，但是剛才表白時那種落淚的衝動早就已經不見了蹤影。不過她還是想知道，剛才自己那些話，他聽到了多少，於是也沒有立刻離開，等著看他接下來的反應。

葉栩像是看穿了她的想法一樣問：「剛才接了個蠻重要的電話，也沒注意聽，妳剛才說了什麼？」

她心裡湧起一陣難掩的失望，原來是她打擾到他講電話了。

江美希微微一笑：「沒什麼，就是謝謝你上次把我送回來。」

「不用客氣。」他頓了一下說，「怎麼覺得妳臉色不太好，眼睛怎麼紅了？」

江美希還是那副表情，只不過笑意少了幾分：「有點感冒，那沒事我就先走了。」

「好的。」

然而就在江美希轉身的一剎那，葉栩的唇角微微翹了翹。其實聽到她說的那些話時，他又怎麼會不動容，想著自己這段時間的煎熬和努力沒有白費，他幾乎就想順從那一刻的心情把某個罪魁禍首攬入懷中。

可是他忍住了，他不是公司裡她招之則來、揮之即去的小朋友，以他過往和她打交道的經驗來看，有些人你太順著她，反而讓她不懂得珍惜。

難得鼓起勇氣的滿腔熱忱猶如匯入江河的水一樣絲毫沒有留下痕跡，失望嗎？難過嗎？那麼他就要她牢牢記住這一刻的感受，以後再也不會動不動就要跟他「兩清」了。

送走了江美希，葉栩打開紙箱隨便看了一眼，當他看到裡面花花綠綠的書時，立刻就有不好的預感，接著他隨手拿起一本翻了翻，頓時臉就綠了。

他不禁想到江美希把箱子遞給他時看他的那一眼，難怪他覺得怪怪的，她該不會以為這是他的品味吧？也難為她在那種情況下還能說出那番表白的話。

想到這些，葉栩恨得咬牙，江美希該不會誤會他有什麼特殊癖好，所以才假裝沒聽見吧？他恨她不夠聰明，恨自己疏忽大意，當然最恨的還是自己腦子一熱找來的豬隊友。

看來追回江美希這件事依然任重而道遠，早知道這樣剛才也不裝矜持了。不過等他追回江美希後，他也要和他那豬隊友說一說，少看點這些亂七八糟的東西，說不定還能早點嫁出去。

江美希人生中的第一次表白竟然發生在她即將跨入三十一歲的時候。

在本該經驗豐富的年紀裡做出了這麼生澀的事情，讓她更加忐忑不安。

雖然葉栩說他什麼都沒有聽見，可是江美希心裡還是沒把握，此時她最害怕的就是他明明聽見了，卻裝作沒有聽見。

所以他到底聽見了沒有？

這個問題也讓江美希整整一週沒有睡過好覺，與此同時，葉栩也再沒有聯繫過她，她的心從最初的忐忑不安，漸漸變得徹底失望。

這天，剛頂著黑眼圈到了所裡，她接到了一通電話，是一串沒有備註的電話號碼。

她精神狀態不好，接通時也有點心不在焉的，可是在聽到那個久違的聲音時，她整個人不由自主地緊張了起來。

秦麗梅沒有拐彎抹角，直接表達自己打這個電話的意圖——她想見見江美希。

雖然短時間內，江美希還沒想明白日理萬機的秦總怎麼突然又要見自己，但無論出於什麼原因，她還是立刻答應了下來。

這一次秦麗梅沒有約她在廣化總部公司見面，而是約在附近的一家咖啡廳。

秦麗梅對她的態度和前兩次見面時沒什麼不同，問過她的近況，又問雲信的情況。

江美希對自己的情況一語帶過，對事務所的情況介紹又早就倒背如流，是以她回答秦麗梅時腦子想著的，是她約自己來的主要目的究竟是什麼。

之前她們之間之所以會發生交集，主要是因為葉栩。現在她跟葉栩早沒了什麼瓜葛，私事自然是沒什麼能談的，至於公事，難不成她放著好好的U記不用，打算來和雲信合作嗎？

然而出乎江美希意料的是，秦麗梅還真的就是來談合作的。可是，怎麼會是集團老總親自出馬談合作？而且就算是談工作，怎麼連個祕書或者下屬都沒有帶？

江美希真的是愈來愈看不懂眼前這位秦總了。

她不掩飾自己的意外，坦言道：「貴公司和U記不是合作得挺好的嗎？我們雲信雖然在國內事務所裡能稱得上數一數二，但是比起U記這種老牌外資所，綜合實力還是有段差距的。」

秦麗梅笑：「妳也不用太謙虛，我選擇你們肯定有我的道理。說實話，當初選擇和U記合作，也是因為妳。現在妳離開了U記，我就沒有跟U記合作的必要了。而且我和葉栩的關係妳也知道，以後多多少少還是會有不方便的地方，再說誰都有點情懷，這兩年政府都在扶持內資所，我們作為國內的龍頭企業，也想為內資所的發展做點貢獻。」

這話裡究竟有幾分真，江美希暗自思索著，可能也就只有有關葉栩的那一點是真的吧。至於其他的，江美希這點自知之明還是有的，讓堂堂秦總因為她慕名來尋求合作，她沒那個能力。

難不成前段時間葉栩和她有過幾次來往又被秦總知道了，所以她這是想故技重施嗎？

想到這一點，江美希忍不住感慨，這秦總為了兒子還真是不惜本錢。

不過即使葉栩已經拒絕了她，她也要表明自己的立場。

江美希坐直了身子，面上依舊保持微笑：「貴公司是很好的公司，如果您真的是看中我們的能力，那我們雲信也一定盡職盡責，但我也只能保證把工作做好，如果您還有其他要求，我不一定能做得到。」

秦麗梅微微挑眉：「其他？除了年審，我能想到的還有些稅務規劃的事情，想必你們也能做好。」說著，她又笑了，「我當然是看中了你們的能力，畢竟公司也不是我一個人的。這種事情本來由業務部門和主管負責人與妳對接就好，但我也是想著我們好久沒見了，正好藉著喝下午茶的時間聊聊工作而已，應該沒有耽誤妳其他事吧？」

這一次秦麗梅的態度就讓江美希更加摸不著頭緒了，不過她面上依舊不動聲色，只是笑著應道：「怎麼會。」

兩人接著又聊起工作，江美希在其他方面有點遲鈍，但一涉及工作就渾身透著專業幹練的菁英氣場，她口乾舌燥地對著筆電說了半天，一抬頭發現秦麗梅正端著手臂面帶笑意地注視著她。

她微微挑眉：「有什麼問題嗎，秦總？」

秦麗梅這才回過神來，端起面前的咖啡喝了一口，然後說了句跟工作毫無關係的話：「其實我覺得我們有時候很像，或許以後可以多多見面，親近一下。」

江美希聽得一頭霧水，但職業使然，她就讓自己像對待一般客戶一樣對待秦麗梅：「如果真的有幸能達成合作，肯定少不了要經常打擾您的。」

秦麗梅對這樣的場面話也沒過多表示，笑了笑示意江美希繼續。

告別了秦麗梅，江美希還在想著今天這件事到底是怎麼回事，實在想不明白秦麗梅的想法，不過她一想到自己剛才已經先把「醜話」說在前面了，除了工作方面的事情，其他方面她提的要求，她不一定保證能做到，至於最後願不願意合作，那還得看秦麗梅自己怎麼想。

想到上一次，葉栩跑來質問她怎麼能為了兩個專案就把他賣了的情形還歷歷在目，其實在那之後，她每每想到他當時失望又痛苦的神情，整顆心就像被鈍刀一刀、一刀割著一樣疼痛難耐。

那大概是她人生中最後悔的一次了。

所以如果再給她一次機會，無論她跟葉栩的結局會是如何，她都不會再選擇用他做交易。

此時窗外天色漸暗，江美希後知後覺地意識到，竟然已經到晚餐時間了。

她瞥了眼車窗外，這裡正好在U記的附近，距離她喜歡的那家潮汕砂鍋粥店不遠，於是她打了方向盤把車子併入右轉專用道上，打算順路去打包一碗蟹粥當作晚餐。

停好車進店點了餐，江美希就坐在靠近門口的那桌一邊玩著手機一邊等餐。過了一會兒，窗外的行人漸漸多了起來，她看了眼時間，知道是附近辦公大樓的上班族下班了。

身後一陣風吹過，然後是店門開闔的聲音。進來的人一邊聊著天一邊往店內走，江美希聽到熟悉的聲音就回頭看了一眼，她這一回頭，剛進來的陸時禹和葉栩也看見了她。

但她依舊坐著沒動，還是陸時禹走過來問她：「今天怎麼過來了？」

「在附近見個客戶。」回答完陸時禹，她又狀似無意地瞥了眼他身邊的葉栩。

葉栩也沒有要跟她寒暄的意思，丟下他們兩人，獨自找了個位置坐下來開始點菜。

陸時禹問江美希：「一個人？」

江美希「嗯」了一聲。

陸時禹說：「那一起吃吧？」

江美希說：「不用了，我叫了外帶，晚上還得回去加班。」

聽她這麼說，陸時禹也就沒多說，換了個話題問她：「下週末院慶，妳接到通知了吧？」

「接到了。」

「我們班好久沒聚會了，正好藉著這次機會好好聚聚，妳應該可以去吧？」

他們說的院慶是金融學院五十周年的慶典活動，通知他們的是原本班上的班導，現在學院的副院長。副院長親自通知了，可見對這次的活動非常重視，而且五十周年算是大慶，能遇上也不容易，江美希還是挺想去的。

「目前沒什麼工作上的安排，能去肯定要去。」

有她這句話，陸時禹就放心了，到時候葉栩也要去，學長、學弟們湊在一起喝點酒，有些平時不方便說的話、辦的事，那天就方便多了。然後等江美希和葉栩的事情塵埃落定後，他陪著穆笛回家見家長的事情也就可以提前安排了。

這時候，江美希的蟹粥已經打包好了，她接過服務生遞來的外帶，和陸時禹道別離開。

出門前她又掃了眼葉栩的方向，他也正抬頭看向她，但表情淡淡的，好像並不在意。

送走了江美希，陸時禹走到葉栩對面坐下：「你到底是什麼意思啊？之前找這麼多人幫忙搞了半天，總算讓她回頭了，你又開始裝矜持了？」

江美希對葉栩表白的具體內容，葉栩肯定是不會跟任何人說的，但是之前替他們操心的幾個人也都知道，江美希已經動搖了，就是葉栩不知道怎麼回事，卻沒有打鐵趁熱，反而突然冷了下來。

這次兩個人再次相遇，他又是這種冷冰冰的態度，陸時禹雖然同為男人，但也實在有點搞不懂他。

葉栩只是沒什麼情緒地說：「給她長點記性而已。」

陸時禹一聽笑了，畢竟在他認識江美希的這十幾年裡，還沒有人敢讓她長記性，他看戲的本性瞬間表露無遺：「那你可得小心一點，別玩過頭，讓人又跑了。」

葉栩翻菜單的手頓了頓，卻沒有繼續這個話題，而是叫來了服務生點菜。

九月最後一個週末，財經大學迎來了金融學院五十周年院慶。

金融學院是財經大學的熱門院所，雖然只是院慶，但是學校也給予很大的支持，活動場面非常盛大，周年慶的典禮安排在學校的大禮堂裡。

從學校大門到大禮堂前的林蔭路上，隨處可見慶典有關的指示標語，路旁的樹上更是掛滿了紅色橫幅。乍看之下，都是些祝福母校和學院更加輝煌的祝福語，可是仔細一看，竟然還有不少是學生們互相表白的條幅。

學妹李雪，我愛你！——學長匡文博

金融學院二〇〇六級劉晴，有妳在身邊，天天大晴天。——金融學院二〇〇六級汪磊諸如此類的條幅密密麻麻，和其他祝福語錯綜交疊，幾乎染紅了整條林蔭小路。

江美希和王芸一路走，一路看過去，最初看到表白條幅還會認真地看一看，後來見得多了，也就沒繼續認真看了。

校本部的大禮堂只有在重大慶典和重大會議時才會開放，分上下兩層，總共能夠容下兩千多人。江美希和王芸趕到時，禮堂裡已經坐滿了金融學院的在校生和歷屆校友。

江美希她們很快在校友座席區找到自己的位置坐下，雖然不是正對著舞臺，但是位置很靠前，可以把舞臺上的每一個角落看得清清楚楚。

她低頭翻著剛才進門時學生們分發的行程表，跟一般的典禮流程差不多，校長以及各方知名校友會上臺講話，中間還穿插一些學生準備的節目。

其實這種活動本身沒有太大的意思，有意思的就是可以藉著活動把許久未見的老同學聚在一起。

她收起日程掃了眼附近的座位，就看到穆笛正朝著她擠眉弄眼。

穆笛的位置在第二排，比她還要靠前，而穆笛前面的第一排，坐著陸時禹和葉栩。

「看什麼呢？」問話的是王芸。

江美希收回視線問她：「李信學長會來吧？」

王芸說：「肯定會來的，聽說還幫他安排了一個什麼講座。」

「講座？」江美希重新打開流程看了一下，流程表的最下方確實有一個「優秀校友訪談」。

李信作為雲信的創始人之一，的確擔得起這個「優秀校友」的稱號，不過金融學院人才輩出，優秀的學長、學姊甚至是學弟、學妹數不勝數，所以江美希估計李信只是被訪談的其中之一，應該還有其他人。

她闔上流程表抬起頭，這才注意到王芸似乎從一進來開始就在東張西望，好像在找什麼人。

「找誰啊？」她問。

王芸答得一本正經：「看看有沒有帥氣的校友給妳物色一個。」

王芸上大學時就這麼沒正經，在各種場合下對著帥哥流口水，想不到現在年紀已經不小了，又是事務所的合夥人，還是那副德行。江美希一直懷疑，她就是太看臉了，才到現在都還是單身。

「還是先操心妳自己吧。」

王芸找了一圈，有點悻悻然：「當初就應該去理工學系學個什麼，進了這陰盛陽衰的尼姑庵，註定一輩子當女光棍。」

江美希要笑不笑：「怎麼，沒妳喜歡的？」

「唉、這帥哥的品質一屆不如一屆啊，還不如陸時禹順眼呢！」

離典禮開始還有幾分鐘，江美希難得地耐著性子勸諫老友：「妳之前給我看的那個相親對象，我看著覺得還不錯，長相雖然普通了點，但是看著挺舒服的，看我家那兩位江女士的例子妳也知道，找老公不能找太好看的。」

王芸似乎也有點糾結，不過最後還是說：「那不如讓我孤獨終老算了。」

江美希無奈，也懶得多說。

片刻後，王芸像發現什麼新大陸一樣興奮地拍打她：「哎哎，你看、你看，陸時禹身邊的那個帥哥妳認識嗎？」

江美希順著王芸的視線看過去，葉栩正側過頭來和穆笛說話。她這才想起來，前些時間葉栩三天兩頭往雲信跑的時候，王芸正好在外面出差，這麼一想，他們兩個好像還真沒見過。

前排的葉栩像是感覺到了視線，話說到一半也朝著她們這邊看過來，江美希不動聲色地錯開視線，隨口「嗯」了一聲。

王芸更高興了：「U記的？」

「嗯。」

「哪屆的？」

「二〇〇三還是二〇〇二的，不記得了。」

「這麼小啊……」王芸皺眉嘖嘖兩聲，旋即又笑道，「那也剛好，現在不是都流行姊弟戀嗎？」

江美希被她這話嚇了一跳：「我記得妳好像比我還大一點。」

王芸渾不在意：「那有什麼，女大三、抱金磚，大得多抱得多唄！對了，他怎麼樣啊？」

江美希被好友的豪放言論徹底嚇到了：「什麼怎麼樣？」

「性格啊，好不好相處？喜歡姊姊型的嗎？」

江美希想到最近在葉栩那兒碰的軟釘子，心裡也有氣。

「不瞭解。」她冷冷地說。

對江美希的回答，王芸不疑有他：「那妳覺得他人怎麼樣？」

江美希看著舞臺，皺了皺眉說：「能怎麼樣，毛都沒長齊的小狼崽子。」

王芸笑：「那也是長得好看的小狼崽子，毛齊不齊我就不清楚了，我猜應該齊了吧。」

江美希嫌棄地瞥了眼好友，這位好友卻渾然不覺自己說得有什麼不對的，看了江美希一眼，有點意外地說：「咦，妳怎麼臉紅了？」

江美希面不改色：「有點熱！」

王芸焦慮地說：「我最近也經常覺得熱，晚上還會出汗，應該不是提早進入更年期了吧？」

江美希望著禮堂高高的穹頂不由得嘆氣，從U記離職這麼久，她第一次有種跳槽失敗的惱恨。不說別的，就說她這位老同學，說話向來都是這樣直來直往、直擊紅心。而且她懷疑雲信的風水有問題，不然三位大合夥人同時單身的情況也實屬不多見啊！

突然響起的校歌旋律，讓江美希暫時按捺住惆悵的思緒，舞臺上的主持人已經就位，慶典活動即將開始。

最先是校長和院長講話。

江美希他們畢業多年，對現任的校長和院長都不太熟悉，所幸校長跟院長講話沒有持續太久，後面是在校生們準備的節目。雖然不是專業的表演，但也看得出學生們下了一番功夫，結合一點專業相關的元素在節目裡，看著非常親切。

總算到了行程表上的最後一項——優秀校友訪談。

之前的演員退場，場地被清理好，擺上了幾張座椅，緊接著幾位嘉賓被陸續請上臺。

江美希看著走上舞臺的幾個人，不禁有些出神。

王芸很快也注意到了幾人中的葉栩：「喲！那不是那個小帥哥嗎？看來也是個人才啊！」

這時候主持人開始介紹即將要接受採訪的幾位校友代表。

原來選定他們是有原因的——這幾位除了算是各領域裡的佼佼者以外，還有就是他們分別代表著「六〇」後、「七〇」後、「八〇」後以及在校生。按照主持人的意思是，這能體現幾代財經人的傳承。

六〇後的那位代表，江美希他們都不陌生，是一個著名牛乳業集團的副董事長。這位副董事長行程非常滿，十分鐘前才趕到禮堂，二十分鐘後還要趕赴下一個地方，所以主持人把要問他的問題都集中在前面問了。

回答完主持人的問題，又殷殷教誨了在場的學弟、學妹們幾句，副董事長不得已，萬分抱歉地告辭離開。

雖然他的出現非常短暫，但是他這樣的人能在這裡露個面，已經看得出是很重視母校了，而且據說後面校友們的聚餐也是這位副董事長贊助的。

他離開後，剩下的時間就交給了其他三人。

李信作為七〇後的代表，算是最早創業的一批人，現在又管理著國內數一數二的事務所，肩負著振興內資所的重任，也頗受關注，被問了很多問題，不過問題都還算輕鬆好回答。

但是問到葉栩時，也不知道是不是主持人故意的，那問題問得就有點刁鑽了。

「據上一年想要從事審計相關工作的畢業生投票結果顯示，有七成以上的畢業生首選外資所，關於這一點，你怎麼看？」

關於內資所、外資所誰好誰壞的比較，大家雖然心裡都有數，但私下裡聊聊可以，擺在檯面上說就有點敏感了。

不過葉栩沒有立刻回答，而是不疾不徐地問：「不知道這個調查有沒有顯示另外那三成不願意選擇外資所的原因是什麼。」

主持人不由得一愣，笑了笑說：「這個倒是沒有。」

葉栩說：「要我說，如果去內資還是外資由自己說了算的話，應該都選擇去外資所吧？」

他這話一出口，滿場譁然，即使是大家心裡都有數的事情，但是在這種場合下說，尤其是他身邊就坐著位內資所的老大，怎麼看都有些不客氣了。

不過他很快給出了自己這麼說的原因，又讓剛才還有點緊張的氣氛瞬間緩和了下來。

他說：「外資所給的薪水高啊，大家剛畢業的時候不都只是看這個嗎？」

臺下眾人笑了起來，王芸用胳膊肘撞了撞江美希：「這小帥哥不錯呀，還知道怎麼先抑後揚搞熱現場氣氛。」

江美希依舊只是看著臺上的人。

李信適時為自家宣傳：「葉栩學弟說的那都是以前的事了，現在雲信給畢業生的待遇都是以U記作為標準的，當然這多虧了我們新來的合夥人，她也是我們財經大學的校友，江美希。」

說著，他對著舞臺一側比了個引薦的手勢，臺上眾人立刻看了過來。

主持人有點意外：「是之前我們學校BBS上瘋傳的那位美女合夥人嗎？」

李信笑而不答，但是答案已經寫在臉上。

王芸很激動：「妳現在已經是我們所的活招牌了，聽說那之後很多學弟都慕名而來啊！」

江美希沒想到李信會突然提到自己，感受到眾人的目光，她雖然面上不露痕跡，心裡卻異常難熬。好在主持人很快又岔開了話題，眾人的注意力也就沒再放在她的身上。

江美希鬆了口氣，再去看臺上，一抬頭卻正好對上葉栩看向她的視線，但也只有那麼一瞬，他就又看向了別處。

主持人接著又問葉栩：「那除了待遇問題，你覺得內資所和外資所有什麼本質的不同嗎？」

葉栩想了一下，開始認真回答起主持人的問題：「像雲信這樣的內資所逐漸崛起，二〇〇八年的金融海嘯危機對外資所的聲譽也有一定影響，所以最近這一、兩年來，單從人才流向來看，去外資所的是我們這些人，去內資所的也是我們這些人，而且內資所、外資所之間還有交流，就像我的前任老闆就是跳槽去了內資所。從這一點看，我覺得無論內資所還是外資所都不缺少有能力的人，要說內資所和外資所最大的不同，大概還是理念不同。」

他說話不疾不徐，聲音又非常好聽，一時間臺下靜悄悄的，所有人的注意力都放在了他的身上。

「這追根溯源，和客戶群體有關。我們的內資所因為起步較晚，目標客戶多數是一些民營企業，而對於多數的民營企業來說，活著才是他們的首先要務，很多方面的規範自然不夠嚴謹，財務基礎就相對薄弱，幾乎沒有財務分析，給出的審計費用也相當有限。但審計工作的人事成本價格大家都知道，這就註定了內資所能提供的服務也有限。不過改革開放三十年了，我們的民營企業和內資所都在發展，像李總這樣有理想、有信念的審計人愈來愈多，再加上國家這些年來的支持，如今的一些內資所已經有趕超外資所的情勢了，估計用不了幾年，幾乎被外資所壟斷市場的局面就要被打破了。」

大部分人說起這個話題，幾乎都是一面倒地說內資所的工作態度不夠認真，才導致很多錯報現象，但探究原因，卻很少有人提起。此時葉栩的這一番話，絕對不像是一個工作不到三年的人說出來的。他的話讓在座眾人——尤其是審計專業或者打算從事審計工作的人，無一例外被感動到了。

王芸更是自信滿滿：「他這麼欣賞有理想、有信念的人，我覺得我的希望很大了！」

江美希看著臺上的人，心裡油然升起一股自豪感來，但是轉瞬間又被失落取代。不過她想，比起自己失敗的初戀，這一次選人的眼光已經好了不少，就是不知道這一生錯過了他，還能不能遇到比他更好的人。

此時臺上被葉栩提到的李信不好意思地客氣了幾句，然後也闡述了自己關於內資所和外資所的觀點，大致上和葉栩的觀點差不多。

主持人等李信回答完，又問了在校生代表的看法，這才又轉回來問葉栩：「那在你看來，審計師應該具備什麼特質呢？」

葉栩想了想說：「我之前的老闆對我影響很大。我剛入職的時候，她就用瓊民源事件和銀廣夏陷阱告訴我要認清自己的角色，要時刻保持懷疑的態度、中立的立場。用她的玩笑話說，我們認真工作至少可以讓天臺上的人少一點。」

江美希想到那天早上自己在葉栩家裡說的那些話，本來以為是對牛彈琴，他什麼也沒聽進去，沒想到她說的那些他全部都記得，還還在這麼重要的場合說給這麼多人聽。

其實阿奇法事件之後她甚至後悔說過那些話，對別人她可以不在乎，但是她怕葉栩會認為她是那種說一套、做一套，在下屬面前沽名釣譽的小人。

但是今天從他口中聽到這番話，哪怕他們真的有緣無分，就這樣能給他留下一個好的印象，她也就知足了。

主持人問完專業相關的問題，又說：「其實請幾位上來還有一個原因。」

她故意賣關子，李信他們也很給面子地表示意外，然後面面相覷。

主持人說：「幾位還有個共同點，就都是曾被歷屆校友評為財經大學的校草。大家都說金融學院的學生畢業後忙得沒空談戀愛，所以就想請各位校草為學弟、妹們指點一下，大學期間究竟是一心唯讀聖賢書好呢，還是要感情、學業兩不誤呢？」

年輕人似乎對這種話題更感興趣，所以主持人一問出這個問題，那位在校生校草就搶著回答，洋洋灑灑、有理有據地闡述了感情學業可以兩不耽誤的觀點。

這惹得臺下叫好連連，江美希她們和周圍的人一打聽才知道，原來這位校草和女朋友從國中時期就曖昧不明，直到兩人分別以省文科狀元和榜眼的身分一起考進財經大學金融系後，才開始談戀愛，並且一直甜甜蜜蜜到如今。

李信作為資深單身人士也支持這位學弟的觀點，而且他以自己為例現身說法，意思大概就是他至今單身的原因，就是大學時沒抓緊時間找到一個媳婦。

最後主持人把目光落在葉栩身上。

葉栩說：「不分時候吧，關鍵要是對的人。」

主持人問：「我聽說你在校幾年都沒談過女朋友，那現在呢，有沒有喜歡的人？」

臺上靜默了一瞬，然後葉栩很乾脆地說：「有。」

江美希的心隨之漏了一拍，而且也不知道是不是她自作多情，她總感覺他在回答這個問題前似乎朝她這裡瞟了一眼。

「哇，是女朋友了嗎？」主持人問。

「還不是。」

主持人似乎對這個話題很感興趣，繼續問道：「那你知道我們為什麼這麼關心你的感情狀況嗎？」

她這麼一問，讓在座所有人都興奮起來，就連葉栩也是，看向她的眼神中滿是好奇。

主持人滿含笑意地說：「就在今天之前，我們學生會在BBS上發起了一個投票，向全校學生徵集，對哪位校草的感情狀況最關心，很不幸，你名列榜首。」

臺下哄笑聲四起，聽到的竟然是這樣一個答案，葉栩回以無奈一笑。

王芸開始搖晃江美希的胳膊：「哇靠、這個小弟弟不笑要人愛，笑起來要人命啊！」

江美希對閨蜜這一套說辭表示習以為常，內心卻因此而蕩漾，只是他說的那個人究竟是誰呢？還是她嗎？

「那你能不能說一些和這位女生有關的事情？」

葉栩似乎有點猶豫，但很快抬起頭來。這一次江美希看得清清楚楚，他確實朝著她這邊看了一眼。

緊接著她聽到他說：「她也曾經是我們院的學生，不過我知道她時她已經畢業了。」

主持人問：「那你什麼時候開始注意她的？」

葉栩想了想說：「大二那年，我和同學去湊熱鬧，參加了U記的秋季校園徵才。我在禮堂東側的階梯教室門前看到一個女孩子，當時她正蹲在花圃後面哭著打電話，我無意間聽到幾句，好像是她被男朋友甩了，哭得挺傷心的。我以為她也是來聽演講的哪位學姊，後來看到有人叫她才知道，她是U記的員工，而且讓我意外的是，她是那天的主講。我記得很清楚，講臺上的她成熟、幹練、專業、自信、漂亮，和花圃裡的那個女孩完全是兩個人。我這個人上課很少走神，但是那天演講持續了一個半小時，我幾乎全程都在雲遊天外。」

主持人問：「那演講結束後你有沒有去要個電話號碼？」

葉栩苦笑了一下：「沒有，不過我記住了U記。」

臺下一陣唏噓聲，江美希這時才想起來，穆笛似乎跟她提過，葉栩其實已經拿到國外大學的錄取通知了，但是不知道為什麼，最後卻選擇來U記工作，如今看來竟然是和她有關。

江美希已經不知道該用什麼樣的話語來形容自己此刻的心情了，這是葉栩從來沒有跟她提過的，如今仔細回想，他對她的感情似乎從一開始就猛烈又毫無理由，原來他們的緣分竟然從那麼早以前就開始了。

主持人迫不及待地問：「那後來呢？」

葉栩微微一笑：「後來我就走了。」

臺下又是一陣躁動，葉栩接著說：「不過可能是因為我那天一直心不在焉的，不小心把耳機丟在教室裡，我回去拿的時候其他人都已經離開了，她的同事也不在，只有她在收拾電腦。我原本想藉著機會問幾個問題，順便跟她認識一下，但是走近才發現，她好像在哭。其實在那之前，我都很難想像，有人能把情緒控制得這麼好，在該笑的時候笑、該哭的時候哭，但這其實是非常殘忍的。」

主持人問：「聽你剛才所說的，你是為了她才選擇去U記工作的，那你順利進入U記時，她還在U記嗎？」

「她在。」葉栩頓了頓說，「她成了我老闆。」

這句話隱藏的涵義可以說是非常廣了，在U記能稱得上老闆的至少是總監以上級別的人，而能做到這個級別的至少要比葉栩大上七、八歲了。這樣的年齡、地位差距，在世人眼中那麼不倫不類，但是當臺上的青年不疾不徐地說出這些話時，卻只是讓人發自內心地想要祝福他。

王芸皺著眉頭問江美希：「他老闆是誰呀？」

見江美希只是面帶微笑、目光灼灼地望著臺上的人，王芸的眼睛漸漸地睜大：「這就是妳說的妳不瞭解？妳看不上？給我說清楚！」

主持人問：「就是你之前提到的那位對你影響很深遠，後來跳去內資所的前老闆？」

葉栩沒有回答，算是默認。

不過這一次，連坐在他旁邊的李信都不掩飾自己的詫異了。

主持人咽了口口水，繼續問：「最後一個問題，二〇〇二級有幾位叫葉栩的？」

葉栩微微皺了皺眉，似乎不明白主持人為什麼突然問這麼一個令人摸不著頭緒的問題。

但就在這時，觀眾席上的眾人卻躁動了起來，尤其是坐在校友席上的人，大家東張西望似乎在找什麼人，也有不少人的目光已經鎖定了江美希。

此時，被訪問嘉賓身後的那面LED電子螢幕上，「熱烈慶祝金融學院五十周年」的標語已然被一張照片替代。

照片是禮堂前林蔭路的一個角落，在眾多表白條幅中間竟然夾著一條「一九九五級江美希，嫁給我好嗎？——二〇〇二級葉栩」。

見觀眾席上的眾人都看向自己身後，葉栩才後知後覺地意識到什麼，他倏地站起身來轉過頭去，就見那條橫幅被放大至少兩倍，展現在了眾目睽睽之下。

校友席中不知道是誰先開了頭，起鬨叫著「嫁給他」，這起鬨聲也一傳十、十傳百，甚至坐在舞臺正對面的幾位老師也笑著在人群中尋找著那個叫江美希的女孩。

葉栩漸漸從剛才的意外中回過神來，轉過頭隔著眾人與臺下的她遙遙相望。原本想著私下帶她去看，向她求婚的，不過這樣，讓所有人為他們這段感情做個見證也好。

江美希的視線中，那個修長挺拔的身影已經漸漸模糊，但是在模糊之前，她清晰地在那張英俊年輕的臉上看到了久違的笑容。

原本一場中規中矩的訪談，最後在滿場的沸騰中不得已提前結束了。

在這之後還有個頒獎典禮，有院系院長為幾位優秀校友頒獎，葉栩也位列其中。

江美希趁著眾人的焦點還在臺上時，偷偷溜出了大禮堂。

她沿著禮堂前的林蔭路上的橫幅一個、一個地找過去，終於在一個不太顯眼的角落裡找到了葉栩寫給她的那句話。

人生的際遇總是令人意想不到，當她以為全世界都拋棄了她時，她的全世界卻正向她狂奔而來。

身後的喧鬧聲漸漸大了起來，江美希知道是典禮結束了，眾人三三兩兩結伴出來，也有人注意到了角落裡的她，但是她已經不想去在意其他，只是盯著那句話。

身後有腳步聲漸近，江美希依舊沒有回頭，直到那個熟悉的聲音從身後傳來。

「可以嗎？」他問。

她回過頭，葉栩正在站在暖融融的陽光下，雙手插兜看著她。

她明知故問：「什麼？」

他朝著她頭頂上方的橫幅揚了揚下巴。

她煞有介事，又端起還是他老闆時那張不苟言笑的臉：「這件事我得好好考慮一下。」

「妳不是都已經考慮好了嗎？」

她挑眉：「誰說的？」

他笑：「都跑來問我能不能重新接受妳了，難道我說我能接受了，妳卻要跟我說，還要再考慮考慮？」

她生氣：「原來那天你都聽見了！」

他笑得有點不懷好意。

人生中第一次鼓起勇氣表白，結果被人耍了，她頓時惱羞成怒伸手去打他，他卻趁勢握住她纖細的手腕輕輕一拉，將她整個人拉入了懷中。

周遭的群眾沸騰了起來，江美希掙扎了一下沒掙開葉栩的手，不得已只好把臉埋進他的胸膛裡。

他還是那句話：「可以嗎？」

她聲音悶悶地說：「隨便拉個大字報求婚，沒見過比你更有誠意的了。」

他似乎笑了一聲放開她，走向旁邊那輛黑色攬勝。

後車廂打開，五彩繽紛的氣球爭先恐後地鑽了出來，朝著萬里晴空追逐而去。

葉栩從最後一個氣球下方拿下一個小盒子，朝她走來。

再次模糊的視野中，年輕俊秀的男人單膝跪在他面前說：「戴上它，餘生為妳遮風擋雨。」

原來電視劇裡出現無數次的情節真的發生在自己面前時，那種最初的震撼和感動依舊不減。

她不知道自己做了什麼、說了什麼，就任由他把戒指戴在她的手指上，又將她再度攬入懷中。

「我真高興。」他說。

「我也是。」她說。

都說人世間所有的相遇都是久別重逢，如今看來確實如此。

從多年前的那一刻起，所有與他有關的點點滴滴都鮮活了起來。那個沒有眼色偷聽她打電話的男學生，那個偶爾在社區裡遇到，總是不懂禮貌放肆打量她的陌生鄰居，那個剛剛跟她春風一度卻又突然出現在面試現場的不速之客，還有那些不明所以的深愛和執念……原來所有她以為的巧合全是他蓄謀已久。

好吧、好吧，在這場敵暗我明、敵強我弱的愛情角逐中，她自此敗北，鎩羽而歸。

番外　穩穩的幸福

和穆笛通完電話，江美希想了一下又打電話給葉栩。

此時葉栩正在外出差，雖然已經是深夜，但是聽得出來對方還在忙。

葉栩的聲音有點嘶啞：「怎麼了？」

江美希一聽就有點心疼：「還沒結束？」

「快了、最後一稿，希望順利。」

江美希問：「累嗎？」

葉栩笑：「現在不累了。」

江美希也笑：「做 IPO 專案就是辛苦了一點，其實我偶爾還會想起我們在芯薪做專案的時候。我記得那時候我每天覺都睡不夠，可是你看起來就不怎麼累，有一次加完班你還不回去，在辦公樓外閒晃，後來我們兩個一起回宿舍時天都快亮了。」

葉栩想了想說：「做了這麼多 IPO 專案，現在回想一下，確實只有那次不覺得累。」

江美希幾乎是想都沒想就脫口而出：「為什麼？」

「妳說呢？」似乎是怕驚擾到別人，他刻意壓低了聲音，但因為連日的熬夜，聲音更加啞。

此時他這麼問她時，就好像是夜深人靜的時候兩人靠在床頭耳語一樣。

江美希愣了一下，很快猜到他要說什麼。

她難得地難為情了一下：「說什麼？」

葉栩說：「那時候不累，是因為妳就在身邊，加班的時間愈長，跟妳待在一起的時間也就愈多。那天晚上我也不是沒事幹在辦公樓外面瞎晃，我一直在門外等妳，只是妳不知道而已。其實在妳去之前，我也有過一次通宵的經驗，在那條走廊盡頭看到過日出，當時就想，如果妳在身邊就好了。可能是心誠則靈吧，幾天之後妳就被送到我身邊了。」

江美希抬起頭，面前光可鑒人的玻璃窗上正好映出自己滿含笑意的臉。

她從來不知道原來自己笑起來是這樣。

心裡早就甜出蜜了，但她嘴上還是說：「什麼心誠則靈，熬夜熬昏頭了吧？」

被罵昏頭的某人也不生氣，反而笑著說：「妳怎麼這麼笨？」

江美希一頭霧水：「我怎麼了？」

葉栩說：「別的女孩子聽到那些話都感動得熱淚盈眶了，好歹也甜甜蜜蜜地回個幾句，妳這樣，讓我想到一件小時候的事情……」

江美希有點不高興了，但還是好奇心更盛，於是問：「什麼經歷？」

葉栩說：「很小的時候在瀋陽老家過年，聽到家裡大人騙小孩說外面那個黑漆鐵門是甜的，不信可以去舔一下……」

聽到這裡，江美希想像著小葉栩舌頭被黏在鐵門上的樣子，已經笑得合不攏嘴了，但轉念又想到不對，他這句話什麼意思？

還不等她問，葉栩說：「每次對妳說甜言蜜語，就像三九天[18]裡去舔那鐵門……唉，一腔熱忱不敵冰雪嚴寒。」

他語氣輕鬆，只是在調侃她，可是她非但不生氣，反而真有點對不起他的感覺。畢竟他這樣的人，想聽女孩子說一句好聽的，那還不容易嗎？

可是還不等她開口，就聽到電話裡似乎有人在叫他。

葉栩跟那人說了幾句話，又回頭對她說：「好了、妳也別胡思亂想，還好我這人就愛冷冰冰的鐵板，早點休息，明天順利的話我就回去了。」

甜言蜜語果然有效，江美希還沒從那種暈乎乎的感覺中緩過來，聽到他突然要掛電話才想起她打這通電話的目的。

她說：「對了，穆笛那小男朋友想約我們見面，時間定在週日中午，你回來的話就一起去吧？」

電話裡突然沉默片刻，接著葉栩問：「小男朋友？還是她之前那個男朋友嗎？」

江美希被他問得有點摸不著頭緒，仔細想了一下說：「好像沒說過換人的事。」

葉栩笑：「好、我儘量一起去，去見未來的外甥女婿。」

江美希總覺得他這句話有點莫名其妙，但是又想不出哪裡不對勁。

18　三九天：從冬至開始算起，每九天為一個九，直到九個九為止，而冬至後的第三個九（第十九天到第二十七天）為三九天，是一年當中最冷的時候。

葉栩是第二天下午趕回北京的，在家裡休息了半天，週日中午跟江美希一起去赴約。

出門前，江美希替葉栩挑好了衣服，葉栩只是看了一眼，又去衣櫃裡找出相對更舒服的T恤和牛仔褲穿上，然後不管江美希提前準備好的連身裙，也替她找了套舒服休閒的衣服穿。

江美希不明所以地看著他找出來的衣服，葉栩解釋說：「不用那麼正式，況且妳不是不愛穿高跟鞋嗎？穿裙子肯定要穿高跟鞋。」

江美希沒這方面經驗，不太確定：「穆笛這次談了這麼久才願意給我看看，看樣子挺認真的，我好歹也是長輩，穿這樣會不會太隨便了？」

「妳更隨便的時候他也見過。」

葉栩說話含糊，江美希一時沒聽清：「什麼？」

葉栩笑：「快換衣服吧，要來不及了。」

吃飯的地方在什剎海風景區附近，雖然停車有點困難，但算是鬧中取靜，據說以前是個王府，後來不知道怎麼著就變成了餐館。

四合院裡面曲徑通幽，環境清雅，江美希一路跟著服務生走進去，心情也跟著好了起來。看來這位未來的外甥女婿對自己那傻外甥女還是非常重視、愛護的，不過想到自己和葉栩竟然穿得這麼隨便，她又有點後悔。

王府的廂房被改造成一個個的小包廂，因為是夏天，院子裡的環境不錯，所以包廂門大多數都是開著的。此時服務生在前面一個包廂門前停下，江美希走過去，朝裡面看了一眼，就看到一個熟人。

陸時禹明顯也看到她和葉栩了，站起來打了個招呼。

江美希的態度還是跟往常一樣不冷不熱的，就是心裡忍不住思索——這個地方什麼時候這麼熱鬧了，吃個飯都能遇到熟人。抬頭看到服務生已經走遠，她正想再跟上去，卻被人拉住了手臂。

她回頭看向葉栩，此時的葉栩已經走進包廂，她以為他們是有話要說，就站在門口等他。百無聊賴間就看見穆笛從前面一個小門裡走了出來，看到她似乎猶豫了一下，才朝她小跑著過來。

到了她面前，也不說話，就是一臉討好地笑著。

江美希的眉頭漸漸蹙起，過往經驗告訴她，等一下怕是沒什麼好事。

就在此時，江美希就聽見包廂裡的陸時禹招呼著：「人到齊了就趕快坐下吧。」

於是江美希就被穆笛拉著進了包廂。

看著並排坐在一起的陸時禹和自己的大外甥女，江美希才意識到這件事好像有點大，再看看完全不覺得意外或者是沒什麼不妥的葉栩，她進門前那點好心情瞬間蕩然無存了。

葉栩回頭招呼她：「過來坐啊。」

江美希沒好氣地掃了眼對面的兩個人，一個一臉討好，一個戰戰兢兢。

她無語地冷笑一聲，走到葉栩旁邊的位置坐下來。

精緻的菜肴一道道被端上來，江美希看向戰戰兢兢的那位：「介紹一下吧。」

穆笛擠出一個笑容：「其實我和 Kevin……也不是不想說，就是考慮到妳的接受程度……」

「考慮到我的接受程度妳還這樣？」江美希平常就算是訓人，也都是一副面無表情的樣子，像今天這麼激動，的確是因為火氣大了。

穆笛一臉委屈：「我本來也沒想到能談這麼久……」

她話還沒說完，就聽到旁邊某人沒什麼溫度的笑聲。

她不禁抖了抖肩膀，鼓足勇氣說：「反正現在我們兩個是不會分開了。」

她這一副破罐子破摔[19]的模樣，讓江美希又是一陣氣。

憋了半天，她說：「誰都行，就他不行！」

穆笛都快哭了：「為什麼不行？」

陸時禹也一臉無奈：「美希，我們之間的誤會是不是太深了？」

江美希沒理陸時禹，而是對穆笛說：「撬我客戶、挖我牆腳、騙我外甥女，這種人妳說為什麼不行？」

陸時禹立刻替自己辯解：「那叫公平競爭。」

穆笛也說：「他沒騙我。」

江美希自有自己的道理：「他沒騙妳，那麼多男孩子妳不選，妳會選他？」

陸時禹低頭掃了自己一眼：「我怎麼了？」

葉栩朝他點點頭示意他少安毋躁。

江美希對穆笛說：「吃完飯趕緊回家。」

19 破罐子破摔：罐子已經破了，又把破口拿起來繼續摔，比喻受到挫折後放任不管，卻讓事情往壞的方向發展。

這次穆笛也不高興了：「小阿姨妳講點理……」

江美希一聽到這句話，飯也不想吃了，直接站起身來作勢要走，還好被身邊的葉栩一把拉住，江美希還試圖掰開葉栩的手。

陸時禹也慌了，本來他這小女朋友就一直因為自己和江美希的關係搖擺不定，這次要是不歡而散，那分手也指日可待了。

陸時禹試圖叫住她：「Maggie、美希、小阿姨！」

最後這一聲「小阿姨」讓在座幾人都嚇傻了。

陸時禹不自在地低咳一聲：「來都來了，先坐下吃飯，就算沒有我和穆笛的事，我們這麼多年的同學了，就像往常一樣，一起吃頓飯也行啊。」

她猶豫了一下，剛才也是一時衝動，但現在臺階都遞到腳下了，她也就順水推舟坐了下來。陸時禹見狀很高興，親自端起茶壺替幾人倒水。

茶端到葉栩面前時，他才注意到這小子要笑不笑的表情，又想到自己剛才情急之下叫江美希小阿姨，那以後豈不是比這小子也矮了一輩？自己在他面前本來就端不住老闆的架子，以後更是如此了！

想到這一點，陸時禹沒好氣地把茶壺往桌上一放：「自己倒。」

葉栩依舊似笑非笑地，慢條斯理地拿起茶壺替自己添茶。

穆笛見狀也很高興，夾了塊剛上菜的魚給江美希：「小阿姨妳多吃點。」

江美希抬眼看了對面的外甥女一眼，心裡暗自嘆氣。

看來穆笛是真的喜歡陸時禹，就是不知道這孩子是怎麼想的，剛入職的時候被陸時禹那老狐狸折磨得瘦了好幾公斤，怎麼後來兩個人就在一起了？

陸時禹見氣氛好轉，對江美希說：「美希啊、我知道妳在氣什麼，我跟穆笛的事本來不該一直瞞著妳，但這件事不怪穆笛，要怪就怪我吧。我知道妳的想法在穆笛心中可能比她媽更重要，也知道這件事要妳接受沒那麼順利，我就自私地想拖一拖，等我們感情好一點，她的立場也更堅定點，不至於妳一說不同意，她就先跟我鬧分手。」

這番話讓江美希不由得有點意外，在江美希的印象裡，陸時禹像今天這麼坦誠還是頭一遭。其實就連穆笛都很意外，以前穆笛每次想和江美希坦白的時候，陸時禹就想盡辦法拖著，理由也一大堆，只是沒想到，真正的理由竟然是怕她動搖。

不過現在回想一下，如果是兩人最初談戀愛的那陣子，要是江美希堅決不同意，她可能也就真的和他分開了。而現在要分，那必定又是一次傷筋動骨的痛。

江美希看了穆笛一眼，什麼也沒說，但是態度已經緩和了不少。

陸時禹接著說：「我知道我過去也沒少胡鬧，穆笛不清楚，妳更清楚，妳現在不同意我們交往，我也能理解。但是我還是要表明一下我的態度，我是真的很喜歡穆笛，也是以結婚為前提交往的，只要你們同意，我們現在就去登記。」

江美希還沒說話，穆笛先說了：「誰說要跟你登記了？」

陸時禹一聽急了：「談戀愛最後不就是要結婚成家的嗎？難不成這一年多妳就是玩玩的？」

「不是玩玩，但也還不想結婚。」穆笛有點沒底氣，話說到最後，聲音也愈來愈小。

這下陸時禹也很難保持冷靜了：「不以結婚為前提的談戀愛都是耍流氓！」

穆笛偷偷瞄他一眼：「你以前沒有耍過流氓嗎？」

陸時禹深呼吸：「跟我翻舊帳是吧？那都是什麼時候的事了？我都快要四十幾歲了，沒時間也沒心情跟妳玩！」

自從兩人感情堅定之後，陸時禹什麼時候這樣跟穆笛說過話？所以穆笛一見他對自己發脾氣，心裡的委屈也不壓著了，大聲說：「你要四十幾歲了，我還小呢！怕我耽誤你的大好青春，早點說清楚！」

「哎、不是……」陸時禹無奈地抹了抹額頭，「妳到底想怎麼樣？」

穆笛拉著小臉還想再說什麼，江美希先看不下去了：「你們兩個到底什麼意思？把我叫過來看你們吵架？」

對面兩人互看了一眼，都不再說話，明顯是還有氣。

葉栩在她手背上拍了拍：「行了、先吃飯吧，大家難得休息一天。」

這話倒是說到幾個人的心坎裡了，眼看著旺季又要來了，又是一年一度被操得沒日沒夜的時候，趁著現在還沒那麼忙，可不是要好好珍惜休息時間嗎？

後來葉栩和陸時禹聊起工作上的事，氣氛倒是好了不少。

陸時禹一邊聊著天，一邊趁眾人沒注意，若無其事地替穆笛夾了隻蝦，本來剛才就是被不結婚那句話氣得一時衝動發了頓脾氣，但是脾氣發過了也就過去了，就想著趕快把小女孩哄好，總不能「敵軍」還沒攻陷，自己內部就先瓦解了。

誰知道穆笛還不買帳，直接把那隻無辜的蝦用筷子撥到桌子上，完全不領情。

陸時禹瞥了一眼假裝沒看到，放在桌下的手偷偷去拉身邊人的手。

穆笛感受到陸時禹去拉她的手，掙脫了幾下沒掙脫開，又擔心他們這麼一鬧，江美希更不看好他們的未來，於是雖然還生著氣，但也不掙扎了，任由他握著自己的手。

對面的江美希和葉栩把兩人的小動作看在眼裡，但都當作沒看見。

一頓飯吃得一波三折，結束的時候已經下午兩點多了。

告別了還在鬧彆扭的兩個人，江美希和葉栩開車回家。

路上江美希問葉栩：「他們兩個的事情你早就知道了？」

葉栩坦白：「嗯。」

江美希冷笑：「看來是只瞞著我一個人。」

葉栩無奈地說：「他好歹也是我老闆。」

江美希不以為然：「我還是你老闆時，也沒看你把心偏向我這裡。」

葉栩只好說：「人總有弱點，免不了被人利用。」

葉栩是什麼樣的硬骨頭，江美希太瞭解了，雖然陸時禹也是隻老狐狸，但是在江美希看來，還不至於拿捏住身旁這人。

「他能利用你什麼？」

葉栩看她一眼說：「他這個人有時候成事不足敗事有餘，之前時不時就幫著一些人和妳製造偶遇，雖然沒什麼效果，但也很煩人。他同意不在我們之間搗亂，我才同意幫他暫時隱瞞。」

江美希愣了一下，才明白為什麼陸時禹突然立場大變，從不停湊合她跟季陽變成湊合她和葉栩。

江美希眨眨眼，若無其事地扭頭看向窗外，嘴角卻微微翹起。

她臉上那一抹竊笑並沒有躲過葉栩的眼睛。

他頓時覺得心情大好，於是就大發慈悲地替陸時禹說了幾句好話：「其實Kevin那個人妳也瞭解，雖然工作上的手腕有點多，但是他人品如何妳比別人都清楚。」

說起這件事，江美希忍不住嘆氣：「可是穆笛太單純了，搞不好被他賣了還在幫他數錢呢。」

葉栩聽了卻只是笑。

江美希問：「你笑什麼？」

葉栩說：「單純這點不是你們家族遺傳的嗎？一般人真的想找個『門當戶對』的人我看也難，還不如找個真心對待她的。」

江美希回頭瞪著他：「你句這話什麼意思？什麼遺傳？」

葉栩無所畏懼地說：「就好比我們，妳有時候單純得無藥可救，但所幸遇上的是我，只要妳高興，這輩子可以一直單純下去。」

江美希還在瞪他，但眼裡的笑意早已藏不住了。

葉栩也沒看她，卻彷彿沒有漏過她每一個細微的表情：「別那麼含情脈脈地看著我，不然我真的覺得再不做點什麼就要對不起這大好時光了。」

江美希立刻收回視線，看向車外。

此時天光正好，陽光明媚，路邊的薔薇花絢爛如畫。

以前光顧著四處奔走，走在路上，關心最多的也是路況如何，塞不塞車，卻從未觀察過這座城市角落裡隨處可見的美景。

她也知道周遭的一切都沒變過，是她的心態變了。

都說好的愛情能讓人變堅強、變有趣，變得更有力氣對抗這個世界的愚蠢和骯髒，她江美希何其有幸，沒有早一步、沒有晚一步，恰巧遇到給她這樣愛情的他。

想到這裡，她說：「我真希望穆笛也能像我們一樣。」

她沒繼續說下去，但葉栩已經明白她的意思。

他問她：「妳知道一段感情中最重要的是什麼嗎？」

「是什麼？」

「是妳愛的那個人剛好也愛妳，就這麼簡單。」他說。

是啊，愛情背後需要付出的人生可以很複雜，但是愛情本身卻很簡單。可是在這座物欲橫流的鎏金之城，遇到一個能夠相愛的人何其難得。

葉栩說：「我最後悔的是沒有早點把妳娶回家，白白蹉跎了那麼長的時間……所以我們吃過的虧就不要讓後輩跟著吃了。」

江美希被他這句「後輩」逗樂了：「你其實是有私心吧，想聽老闆叫你一聲小姨夫？」

葉栩摸了摸鼻子不置可否：「有時候這也是能力的體現，不然搞定妳的怎麼不是別人？」說到這裡，他像是想起什麼，回頭看她一眼，「我沒記錯的話，妳好像從來沒有說過妳愛我。」

江美希白他一眼，再度看向窗外。

此時正好路過財經大學，隨處可見三三兩兩的年輕學生，一派朝氣蓬勃的夏日景象。

她想起自己青春年少的那些年，本該最率真浪漫的年紀，卻始終忙忙碌碌，談了幾年的戀愛也沒搞清楚愛一個人究竟是什麼樣子。但是在三十一歲的「高齡」，她隱約明白了，愛是有人不嫌歲月漫長，日日夜夜只陪伴在你身邊，也覺得這樣的每一天都別有一番新的滋味。

「我愛你。」她說。

他微微一愣，猝不及防：「妳說什麼？」

她卻不願再說一次，只是笑盈盈地看向前方：「沒聽見算了。」

然而片刻後，她放在身側的那隻手卻被另一隻骨節分明的大手牢牢握住，十指交纏。

「我聽見了。」他說，「但是還想再聽一遍。」

高寶書版集團
gobooks.com.tw

YH 014
戀愛吧，江小姐（下）

作　　者　烏雲冉冉
責任編輯　高如玫
封面設計　謝佳穎
內頁排版　賴姵均
企　　劃　鍾惠鈞

發 行 人　朱凱蕾
出　　版　英屬維京群島商高寶國際有限公司台灣分公司
　　　　　Global Group Holdings, Ltd.
地　　址　台北市內湖區洲子街88號3樓
網　　址　gobooks.com.tw
電　　話　(02) 27992788
電　　郵　readers@gobooks.com.tw（讀者服務部）
　　　　　pr@gobooks.com.tw（公關諮詢部）
傳　　真　出版部(02) 27990909　行銷部 (02) 27993088
郵政劃撥　19394552
戶　　名　英屬維京群島商高寶國際有限公司台灣分公司
發　　行　英屬維京群島商高寶國際有限公司台灣分公司
初　　版　2020年 7 月

本作品中文繁體版通過成都天鳶文化傳播有限公司代理，經北京記憶坊文化資訊諮詢有限公司授予英屬維京群島商高寶國際有限公司台灣分公司獨家發行，非經書面同意，不得以任何形式，任意重製轉載。

國家圖書館出版品預行編目(CIP)資料

戀愛吧，江小姐（下）／烏雲冉冉著; -- 初版. --
臺北市 : 高寶國際出版 : 高寶國際發行, 2020.07
　面； 公分. --

ISBN 978-986-361-862-1（平裝）

857.7　　109007386

凡本著作任何圖片、文字及其他內容，
未經本公司同意授權者，
均不得擅自重製、仿製或以其他方法加以侵害，
如一經查獲，必定追究到底，絕不寬貸。
版權所有　翻印必究

GOBOOKS
& SITAK
GROUP ©